龙一 著

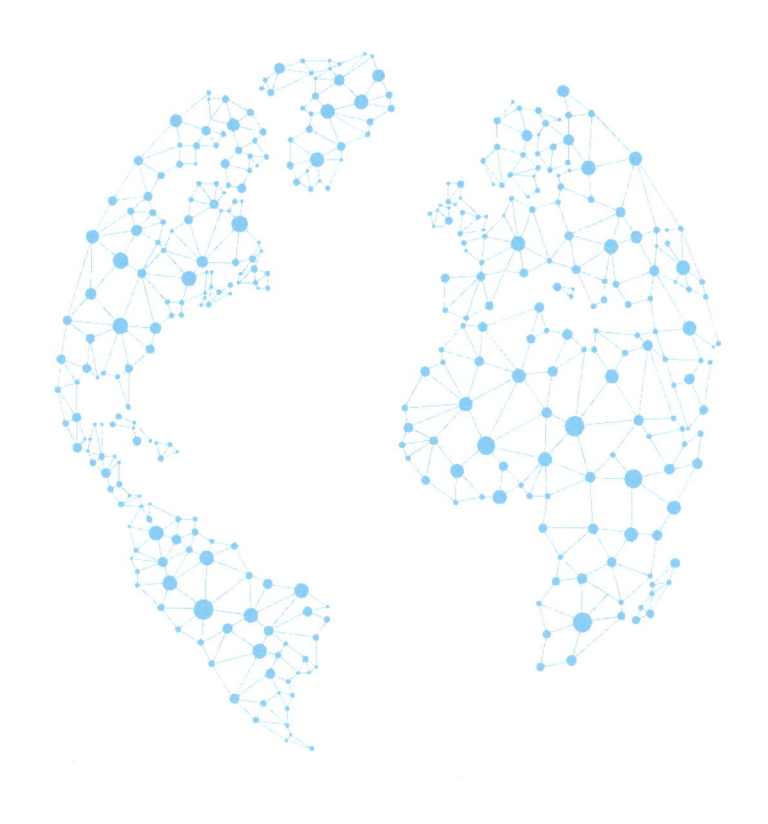

地球省

人民文学出版社

图书在版编目（CIP）数据

地球省/龙一著. —北京：人民文学出版社，2017
ISBN 978-7-02-013292-8

I. ①地… II. ①龙… III. ①长篇小说—中国—当代 IV. ①I247.5

中国版本图书馆 CIP 数据核字（2017）第 211766 号

责任编辑	付如初　刘　健
装帧设计	黄云香
责任印制	王重艺

出版发行	人民文学出版社
社　　址	北京市朝内大街 166 号
邮政编码	100705
网　　址	http://www.rw-cn.com
印　　刷	三河市宏盛印务有限公司
经　　销	全国新华书店等
字　　数	201 千字
开　　本	880 毫米×1230 毫米　1/32
印　　张	10　插页 3
印　　数	1—10000
版　　次	2018 年 1 月北京第 1 版
印　　次	2018 年 1 月第 1 次印刷
书　　号	978-7-02-013292-8
定　　价	35.00 元

如有印装质量问题，请与本社图书销售中心调换。电话：01065233595

序　言

刘慈欣

科幻小说是创造想象世界的文学体裁。如同现实主义文学留下了形象鲜明的人物画廊一样，科幻小说则创造了形态各异的想象世界。除了个别例外，科幻小说的世界中都是有人类存在的，所以，也可以说，科幻小说创造了各种各样的想象中的社会形态。这些社会大多运行在未来时空中的高技术背景之下。而《地球省》中所创造的未来社会可以说是独一无二的。

在这里，我们首先看看科幻文学中未来社会的一个显著的特点。对电影《星球大战》有一句著名的评论，说它"用三千年后的技术讲述三千年前的故事"，其实这在科幻文学中是一个比较普遍的现象。大部分科幻小说中所表现的未来社会，其社会形态并没有随着技术的发展而进步，相反却退回到现代社会之前落后的形态中，我们不妨把这称为科幻小说中的"社会返祖现象"。

这些落后的未来社会大都可以在人类历史上找到对应体，比如阿西莫夫的《基地》系列很像银河系尺度上的罗马帝国；郝伯特的《沙丘》系列是阿拉伯沙漠帝国在遥远外星的再现；而海因莱因相当一部分作品中的社会体制都有明显的军国主义色彩。另外一些科幻作品中，其落后的政治形态被技术放大，形成了比历史上真实存在过的社会形态更加黑暗的未来社会，如同噩梦，典型的作品如反乌托邦三部曲、威尔斯的《时间机器》等。而由现代民主社会合理延伸到未来的社会形态在科幻小说中反而是少数，阿瑟·克拉克的作品大多有这样的未来民主社会的背景。

说《地球省》独一无二，是因为它的社会返祖之彻底和决绝，至少我自己没有在之前的科幻小说中见到过。《地球省》展现的是清末民初中国社会的未来版，其地上世界是清末形态的，地下世界则更接近民国初年。虽然这个想象世界中存在着许多未来因素，如能够限定个体寿命的植入装置、星际航行和外星文明等，但这个时代的人，无论是作为个体还是社会整体，都找不到未来思想的蛛丝马迹。这个社会的灵魂是清末民初的，这个世界中的人，似乎没有经历过技术时代的洗礼，他们的行为方式和社会关系，他们对皇权的态度，都停留在陈旧时代，而其泛黄的中国市井色彩，使我们瞥一眼就能认出来源。这样一个已经成为历史的陈旧社会在未来复活，与高技术的背景进行了奇妙的融合。最令人惊异的是这种融合保留了厚重的中国世俗文化色彩，这使得《地球省》中的地球像一颗滋味浓郁的怪味豆，让人回味无穷。

对于科幻文学中社会返祖现象的原因，一种通行的说法是：科幻作家把想象中黑暗的未来作为一种警示，以努力使这种黑暗最终不会再成为现实。但这种说法并不准确。确实有一些以警示为目的的反乌托邦作品，典型的如奥威尔的

《1984》,但这类作品在科幻文学中只是少数,且都处于边缘地位;对于大部分科幻小说来说,社会返祖现象是基于一个比较简单的原因。美好的社会固然是人类为之奋斗的最高理想,但在科幻小说中,没有比完美社会更乏味的东西了,很难想象在这样的世界设定中能产生吸引人的故事。震撼的故事所需要的矛盾冲突只能在不完美的社会中出现。

《地球省》正是借助这样一个社会背景构建了一个精彩的未来史诗。从主人公由一个底层人物成长为救世主的艰险历程,全景式地从地下、地面和太空三个层面,描述了已经沦为外星饲养场的地球世界的惊心动魄的变迁,情节跌宕起伏,引人入胜。值得一提的是,《地球省》中的人物,从社会底层的警察和酒吧女到皇帝和外星大使,都有鲜明的性格,这在国内的科幻小说中是不多见的。在增强科幻小说的文学性方面,《地球省》无疑是一部突破性的作品。

与通常的看法不同,科幻小说并非是预测性的文学,而是可能性的文学。它把未来的各种可能性排列出来,至于预测这众多可能性中哪些更有可能成为现实,不是科幻小说能够做到的,也不是它的任务。事实上,科幻作家很少去关注作品中的预测性,更多关注的是从可能性中提取故事资源,所以,他们所关注的往往是那些看似最不可能成为现实的想象。但事实证明,恰恰是这类看似不可能的预测后来真的成了现实。所以我们不禁要问,科幻小说中的社会返祖现象成为现实的可能性有多大?

从历史上看,特别是文艺复兴和工业革命之后,人类文明的发展呈现明显的单向性,世界在不断进步和更新着,过去的一切像沙滩上的印记,被文明发展的大潮无情地永远抹去,已经成为历史的社会形态似乎不太可能再次出现。但在未来,这种可能性真的为零吗?

首先,先进的现代技术与落后的社会形态并非水火不相容,它们是可以在一定程度上融合的,现在那些仍处于封建体制下的中东石油帝国就是证明。

未来的社会返祖如果真的发生,一定是人类文明所面临的某些外部和内部灾变所致。

外部灾变最有可能的是地球环境的恶化,生存的资源急剧减少,人类社会必须改变形态才能延续下去。

另一种社会返祖可能在太空中发生。太空中充满着艰险和未知,当人类进入太空开拓新世界时,地球上的舒适和平静将荡然无存,人们将不得不面对种种难以想象的挑战,已经成为遥远历史的艰险的生活将重新出现。在新的太空大航海时代,许多在地球文明世界已经和正在消失的东西,如大规模战争、皇权和集权体制等,将重新出现甚至成为文明的主流。这是一个沉重而深刻的问题:人类在地球上已经经历过的,还会在太空中重来一次吗?

另一种社会返祖的动因可能来自人类文明内部,最大的可能性当然是技术的进步。从历史上看,技术的发展都是在推动社会政治的进步,工业革命使农业人口进入城市,为民主革命和变革提供了动力;出版和通信技术的发展启迪了民智,使民主思想广为传播。从某种意义上说,正是技术的发展使文艺复兴中人文的阳光照亮了社会的每个角落。在现代,信息技术的发展更是使个人直接向全社会发表意愿和诉求成为现实。但另一种力量正在孕育,飞速发展的人工智能有可能将国家机器变成一部真正的机器,里面一个人都没有,只有机器。这将是绝对稳定的系统,如果被独裁者控制,也将对他(她)绝对忠诚。同时,由于 AI 网络几乎拥有无限的精力,可以对每一个社会个体进行完全的监视和控制,这就为社会返祖提供了技术基础。

社会返祖最大的可能性还是上述内部和外部因素同时发生作用,而这正是《地球省》中所描述的状况,地球环境的恶化、外星文明的入侵、可能从生理上控制所有个体的生物和信息技术的应用。这诸多因素的综合作用,导致清末民初社会在未来的复活。

科幻小说总是不断产生着形形色色的、想象中的未来世界,而《地球省》所创造的未来世界是绝无仅有的一个,让我们在惊异的阅读体验中从未来回味历史,从历史想象未来。

2017 年 6 月 17 日于山西阳泉

人类最顽固的思想遗产,是为货币构建了繁复的仪式和直指人心的内涵,它不断自我更新形象,自我标示价值,用复杂的增益计算方法启迪欲望,用引领时尚的面目替代存在与意义,于是,历史循环往复,人性的缺陷得以进化。

——题记

1

地球省,省会西京市地下城,皇后区警察分局。

警官乔伍德抓回一名被通缉数年、积案累累的犯罪嫌疑人,刚刚领到奖金,便传来不幸的消息。视频影像中,护民官庇护三世银发披肩,服装简洁,气度尊贵,语调坚毅:今天,我以本人和地球省的名义通电银河联邦,宣告地球独立……为了保卫地球全体居民的法定财产权、法定工作权、法定生育权、法定饮食权和法定终养权,自今日起实施《战争状态法》,恳请每位地球居民拿出全部存款的35%,购买二十五年期保卫地球公债,存款不足百元者,由中央银行直接发放贷款。

乔伍德心中一声哀叹:万能的钱神哪,为什么每隔三五年,地球省就闹一回聚敛民财的独立!紧接着,他左腕上的信息仪响起提示音,耳麦中传来财税局信息台平板单调的合成语音:地球历庇护107年12月29日15点59分,您的存款余额为一千二百二十一元三角九分,购买保卫地球公债四百二十七元四角九分,现有余额七百九十三元九角整;护民官感谢您对地球的忠诚,奖励您粮票四百二十七克,饮用水票四百二十七毫升。

还没等他开口,大厅中的警察和被捕的犯罪嫌疑人已骂作一团。四百二十七元接近乔伍德四个月的薪水,但他不想骂人,只是感叹自己时运不济。他冒着被贱民杀死的危险,独自在地下管网中蹲守七天,才抓住那个传播"救世主降临"的罪犯。如果他晚回警察分局一个小时,就能保住五十元奖金,而不会变成税后三十二块五。

马莉金接通他的音频:我赌板球刚赢了六块,总共才二十二块存款,现在派下来三十五块公债,反倒欠银行的贷款,叫我怎么活?乔伍德正没好气:谁叫你狂吃滥赌,认命吧。马莉金:梅杜斯可是个贪心鬼,少一分钱也不会做手术,你还有不到一个月"依法终养",咱们到哪儿去弄那么多钱?乔伍德厉声道:住嘴,不知死活的蠢娘儿们!他四下里看了看,大厅中没人注意他,只有墙上滚动显示汉英两种文字的《护民官格言》:储蓄愚昧,消费爱国。他清楚地知道,省政府通讯中心有着强大的词语搜索功能,将梅杜斯、依法终养、钱和手术这四个词联系在一起,很容易就能判断出他正在谋划些什么。

早在一年前他就下定决心,绝不在规定时间、规定地点"依法终养"。他摸了摸脑后枕骨下三横一竖的疤痕,里边附着在脊椎和大脑上的是他的生命记录仪,别名"蝎子"。《护民官格言》说:"蝎子"即命运。然而,他不打算像大多数人那样顺从命运,更不会像那些愚夫愚妇,违法期待"救世主降临"。他只相信自己,即使违抗严厉的《终养法》,他也要自己决定命运。

警察局分局长高市奇与乔伍德在警察学校一起长大,十六岁时同一天种的"蝎子",后来结拜为盟兄弟。高市奇给乔伍德斟了半杯昂贵的"殖民者5号"烈酒,打个响指将玻璃墙壁变成不透明的白色,挡住外边好奇的视线。

乔伍德:我喝不了纯酒,给我对半杯水。高市奇:你小子就会占我的便宜。乔伍德笑:谁叫你位高权重水票多呢?高市奇:那也是我自己尿出来的。他从腰带上取下水壶递给乔伍德,知心地问:接到退休通知了?乔伍德:九天前收到的,还有十三天我年满四十五岁,"依法终养"。高市奇:这都怨我进步太慢,去年我要是能调任市局副局长,指定你接替我的位置,你就能依照《终养法》的"职务优待条款",晚两年退休。

乔伍德知道这只是一句客气话,因为他没有巨额存款买下这个出缺的官职,但还是表示了谢意,同时毫不客气地用水添满酒杯。高市奇将水壶抢了回去:有件好事,如果办得漂亮,我给你批一笔奖金,够你退休之前足吃足喝,花天酒地。乔伍德语含讥讽:这些年你可没少找我办好事。高市奇大笑:谁叫咱俩亲呢。明早八点整,中央航空站北口,穿便装,别迟到。

乔伍德没有推辞的理由,况且这些年高市奇没少照应他。他点点头,把掺水的酒一饮而尽。

高市奇:信息中心已经注意你了,刚刚又给局里发了条警告信息。你谋划的事可是重罪,要是上边真下命令抓人,我也护不住你。乔伍德点点头:盟兄说的是实话。高市奇:马莉金虽然跟你同谋,但你得狠狠揍她一顿,让那个老女人把嘴闭严了。

当晚,海龟酒吧。酒吧名来自太空传奇剧《海龟战士》,客人多半从事传奇剧行业,编导演制片、服化道美、摄影灯光录音剧务音响特效等各色人等俱全。巨大的屏幕正转播篮球赛,皇后区八爪鱼队对阵黑山区甜玉米队,这是场值得下大注的比赛,每个观众都很紧张。乔伍德坐在吧台的角落里,面前一杯浓稠的廉价烈酒"土卫六风暴",含水量极低,味道像氨水一样强烈,每抿一口,他便抓一把免费的仿真干果下酒。

今晚他约了一位重要人物,尝试解决他生命中最重大的难题。酒保冯丑儿为他将干果碗添满:这东西里边只有矿物纤维和色素,没有脂肪和蛋白质,吃多了便秘。乔伍德从衣袋里取了片膨化剂与干果一起嚼:吃得多拉得多,拉得多粮票多。冯丑儿感叹:还是当警察好,明目张胆吃禁药。

正在酒吧另一边忙碌的马莉金接通了他的音频:我这个月的粮票用完了,还欠着贷款,刚才押机器狗赛跑也输了,一天没吃饭。他恨道:下月1号才发粮票和水票,还有三天,饿死你吧。马莉金娇嗔:你这贪污腐败的臭警察,给我买根能量棒还吃穷了你?乔伍德:等会儿看哪位客人赌球赢了,你找他要粮票当小费。马莉金怒:吃屎吧,臭警察。乔伍德:吃屎?我可没你那么奢侈。

一年前,乔伍德第一次见马莉金,是来海龟酒吧收取警察局新增设的人头费。

冯丑儿:这酒吧的老板是黄先生,你们局长的合作伙伴。乔伍德:就是局长让我来的。冯丑儿:你们局长比财税局还厉害,收保护费不徇私。乔伍德:是警察基金收酒吧、夜总会、游戏厅和娱乐业的人头费。冯丑儿:为什么不收赌场?乔伍德:赌场是地球省的产业,收入直接入国库。冯丑儿把现金送上,他点了点:少一个人的。冯丑儿将马莉金叫了过来,她的假发鲜绿,围裙上移动闪耀着《护民官格言》:依法纳税,漏税必究;生育有赏,避孕法办。她笑道:警官先生,您好帅哟,让人家亲亲成吗?她在腕上的信息仪里调出一幅剧照:看见没有,大明星啊,就是我,才十九岁。

《海龟战士》是十年前的老剧了,剧照上,半裸的马莉金怀抱大口径步枪,坐骑是一头食肉牛龙。乔伍德再看看十年后的马莉金,用手指点了点吧台上那一小沓现金:少废话。马莉金把身子赖上来:人家正攒钱哪,想镶颗金牙,要不咱们浪漫一下呗,大明星啊。乔伍德用臂肘将她推开:护民官的浪漫税,加上浪漫旅馆计时费,你要是出俩人的钱,可比这点人头费多。马莉金鄙夷:没见过这么小气的臭警察。乔伍德:我也没见过十九岁的老太婆,挣吃挣喝都难,还学富人镶金牙!

那时候,乔伍德刚刚下定决心,准备违反《终养法》。他的每一分钱都要派大用场,留下来办大事,绝不会浪费在三十岁的老女人身上。等收了马莉金的人头费,他问冯丑儿:她多长时间没怀孕了?冯丑儿坏笑:您一眼看到底,快两年了。他没再往下问。《生育法》规定,凡成年女子,三年未生育者,与严重伤害劳动力者同罪。这也就意味着,如果年龄在三十岁以下,她们将被强制送往火星或土星的矿场工作,不会再回来了;如果年龄在三十岁以上,则会被"强制终养"。《护民官格言》说得清清楚楚:不事生产者可耻,不劳动者不得食。毕竟,地球省在银河联邦中最贵重的出口资源就是雇佣兵和劳工,女人不生育,地球资源就会枯竭。

乔伍德第二次见到马莉金是在下个月的月初,她因为欠税被以残暴著称的税警抓捕,送到皇后区警察分局暂时关押,等待转送债务人监狱。他一时好奇,调出她的财税和消费记录看了一眼,她上个月欠市政管理局七天的地下城空间使用费和清洁空气享用费;欠财税局八笔浪漫税,最近七天内没有购买食物和饮用水的记录,也没有居住舱的租金和市内交通费记录。这女人为了怀孕饿着肚子搞男人,七天居然还没死!他不知道是该气还是该笑。

他向队长杨亨利申请调阅马莉金的生命记录,杨亨利官气十足,用手指轻敲桌面,盯着他足足一分钟。乔伍德:我不会给你钱,也不会请你吃能量棒或喝水。杨亨利打印了一粒三维码举在手中:能量膏也成,要不就欠我一个人情。乔伍德:你我不是朋友,没有人情。杨亨利笑:那就欠我一次出勤。乔伍德抢过三维码去保密室。杨亨利比他年轻十五岁,却是他的上司,但他一点也不羡慕,因为杨亨利的职务要求他必须得给各级长官充当爪牙,贪污受贿的机会多,但危险也多,很难活到"依法终养"的年龄。

保密室是警察分局安保最严密的地方,里边的电脑连接着地球同步轨道上的"要塞",而"要塞"则控制着所有人的生命记录仪,也就是"蝎子"。金发碧眼的女保密员拿起三维码时,用亮蓝色的指甲在乔伍德手心里轻搔两下。他脸上堆满笑容,但没有回应对方明显的挑逗。他其实很想答应这位细腰丰臀的年轻女孩的邀约,一起去浪漫,只是,就算是AA制,他至少也得交八元的浪漫税。逃税是仅次于杀人的重罪,他每月薪金一百二,浪漫税一次八元,税额对他有点高。

乔伍德的信息仪是警察专用的,除了地下城居民所需正常功能之外,各种警用功能齐全。保密员将马莉金近期的生命记录发到他的信息仪上,这七天是马莉金的排卵期,浪漫八次,受孕失败。

他不知道地球省总共有多少居民,但他知道,单省会西京的地下城里就有十亿人。因为大量出口男性雇佣军和劳工,今年官方统计的地下城男女比例为1:6.99。女性比例过高,从事任何职业薪资都低,还有三年一次的生育压力,而且四十岁才退休,因此,她们一过三十岁就很难与众多的年轻女孩竞争了。女人是地下城中最低级的物种,像马莉金这种人很多,被从债务人监狱转到外星矿场是她们必然的命运,毕竟,矿场的劳工和罪犯也有交纳浪漫税的需求。当然了,如果她三年之内没有生育,也会是同样的命运。

杨亨利发来音频:收拾家伙,重装出动。乔伍德:我打卡下班了。杨亨利:你欠我一次出勤。乔伍德:你放高利贷吗?讨债不过夜!

警员重装出动,意味着对方有武器,会拒捕。乔伍德仔细穿戴好防弹胸甲、头盔和绝缘靴,并将每一件武器装备都检查两遍。杨亨利带着他上了一辆没有标记的电动厢型货车,车上另外两名警员是杨亨利的盟兄弟。那俩人很客气:老哥您今晚多受累。于是乔伍德知道,今晚他得冒生命危险。这也是没办法的事,即将"依法终养"的老警察比不上警察局的新人有价值,只配干脏活累活危险活。

他们的目标是食品加工厂变电站的地下管网出口,乔伍德给自己盖上单向透明的伪装布,埋伏在距离管网出口三十米处。杨亨利:等他们离开后,你布设四枚震荡闪光弹,不能让他们逃回地下管网。乔伍德:你怎么知道他们从这里出来?杨亨利:我有准确情报。乔伍德猜想,生活在地下管网中的"贱民"里,应该有杨亨利的内线。

管网出口打开，十几个人背着沉重的装备出来，多数年老。乔伍德很小心地隐蔽自己。贱民都是亡命徒，里边很多人都曾当过警察、黑帮或小官员，还有一些是曾经富有的私营企业主，他们花巨资请黑医生取出蝎子，抗拒《终养法》。能在没有食物和饮用水的地下管网中存活下来，他们必有丰富的实战经验。

"贱民"们将背上的装备组装成两辆人力车，然后向食品加工厂方向去了。管网出口的门又关上，说明里边有人在放哨，但乔伍德的伪装布能隔绝红外线，不会被哨兵的红外线夜视镜发现。将近一个小时之后，"贱民"们回来了，人力车上堆满了他们偷来的食物。接下来发生的对抗场面与其他脏活类似，无非是杨亨利引爆震荡闪光弹，将部分"贱民"炸昏，还能挣扎反抗的被他们用步枪击昏。他们共抓获十一名"贱民"。乔伍德被"贱民"用自制的"十字弓"射中大腿，他一枪将那家伙击昏，发现他脖子上悬挂着一枚金色饰物，便毫不客气地摘下来塞入衣袋。箭伤让乔伍德不得不瘸着腿去收集四枚定向爆炸的震荡闪光弹残骸，以便回收再利用。地下城没有资源，全靠西京地上城输入，所以《护民官格言》说：浪费如偷盗，且罪加一等。

杨亨利命令手下将"贱民"反绑双手，连同人力车上的十几箱能量棒和饮用水一起装入厢型货车。乔伍德在拥挤的车厢内为自己取出箭头，缝合伤口，注射抗生素。他发现货车没有驶向警察分局，就问：这是去哪儿？杨亨利："贱民"不算人，带回局里没奖金。

货车驶进一家星际贸易公司，大门上有金色八爪鱼标志。

开铲车的女司机颊上刺着绯红色的二维码,是有技术专长的年轻服刑犯人。杨亨利让女司机把仍在昏迷的"贱民"堆在铲车上运走,带回一沓现金,给乔伍德和另外两名警员各数了六十元,笑道:今晚打猎收获还不错,但大份儿得给局长。乔伍德:这家公司买"贱民"干什么?杨亨利:多嘴不长命,还是把钱收好吧,我们只需牢记《护民官格言》。两个盟兄弟齐声:为钱神而生,生得光荣;为钱神而死,死得伟大。

护民官的这些"教义",乔伍德自幼背得滚瓜烂熟,不用杨亨利提醒。只是,此刻他心中没有挣钱的快乐。以往,不论是帮警察局的信托基金放高利贷对小企业主敲骨吸髓,或是充当打手收保护费,以及干脏活分好处,他都是参与者,都曾有过挣钱的快乐。再早些时候,他带着年轻警察替雇佣兵募兵站和劳工招工处干私活,逼迫轻罪犯卖身当兵或当劳工,钱来得更容易,花得也痛快。唯独今天对"贱民"的诱捕,让他感觉胸中憋闷,想吐又吐不出来。

"贱民"虽然生活悲惨,但能自己把握命运。乔伍德如今也有同样想法,也想自己把握命运,并且一直在为此拼命挣钱、存钱。他的计划是,弄到足够的钱,找个有同样想法的女人,请黑诊所的医生替他们取出蝎子,然后双双逃入地下管网,加入"贱民"队伍。只是,他现在是即将"依法终养"的老警察,挣钱的机会太少了。为此,他很后悔年轻时把钱都花在了玩乐上,没有积蓄和投资。

回到警察分局,他用卖"贱民"的钱替马莉金交纳了所欠税费,不足之数,他贱卖了杨亨利分给他的十条能量棒和一千毫升饮用水。马莉金大哭:从今往后大明星就是您的通房大丫头,老爷想要我只管吩咐,奴婢随叫随到。乔伍德:你古装传奇剧看多了,病得不轻!赶紧滚蛋,免得我后悔替你花钱。马莉金当即收干泪水,面容如铁:那我替您干活。您有什么仇人,一句话,指哪儿打哪儿,枪法如神。乔伍德立刻对她有了兴趣,地下城中兼职雇佣枪手很多,但女枪手极少见。"贱民"生活危险重重,他需要一个有本领的女人做帮手,今天他一时冲动救下这个女人,居然有如此回报,让他不由得感谢钱神的眷顾。然而,很快他便发现,有长才者必有恶癖,马莉金枪法虽好,却是个麻烦重重的赌徒。

当晚,海龟酒吧,酒保冯丑儿对乔伍德道:您等的人来了,我家黄老板。

黄老板炭黑肤色,精瘦,从后门进来,大剌剌坐在沙发上,耷拉着眼皮,眼角多皱纹。此时他被一群投资人、导演、演员和制片人点头哈腰围着,两个保镖站在不远处,肋下鼓鼓的,显然带着武器。他的助理黑藤良捧着极为罕见的手写账簿,手勤口快地与众人结算账目,忙着收付现金或转账。

此人是地下城最有势力的人物之一,皇后区的黑帮首领。等那边的生意告一段落,乔伍德招呼马莉金一起过去,坐在他面前。乔伍德:黄老板。黑帮首领:我姓黄,学名胖子。乔伍德:黄胖子先生,我拜托您的事怎么样了?

黄胖子一歪头,助理黑藤良给他读信息仪上调出的资料概要:乔伍德,一等警官,距"依法终养"还有十二天零三小时;马莉金,三十岁,酒吧女招待和兼职雇佣枪手,已两年零九个月未生育。黄胖子面无表情,豪奢地向招待要了三百毫升冰水。

乔伍德低声下气:五千元确实数目不小,利息好说。黄胖子好像挺健谈:不是你们局长高市奇亲自求我,我可没工夫搭理你;你们两个本身一钱不值,又没有还款时间,你当我是慈善家？马莉金赔笑脸:"办善的"都是恶棍。黄胖子:我是恶棍的老板,你以为我的钱是大风刮来的？马莉金:我可以帮您干活,最擅长的是边开车边开枪,说打鼻子不打眼。

雇佣枪手是地下城中需求量很大的兼职工作,不论是黑帮火并、私营企业安保,或者是警察、税警不方便干的脏活,都会临时雇用他们。这项兼职收入不错,只可惜马莉金是个无可救药的赌徒,再多的收入也攒不下。

黄胖子一口喝掉半杯冰水,挥手赶马莉金离开,单独面对乔伍德:给我一个帮你的理由,一个就行,想好了再说。乔伍德沉吟片刻:我不想退休。黄胖子:什么？

乔伍德:我不想"依法终养"。

黄胖子:别羞答答地说酸词儿,什么退休、"依法终养",不就是不想死嘛！男人四十五岁,女人四十岁,在规定时间、规定地点"依法死亡",这是《终养法》的条款,是你的蝎子决定的,是你的贱命。

乔伍德又沉吟:我想跟那个女人合伙儿,一起离开。黄胖子大笑,露出嘴里的三颗金牙:你想学外星殖民传奇剧《辛巴德一家人》,到了殖民星球,娶妻生子买农场？那都是旁边那伙浑蛋瞎编的。在摄影棚里拍的故事,是招兵、招工的宣传片,专门骗你们这些轻信人言的傻蛋。乔伍德正色:我不想"依法死亡"。黄胖子:你想干违法的事请便,我说最后一遍,我要的是还款理由。

酒吧里响起一阵喧闹声,篮球比赛结束,黑山区甜玉米队获胜,信息仪提醒乔伍德输了五元钱。众人将视频调到自由搏击比赛,又开始下注。乔伍德:我把我的居住舱抵押给你。黄胖子:你要借五千块,十二天期限得还七千多。你那居住舱肯定欠着贷款没还清吧?到时候你撒手闭眼,银行是第一债权人,我要是敢跟银行争嘴吃,护民官肯定把我送到矿场当劳工。他一口饮尽杯中水,只剩下冰块:请我喝杯水吧。乔伍德叫住一个怀孕七八个月的女招待,故作大方地给黄胖子的杯中添了一百五十毫升水,并用信息仪当即支付了水票和水钱,同时在搏击赛上押了五元钱。乔伍德:我可以把居住舱卖给你。

助理黑藤良:他的居住舱是十五年期按揭贷款,还差十三天到期;他最近两年还款情况很差,欠银行本金、利息、滞纳金和罚息,合计……

乔伍德:这两年房地产大涨,居住舱的租金涨了五倍,所有权的价格涨了三倍。助理黑藤良:他是在信贷泡沫时期买的居住舱,现在五千元买他的居住舱,再按市价转卖出去,需要先还清银行的贷款,包括本金、利息和罚息。财税局为了抑制房价上涨过快,这个月刚又提高了房产转让的税费比例,所以,加上这两次交易的转让税费,总计大约要赔两千多元。黄胖子:按揭贷款购买居住舱是地下城最大的阴谋,银行早就已经计算清楚,在你"依法死亡"之前没收你的房产,让你直接住进终养所。他顿了顿,嘲弄地望着乔伍德:别的警察和官员都是人死了,钱没花完;你当警察很失败,弄钱的本事太差。

乔伍德为这笔钱已经奔波了一年多,黄胖子是他最后的指望。此刻,他绝望了。

黄胖子用眼睛盯着杯中的冰块:我倒是有一个解决问题的办法。乔伍德将身子前倾,目光殷切。黄胖子指着黑藤良:这家伙的包里有好几万现金。乔伍德满怀期待。黄胖子喝干杯中水,嘴里含着冰块:好多人说你心黑手狠脑子快,动手吧。

乔伍德三秒钟之内完成一系列动作:伸右手摸肋下的手枪,左手抓住黑藤良的左腕,将他拉到身前并将手腕扭向背后,同时开枪利落地将扑上来的两名保镖击昏在地,并抬左腿夹紧黑藤良的脑袋,右手持枪搭在黑藤良的脊背上,眼睛盯住黄胖子。

视频转播的搏击赛结束,乔伍德赢回十元钱,自动扣除两元税款,实得八元。今晚他赌了两场,平手,赔的只是税款,上缴财税局了。黄胖子伸手拍了拍乔伍德夹住黑藤良的腿,口中咯吱咯吱嚼冰块:果然不错!明天等我通知。

2

地球历庇护107年12月30日7点45分,气温24摄氏度,湿度65%。

城市铁路只在中央航空站货运繁忙的东口和南口有车站,乔伍德在前一站"钱神殿广场"下车,叫了辆俗称"胶皮"的人力车前往北口。地下城男性劳动力奇缺,人力车夫都是身材粗壮的女人。他靠在座椅上,跷着腿,丢一颗膨化剂到嘴里,嚼碎后用半口水送下。膨化剂在地下城是好东西,可以增加排便的分量,唯一的缺点是服用后偶尔会放屁。因放屁污染空气,"蝎子"会通知市政管理局,收取每次0.03元的"放屁税"。

昨晚马莉金告诉他,她的排卵期已过,这个月又没能怀孕。她只剩两个月的时间便满三年未生育,就算下个月子宫里有受精卵着床,也已违法,难逃被送往外星矿场或被"强制终养"的命运。最后她对乔伍德道:臭警察,我跟定你了。为了马莉金对他的承诺,乔伍德下车付钱时,慷慨地赏了怀孕的女车夫一粒膨化剂当小费。这粒药比车资还贵,女车夫拉住乔伍德的手送到唇边亲吻,口中喃喃:"救世主降临。"乔伍德抽手回来:我是警察。女车夫闻言脸色大变,拉起车飞也似的逃走了。在地下城中,传播"救世主降临"罪堪比煽动暴乱,乔伍德再糊涂也不会惹这种祸事上身。

分局长高市奇和队长杨亨利已经等在中央航空站北口,让乔伍德吃惊的是,警察总局和地下城六个区的所有高级官员也都到了。乔伍德问:什么情况？高市奇:西京地上城派特使下来,每区一位。我向区长保举的你,给特使当贴身侍卫,所以才让你穿便服。乔伍德:为什么是我？高市奇瞟了一眼不远处的皇后区区长和杨亨利,低声道:这件事挺微妙,我没人可以信任,只能拜托你了。乔伍德觉得对方话里有话。高市奇:特使是护民官直接派下来的,咱们局里,接待特使的活只有你干过。乔伍德:你也干过。高市奇:我是你的上司,你得替我挡事,万一出事我也好救你。乔伍德:上次特使下来是十一年前,那次是你争功,我受过。高市奇:谁让你一根筋不听话哪。乔伍德:这回你不怕我一根筋了？高市奇:怕也没办法,要出大事了,你得帮我一把。乔伍德:什么大事？高市奇:现在不是时候,找机会再告诉你。

这是十一年来西京地上城第一次派人下来,多年未曾使用的贵宾厅,怎么打扫都有股破败的味道。六位区长侍立在电梯旁,乔伍德远远地站在后边,心中想的却是他在退休前必须要办的大事。头一件,也是最重要的那件,就是钱,他至少需要五千元才能实现目标。现在算起账来,居住舱只能放弃给银行了,他还有一等警官一次性发放的免所得税退休金六百元,就算这样,他总共也只有一千多元。如果正常退休,这笔钱足够他临死前花天酒地一番,但要想带着马莉金一起取出蝎子,反抗命运,就远远不够了。《护民官格言》说:国不收税费不强,人不得外财不富。他需要在十二天之内得到一笔外财,不,是一笔横财。

电话铃响,电梯灯亮了,守电梯的警卫拿起墙上的有线电话说了几句,于是,众人的目光都集中在电梯门上。依照上次的经验,乔伍德知道,这部高速电梯从地面下降到地下城,大约需要十五分钟。从在场这些人的表情上看,他们多数都没有接待特使的经验。果然,这些人很快便焦躁起来,刚开始是彼此用目光询问,而后是窃窃私语,六位区长不由自主地往后退,像是怕电梯门里会冲出太空传奇剧中的怪兽。

终于,铃声一响,电梯门打开,走出来六位男青年,身穿同样的黑色立领套装,右手提银色手提箱,左手信息仪上闪动着六个区的名字。六个人分开,只与对应的区长和警察局分局长交谈。从这阵势看,乔伍德猜想此次不似上次,必有出人意料之处。果然,高市奇向他跑过来,低声道:这次是微服私访。等他的行李到了,你一个人带他走。乔伍德:到哪儿去?高市奇:听特使的。乔伍德:然后呢?高市奇:听特使的吩咐就是了。一小时向我汇报一次,用保密频道。

电梯十一年没用,出故障了,特使的行李被卡在中途。六位特使稍做商议,决定先离开,下午再来取行李。皇后区的特使最多也就二十岁出头的年纪,黑发、黄皮肤,是个面容甜美的小伙子。虽然他的表情很严肃,但乔伍德知道,不论是谁,从地面来到地下城,心中都难免不安。其实,如果让乔伍德自己到西京地上城去,他也一样会害怕。因为地面上的事对于地下城的居民来讲,只是传说,他们连视频都没看到过,更不要说亲身经历了。

上了警车,乔伍德问:咱们上哪儿?特使不住地打喷嚏:

先去卫生间。乔伍德:什么?特使:厕所,方便一下,这空气里都是什么?!乔伍德:空气里能有什么?!噢,您要上茅房啊。乔伍德暗笑,一旦紧张害怕就想尿尿,这是少年儿童的生理特征。

老警察的经验往往决定着他们的生死和外快,乔伍德认为自己应该在这次任务中充分运用他一生的经验和直觉,他相信,这也是高市奇选定他的理由。于是,他把车开到繁华的香榭丽舍大街,让特使见识一下地下城的生活。车停在街边,举目望去,四十公里的长街两侧挤满了夜总会、酒吧、按摩院、浪漫旅馆、体育馆、赌场和电子游戏体验馆的霓虹灯,街上电动小汽车不多,到处是敞篷的双层公交车、招揽顾客的"胶皮"和单轮脚踏车。现在时间太早,来此玩乐的人群要到下班后才会大量拥入。

他们来到一家名叫"浅草"的按摩院门外,女孩们冲出来就把特使往里边抢。特使好像被吓坏了,绝望地向乔伍德伸手大叫。乔伍德这才踱步过去,慢条斯理地对妈妈桑喝道:住手!妈妈桑将黛色浓重的弯眉挑得高高的,眼睛睁得溜圆,拍手轻跳:乔警官,您老多长时间没来了,想死人家啦。然后她指着乔伍德,泪眼汪汪地对特使道:这是我的第一个男人,也是最好的男人。乔伍德正色:站远点,警察公务。然后他故作谦卑地问特使:您是先浪漫一下再方便,还是方便完了再浪漫?

特使:什么浪漫?乔伍德夸张地做着动作:男人跟女人哪,您上眼瞧瞧,多可爱的女孩儿,红黄白黑四色齐全,法律规定十七到二十五岁,有娱乐行业从业者的合法避孕权。您要是喜欢年长些的,妈妈桑也能为您服务。妈妈桑闻言提着裙摆大步往上闯,特使大叫一声"停",满面羞红,对乔伍德道:茅房。

乔伍德伸手往墙上一指,浅草按摩院的霓虹灯招牌下,有一排闪着绿光的指纹按钮,标着"雪隐"二字。乔伍德坏笑:"雪隐",就是茅房。特使很生气的样子:你想捉弄我?乔伍德:您那里的茅房不是这个样子的?特使不答。乔伍德认为不能一下子给特使太多试探,再施压对方怕是会恼,便正经八百道:请您将常用的指纹按在上面。特使狐疑地盯着乔伍德,将手提箱交到左手。这时,一个满脸稚气的按摩女郎上前,温柔地捉住特使的右手食指,按在按钮上面。绿光闪了两闪,又闪了两闪,没有反应。

乔伍德:您今天一下电梯就不顺利。特使再将手指按上去,按钮发出合成语音:查无此人,禁止使用。听到这话,所有人都愣住了。乔伍德向按摩女郎们一指:闭嘴。然后,他伸出自己的手指按了一下,墙上移出一只金属坐便器。他对特使道:您请吧。特使:就在大街上?

年轻女孩轻柔道:法律规定,走私排泄物罚款很重的。见特使还在犹豫,女孩打开坐便器的盖子:您就坐在上边,等您排泄完了,按一下右边的按钮。见特使用手提箱顾前不顾后地遮挡着坐下,女孩:太可怜了,地下管网里的日子一定很难过,连坐便器都没有。乔伍德知道,女孩是把特使当成那种在地下管网中出生的第二代"贱民"了,他们没种过"蝎子",自然打不开坐便器,便对女孩呵斥道:别瞎猜,他手指受伤了。特使方便后伸手乱摸,女孩帮他按了一下右边的按钮,坐便器中洁净臀部的旋风将他吓了一跳。

坐便器收回墙中,乔伍德收到财税局发来的信息:感谢您在指定地点排泄,此次排泄物计量结果:折合粮票一百零一克,饮用水票一百一十二毫升,扣除排泄税和排泄物处理费九分,请查收。乔伍德对特使解释:我们的粮票和水票,每月1日发半份,另外半份全靠自己的排泄物折算;我听说排泄物是地球重要的外贸出口产品,是真的吗?特使不答,目光转向女孩。女孩对乔伍德道:你占了人家的便宜,得给人家买根能量棒。特使对女孩微笑:谢谢你。女孩笑:我叫罗黛莎,跟我来,浪漫一下。

这时,警察分局开始呼叫乔伍德,他刚要接听,轰的一声巨响,他们方才乘坐的警车爆炸起火。

乔伍德片刻未停,拉起特使冲进按摩院,对妈妈桑大叫:关门,落锁!他透过窗子往外看,电动警车的火烧得很大,不是电池起火,一定是有人在车里放了爆炸物和燃料。罗黛莎将特使拉到沙发上,搂在怀里,细心安抚。乔伍德将信息仪调到警用通讯频道,里边的对话很混乱。他此时应该向局里报警,但他犹豫了。他深知自己不值得任何人动手暗杀,他的命不值那颗炸弹,目标必定是特使。上次西京派特使下来,动用的警务人员有上百,这次却只派他一个马上就要"依法终养"的老警察保护特使微服私访,里边必定没好事。

信息仪响起,不是警察分局,而是黄胖子:那位大人物没伤着吧?乔伍德:是你干的?黄胖子:没我照应,你早死了;带那位大人物来见我,要快,否则你马上就死。乔伍德:为什么?黄胖子:五千块,现金,新票子。乔伍德:是借还是换?黄胖

21

子：你现在手里有宝，听你的，一手交人一手交钱，算是桩买卖。乔伍德：他对你有什么用？黄胖子：少废话，我把见面的时间、地点发给你。乔伍德：他到底有什么用处？黄胖子：见面我就告诉你。乔伍德：然后立刻杀死我？黄胖子笑：我就喜欢你这种聪明人。

乔伍德再调到警用频道，坏消息陆续传来，另外五位特使在爆炸中死了四位，第五位受重伤送往医院。警察分局在呼叫他，他在犹豫。高市奇也在呼叫他，他仍然没有回应。有人要杀掉全部特使，他保护的特使没死，这就意味着黄胖子说得对，马上就会有人来追杀他们。

他向妈妈桑要电动汽车钥匙，妈妈桑赖在他身上乱摸，居然从他胸前摸出他在"贱民"身上缴获的金色饰物。妈妈桑的表情立时庄重起来，将饰物捧在手心里吻了吻："救世主降临。"然后她小心地将饰物塞回乔伍德的衣领内，并将汽车钥匙交给他。

乔伍德没时间关心妈妈桑的装神弄鬼，他拉起罗黛莎怀抱中的特使，对众人道：警察马上就到，你们就说我抢妈妈桑的汽车逃跑了。众人点头，不说实话她们都犯了重罪，直接送外星矿场。罗黛莎把他们送出后门，与特使吻别。特使：我叫巴斯基。罗黛莎：巴斯基，亲爱的，别忘了回来找我。

妈妈桑的双人座电动汽车像玩具般小巧，乔伍德启动汽车，改成手动驾驶模式，向路灯稀少、环境恶劣的工人宿舍区驶去。

巴斯基：麻烦您送我回航空站取行李。乔伍德：航空站肯定布满了警力。巴斯基：警察应该保护我。乔伍德：你的五个同伴死了四个,剩下那个重伤,你要是有脑子就想想看,杀他们的人会放过你吗,你敢保证警察没参与此事吗?巴斯基:谁要杀我们?乔伍德:我正想问你哪,平白把我扯进这桩烂事里边,你怎么赔偿我?

工人宿舍区庞大寂静,一半工人上白班,另一半下夜班在睡觉。乔伍德将车开进迷宫般的宿舍楼,楼道两侧壁立十几层的椭圆形居住舱门像成百上千只眼睛。他们在楼道中行驶,借机躲避街上的视频监视系统。然而乔伍德知道,即使警察局看不到他的影像,但通过跟踪他的"蝎子",或是跟踪汽车的定位仪,也能给他定位,只不过稍微麻烦一点罢了。他现在需要的是争取时间,避开杀人者的第二波袭击。他用妈妈桑的车载电脑接通酒保冯丑儿:叫马莉金起床听电话。马莉金大叫:你死哪儿去了,满大街到处爆炸,死人乱飞,怎么死的不是你?乔伍德:还记得第三套方案吗?我们在那儿碰面。

为了自己掌握命运,他和马莉金共同设计了好几套方案。马莉金干过传奇剧,又是雇佣枪手,想象力和行动经验都很丰富,设计方案时出力不少。马莉金:昨晚把钱输光了,没有交通费。乔伍德:我怎么会找上你这么个又懒又馋的女赌徒当同伙,我现在不能转钱给你,怕有人盯着我,一转账就把你露出来了,找冯丑儿借。马莉金:谁会盯着你这抠屁眼儿嘬手指头的财迷警察?乔伍德:闭嘴,干活儿,回信时打这个电话,别呼叫我的信息仪。

宿舍区尽头是工厂区,这种大规模的工厂附带宿舍的街区,地下城中有好几万座,围绕着中心城区皇后区向四外扩展开去。十亿人的地下城其实是座庞大且复杂的工厂,尽管乔伍德为了退休的事做过周密勘察,但对许多地方仍然一无所知。他将车停在一幢宿舍楼的门洞内,想把思路理一理,同时等待马莉金的消息。巴斯基安静地坐在他身边,眸子里映照出门楣上《护民官格言》的移动文字。

半个小时过去了,警察局的总台和高市奇一直在呼叫乔伍德。他用信息仪给高市奇发了一条短音频:别理我。高市奇回话:我在保密室。他接通高市奇的音频:你知道我今天必死。高市奇:绝对不知。乔伍德:谁干的?高市奇:现在没线索。乔伍德:今天早晨你说,要出大事了,我得帮你一把,是让我替你死吗?高市奇:保证不是。乔伍德:暗杀特使,有你一份?高市奇:没有,护民官办公室刚刚给我传来命令,有护民官的电子签名,让我不惜一切代价,协助特使完成使命。乔伍德:我不信,跟我说说你早晨提到的那件大事。高市奇:电话中不能说,我给你安排藏身地点,你带特使快去,过后我告诉你一切。乔伍德:你什么都知道,故意瞒着我。高市奇:我知道个屁,要是全都知道,我这会儿尸首都凉了。

乔伍德沉吟片刻:没弄清情况之前,我不能冒险听从你的安排。高市奇:你都是要死的人了,还有什么险可冒?乔伍德笑:哈,你终于说了句实话,派我给特使当侍卫,就是让我送死。高市奇:听我说……乔伍德切断了音频通话。

车载电脑响,乔伍德:你到了?马莉金:他不肯见我。乔伍德:你守在那儿,不许他离开。他启动汽车,仍然在一幢接一幢的宿舍楼走廊中穿行,尽量避开街道。

巴斯基:护民官是谁?乔伍德一脚踩住刹车,轮胎吱吱叫着,车停了下来。乔伍德:你说什么?巴斯基:我刚才在看

《护民官格言》,谁是护民官?乔伍德:地球省的最高领导人,已经世袭三代了,庇护三世,你居然不知道?巴斯基:哪有什么地球省?银河联邦早就崩溃了,分裂成几百个小邦联,地球现在是帝国,庇护三世是地球的皇帝。乔伍德吃惊:什么时候改的帝国?巴斯基:三代皇帝,一百多年了。他伸手摸了摸巴斯基的额头:你该不是吓出精神病了吧?巴斯基摇头:你才精神病,我清醒得很。乔伍德:地球帝国?搞什么鬼?巴斯基:我也正想问你,地下城在搞什么鬼?护民官是历史书上的陈年往事,哪儿冒出来的《护民官格言》?

真出大事了,乔伍德活了四十五年,他被告知的一切,相信的一切,全都变成了不可靠的往事。他指着巴斯基笑道:你这坏小子,在跟我开玩笑。巴斯基没有回答,从腕上的信息仪中调出视频,那是一座辉煌得有些俗艳的广场,旗帜的海洋,挤满了人,一队队迈着"鹅步"行进的士兵方队,手里举着小旗的妇女和儿童席地而坐,年迈的官员、将军和相貌各异的外星系大使坐在观礼台上,其中许多人戴着华丽的面具。

另一边,高高的舞台如同梦幻,舞台上方的天空中闪烁着汉英两种文字的巨型横幅:热烈庆祝皇帝陛下寿诞,万岁万岁万万岁。巴斯基打开音频,播音员:帝国的臣民乘坐星际客轮、穿梭机、高速列车,甚至渔船和机动车,从四面八方赶到首都西京,他们的脸上洋溢着灿烂的笑容,心中的幸福化作泪水,只为一睹圣颜……

巴斯基关上信息仪:这是今天在胜利广场的实况转播,皇帝陛下庇护三世七十岁寿诞,举国同庆,大赦天下,赐鳏寡孤独和耆年老者食物,犒赏三军,派使节慰问各国侨民。

乔伍德：这么说，你是为了皇帝陛下的寿诞，来慰问地下城居民的？

巴斯基：不是，我有其他工作。

乔伍德语含讥讽：莫非你就是那些傻老娘儿们信奉的"救世主"，终于降临了？

巴斯基：别乱猜！我的使命是"帝国机密"，送我回航空站。

高市奇发来音频：快逃，你们被发现了！乔伍德：谁在追我？高市奇：现在还不知道，但他们有密码，能使用警用设备，这才追踪到你们。乔伍德：发现的信号是汽车，还是"蝎子"？高市奇：是汽车，但你的"蝎子"没多久也会被发现。乔伍德掀开车内仪表盘，拔下汽车定位仪，然后驾车疾驶向繁华的大街，跟在一辆自动行驶的公交车后边，对巴斯基道：你拿着这个，等一会儿从前门上那辆公交车，把它放在座位底下；等到第三站西班牙广场，你从后门下来，我在后边跟着你。

巴斯基拿着定位仪上公交车，追踪他们的汽车也到了，只有一辆，但乔伍德认为应该还有其他汽车没出现。那辆汽车很大很结实，只轻轻一碰，妈妈桑的汽车外壳便碎裂了，后保险杠和尾灯碎了一地。乔伍德驾车窜入小巷来到另一条街，出现了第二辆追踪汽车，两辆车一夹，妈妈桑的两扇车门便掉了。乔伍德右脚深踩加速踏板，用左脚踩着刹车踏板控制速度，把车开回繁华的香榭丽舍大街，因为车身轻速度快，他转弯时险些撞飞一辆"胶皮"和两名行人。追踪的两辆车紧跟在后边，每辆车都有人从车窗中探出身子，手上举着大口径步枪向乔伍德射击。自十天前皇后区与格林尼治区黑帮火并以来,这是乔伍德一个月内两次面对警用级武器的攻击,而且还把特使丢在了公交车上。

他带领特使逃离浅草按摩院,是因为福至心灵,突然想到了一个绝妙得让他对自己佩服得五体投地的好主意。特使是他活了四十五年遇上的最大机遇,是钱神送给他的贵重礼物,如同天上掉下能量棒,恰好落在他的嘴里,为此,他绝不能与特使分离,更不能让他被人杀死,任何人都不行。

他的汽车外壳在追杀者的枪击下一块块破碎,飞溅,汽车现在只剩下底盘、机器和驾驶座,如果他们追上来,就会看到特使没在副驾驶座位上。皇后区是他的地盘,对于警察来说,路熟是一宝。他在有乐町的小巷中窜来绕去,将站立门口招揽顾客的娱乐业男女惊得四散奔逃,然后回到大路,准确地在西班牙广场公交站接上巴斯基。

乔伍德笑:你肯定没付车钱。巴斯基面色羞红:但我假装跌了一跤,把东西放好了。然后,乔伍德驾车追上那辆公交车,紧贴在公交车的左侧往右挤,公交车往右躲。他拔出手枪给巴斯基:我先减速,然后再加速,你瞄准扣扳机就行。他驾车超过公交车,减速,公交车也被迫减速,然后他马上向左让开道路,以免自动行驶的公交车停车。公交车提速向前,后边的追车赶到,巴斯基开枪,击碎了追车的前挡风玻璃。乔伍德用公交车作掩护,对巴斯基大叫:还差一个街口,你坚持住。巴斯基不语,开枪。乔伍德突然驾车超过公交车,从公交车车头前向右转弯,冲入一家大门洞开的夜总会。追兵的视线在这一刻被公交车挡住,他的汽车定位仪在公交车上,追兵至少要超过公交车之后,才能发现他们失踪。

夜总会还没开始营业,椅子倒扣在小桌上,只有几个清洁工在吸尘。乔伍德像搬一张板凳一样娴熟地驾驶着只剩底盘的汽车,穿过桌椅丛林,下台阶进入地下室,在错杂的地下甬道中绕来绕去,过了许久才回到地面。乔伍德:够刺激吧?巴斯基向他竖起大拇指,笑得很甜。乔伍德:一会儿还有更刺激的。

3

黑医生梅杜斯的诊所是一座宽敞的地下洞穴,入口在皇后区和德里区交界处的垃圾分类处理站下边。两年前,乔伍德带人突袭,抓获梅杜斯,但第二天他就被释放,并且退还了全部作案工具。乔伍德不服,很快,在梅杜斯做手术替人取"蝎子"时,人赃俱获,但这家伙当天便被释放,仍然在原来的洞穴里开黑诊所。于是,当乔伍德决定自己掌握命运,也想取出"蝎子"时,便专程前去拜访,还带了五百毫升水作礼物。

梅杜斯脸上光溜溜,金色长发已经花白,肯定早就超过了"依法终养"的年龄,居然至今未死。乔伍德:《护民官格言》说,"依法终养,人人平等",你凭什么例外?梅杜斯说话媚声媚气,口中的那颗金牙镶嵌得极为精致:有我这门手艺的人不多,我是最好的,人们需要我。

乔伍德:做一例手术多少钱?梅杜斯:两千块,至爱亲朋,概不赊账。乔伍德:地下城禁止婚姻,小孩一生下来就交给养育院,等于无父无母,哪来的亲朋?梅杜斯轻蔑道:人总有犯糊涂的时候,结交过几个狐朋狗友,拜过几个盟兄弟,还有那些帮过我几次小忙的贪官,抓过我几回的臭警察,都想来我这占便宜。乔伍德:你让占吗?梅杜斯:两千块不是小数,但你是个贪污腐败的警察,不缺这点钱。乔伍德:我真就没有。

梅杜斯不屑:那就依照《终养法》规定,到时候去终养所等死吧。乔伍德:我还有一年才该死,你要不帮我,我会跟你纠缠到底,早晚把你送到矿场上去。梅杜斯:你烦不烦,没人罩着,我干这行能活到今天?

乔伍德:我不是高官,没那么大权力罩着你,但杀人我会,袭警或者拒捕,你挑一样,我现在就替你伪造犯罪现场。

梅杜斯:别给自己找麻烦了,还是回去弄钱吧,有钱我就帮你,没钱屁也别放。《护民官格言》说得精辟,"有钱的王八大三辈儿"。

乔伍德无奈,告辞时,梅杜斯提醒他:一个人当贱民,孤独终老,悲惨得很,别人都带个女人去,有的还带俩,另外,你也会需要些生存工具,最少得准备五千块才勉强够用。

从那天起,乔伍德就一直在为这笔钱努力。只是,年龄是地下城中消耗最快的资本,作为即将"依法终养"的老警察,贪污受贿捞外快的轻松机会都躲他远远的,他能干的只有脏活累活,而且收入越来越少。

见到他们,马莉金迎上来:那老家伙的保镖不让我进门。乔伍德问:带家伙了吗?马莉金:全套工具。乔伍德带头下到地穴,拿出警徽给保镖看。保镖:医生正在做手术。乔伍德咳嗽一声,马莉金举起喷雾器喷在保镖脸上。保镖捂住满脸的合成辣椒素跌倒,乔伍德用枪柄将他敲昏,从他怀里解下枪套丢给马莉金。

梅杜斯确实在做手术,见他们进门,示意他们稍候。不一会儿,梅杜斯给手术台上的年轻人将刀口黏合整齐,拉开屏风,扶他下床穿衣服,又给了他一瓶药,送他出门。乔伍德:你给他做手术收多少钱？梅杜斯收拾手术用具：他要是有钱还来做阉割？虽说"食色,性也",但失业率高,挣钱难,税费多,所以,食与色这两样当中他只能舍一样留一样。

巴斯基吃惊得大张着嘴,乔伍德司空见惯。梅杜斯:再者说,医生这行当自古就是"劫富济贫",我不帮他,他就只能卖身去外星当劳工。我帮他这次,签的合同是拥有他人生35%的所有权,日后这小子说不定有远大前程,会给我带来巨额回报。乔伍德:鬼话连篇。梅杜斯:阉人专心,进步快,当官发财的概率高。

乔伍德:我就知道你没安好心肠。梅杜斯:好心肠早让财税局吃了,这个你吃吗？梅杜斯举起一只肾形盘,里边是刚才那个小伙子的两只睾丸:桌上有盐,拿喷灯烤烤蘸盐吃。你这辈子都没吃过肉,今天算开荤,三个人分吧,别打架。马莉金:法律规定,食尸如同盗窃地球资产,罪比抢劫银行。梅杜斯白了她一眼,问乔伍德:你们两个都快到日子了,带钱来了吗？乔伍德摇摇头。梅杜斯:那你来干什么？走吧,我忙着哪。梅杜斯不再理会他们,用手术刀将两枚睾丸切成片,撒上盐,用喷灯烤至五成熟。

乔伍德转向巴斯基,故意轻描淡写地问:你带钱了吗？巴斯基:干什么？马莉金刚要张口,被乔伍德恶狠狠瞪了一眼,闭上了嘴。巴斯基是天上掉下来的横财,是他与马莉金第三套方案的核心——找一个有钱的冤大头,骗他替他们出手术费。这就是他带着巴斯基逃离浅草按摩院时想到的绝妙好主意。

乔伍德调匀呼吸,郑重对巴斯基道:现在警察不可靠,区长也不可靠,你要想躲过追杀你的人,逃回西京地上城,需要花钱购买特殊装备和特殊服务。他心中清楚地知道,巴斯基是护民官或者皇帝派下来的特使,骗他几千块,罪过有限,被抓住最多是充军或者发配当劳工,这些惩罚对他这种要死的人没意义。但他若将特使巴斯基出卖给黄胖子,罪名可能会很复杂,惩罚可能是"求死不得"。非到万不得已,不值得冒此大险。

巴斯基拿出一张金属卡片——银行卡。梅杜斯挑了一片肉放在口中,啧啧有声地咀嚼:听说这玩意儿是地面上使的,你是从上边来的吧,莫非……乔伍德用枪顶在梅杜斯头上,梅杜斯笑:好吧,我不问也不猜。乔伍德:有人在追杀我们,我要你帮忙。梅杜斯又挑一片肉入口,含混道:钱。乔伍德抢过巴斯基的银行卡塞到梅杜斯手里,同时使了个眼色:五千块。梅杜斯又将银行卡还给巴斯基:这东西在地下城没用。乔伍德大叫:什么?梅杜斯显然看透了乔伍德的诡计,大笑:你这滑头,那东西在地下城不能用,取不出钱来,听明白了吗?

乔伍德不死心,指着巴斯基对梅杜斯道:给我你的账号,让他把钱汇给你。梅杜斯摇头,吃掉最后一片肉:法律规定,地上城与地下城严禁信息交流,更别说银行汇兑了。乔伍德感觉想哭,巴斯基的银行卡不能使用,他试图利用巴斯基付账的"第三套计划"落空了,但他不死心,相信一定还有其他办法。

特使是十一年来地下城中出现的最大筹码,如今落在他手里,绝不能轻易罢手。

追杀特使的人既然能够使用警用设备,通过"蝎子"找到他是早晚的事。乔伍德对梅杜斯道：我想把我的"蝎子"遮起来，给我们两个人暂时换上别人的蝎子，不用手术的那种。以往办案时，乔伍德接触过使用这种手段的罪犯。梅杜斯：《护民官格言》说，"我们的价值核心只有一个字——钱"。乔伍德：多少钱？梅杜斯：每人五百，算你们便宜点，两个人九百。昨天乔伍德的银行账户余额为七百九十三元九角整，扣除这两天的空间使用费和清洁空气享用费，再加上喝水吃能量棒，他现在没有九百元。于是他道：只有一百。梅杜斯悲天悯人地摇头：那可没有好货啊。

乔伍德用信息仪向梅杜斯指定的账户支付了一百元，梅杜斯打开手术室后边的一只大型储藏柜，里边密密麻麻排列着上百只寄附在假脑上的"蝎子"。乔伍德：你这是干了多少坏事啊，这些人每月的粮票和水票都让你独吞了吧？梅杜斯：没有这些储备，我怎么帮人免死？这是造福于民，功德近似于"救世主"。乔伍德：但你收钱时可不手软。

梅杜斯：这些家伙都得当活人一样喂养，每天的空间使用费和清洁空气享用费，每月的人头税和基准所得税，每年的生命登记费，还有不定期的人口普查费、地球省发行的公债、区政府的地方融资债券、爱国爱省爱地下城的捐款等五花八门的税费，你算算看，每只"蝎子"一年得多少养护费用？乔伍德：所以你死不让价，非两千块不肯替我取"蝎子"，我已经让你逼疯了。梅杜斯：那是你没本事，别的警察和官员可不愁钱。乔伍德：我明白得太晚，如今已经老了，弄不到钱啦。

梅杜斯拿出一本又脏又烂的白纸簿：你们警察随时可以偷看每位居民的一切，现在唯一可靠的，只有白纸黑字了。他对照号码,取出两只"蝎子"和信息仪:让你们占便宜了。巴斯基简单,"蝎子"放在他后颈,立时便有六只细白的蛋白质小爪伸出来,紧紧扣住距他脑神经和脊椎神经最近的皮肤。梅杜斯用胶纸把"蝎子"粘在巴斯基的脖子上,同时对他道:我不管你从哪来的,犯过多大罪,要想活命只有一样不能忘——别欠税。

巴斯基粘"蝎子"的时候,马莉金将乔伍德拉到一边:黄胖子给我发了个音频。乔伍德:少管老爷们儿的事。马莉金坚持:你当真要把他卖给黄胖子?乔伍德没回答。马莉金:特使也许能把我们带到西京去。乔伍德:到了西京,我们也归"蝎子"管。马莉金指着巴斯基:他就没种"蝎子"。乔伍德知道,马莉金经常会有些奇妙的想法,但是,与地下管网中的"贱民"生活比起来,他对西京地上城一无所知,反而更担心能否生存。

处理乔伍德也不太复杂,梅杜斯先用带有金属涂层的胶纸封住乔伍德后脑上的"蝎子",拿出个仪器测了测,又封了一层,这才在下一段脊椎上粘住新的"蝎子"。他对乔伍德道:警察的"蝎子"功率大,不能把信号完全封住,他们如果追踪你原来的"蝎子",能把你定位在几百米范围内,所以,别干坏事。乔伍德:我们的姓名?梅杜斯:信息仪背面写着哪。巴斯基的新名叫雅各布,乔伍德叫玫瑰。乔伍德:我的是个女人?梅杜斯:一百块钱你还想买个警察局长?

从黑诊所往外走,巴斯基:脖子上粘着这么个东西,不舒服。马莉金帮他整理衣领,遮住"蝎子",问乔伍德:现在怎么办?巴斯基:送我回航空站。

乔伍德的信息仪响了,是黄胖子。乔伍德清楚地知道,在地下城,为了五十块钱抢劫杀人是常有的事,五千块可是笔巨款,就算巴斯基值这个价钱,黄胖子也未必认为乔伍德有资格收这笔钱。黑帮分子的思维方式和警察差不多,他对黄胖子不得不提高警惕。他按下耳麦接听键,黄胖子:大人物呢?乔伍德:没在这儿。黄胖子大叫:他中枪了?乔伍德:茅房。黄胖子:别跟我耍花招,见面的时间、地点都收到了?乔伍德:收到了。黄胖子:把你的账号发给我。乔伍德:干什么?黄胖子:我让黑藤良给你汇五百块钱订金。乔伍德心中一惊,瞟了一眼近旁的巴斯基:等我把人送到,你会说银货两讫,尾款就省了。黄胖子:别不识好人心。乔伍德:付全款吧,一次性都打过来。黄胖子:你做梦呢?乔伍德:那我得再想想,把见面时间往后推吧。黄胖子:大人物虽然值钱,可也是祸害,不听我的话,你小子没福消受这笔横财。乔伍德:晚上吧,等我电话。

乔伍德让巴斯基蹲在只剩底盘的汽车行李箱里,他坐副驾驶座位,让马莉金开车,往城市铁路车站走。马莉金粗暴的驾驶手法,几乎将巴斯基甩下车。到了车站附近,乔伍德对马莉金道:这车不能用了,你把他带到浅草按摩院,让妈妈桑把你们藏起来,警察这会儿肯定已经从那撤了,暂时不会回去。马莉金:钱。乔伍德:什么?马莉金:去浪漫不得花钱?乔伍德怒:你要是敢胡来,我就把你丢下,一个人走。马莉金恶狠狠道:没有我跟你搭档,你当"贱民"也活不长。

乔伍德接通梅杜斯的音频,请他帮忙给马莉金转账。梅杜斯:你让我洗黑钱,15%手续费不能少。于是,乔伍德转出的一百元,到了马莉金账上只有八十五。乔伍德清楚,在不知道对手是谁的局面下,他与马莉金的关系越晚暴露越好,为此,额外的花费是必需的。

巴斯基:我们现在能去航空站了吗?乔伍德:我得先去确认一下航空站是否安全,马莉金带你去罗黛莎那躲一躲,就是那个爱上你的美人儿,最多两三个小时,等我回来再商量具体办法。巴斯基:我饿了,银行卡不能用,也没有现金,我们先去餐馆吧。马莉金:我也饿了,不但没有现金,连粮票也没有。乔伍德仰天长叹:我这是造的什么孽呀!

地下城没有餐馆这个行业,想吃东西只有饮食贩卖机,由食品与饮用水专卖局统一经营。马莉金问巴斯基:有红烧牛肉、葱烧排骨、小鸡炖蘑菇,你吃什么?巴斯基说他都没吃过。马莉金给他选了三种口味的二十克小块能量棒和三百毫升瓶装水,然后不客气地给自己选了两大条能量棒,又要了五百毫升饮用水灌进水壶里。马莉金问巴斯基:你们在上边吃什么?巴斯基:转基因玉米萝卜饭、海菜和人造肉。马莉金满眼幸福的憧憬:听着好好吃哟。

乔伍德撇嘴:你根本就不知道他说的是什么东西。他用信息仪付账,感觉心里又冤又痛。然而,马莉金对他的"贱民"生涯至关重要,巴斯基则是他能否当成"贱民"的最后一点指望:唉,这些花费就当是风险投资吧。

巴斯基大口咀嚼能量棒:好吃,像最高级的糕点,在上边很贵的。马莉金:包装纸也要吃掉,地下城严禁浪费,连头皮屑都是贵重物资。巴斯基:难怪到处都很干净,没有垃圾;包装纸也好吃,像烤紫菜。你们地下城太奢侈了。

乔伍德没理会巴斯基的没见识,决定先与高市奇通话,毕竟他们是盟兄弟。在这个没有家庭,彻底个人主义的城市,盟兄弟是唯一像样的情感联系。高市奇:感谢钱神,你还活着。乔伍德:有新消息?高市奇:不多,得见面谈。乔伍德:不会是诱捕我吧?高市奇:我知道你必定先去找那个黑医生,哄骗特使为你出钱做手术,我要想抓你,杨亨利早就埋伏在那儿了。乔伍德:怎么见?高市奇:"苟富贵,勿相忘",老规矩,15点到16点。乔伍德:知道了,但我想要点儿东西。高市奇:知道你想要什么,不见不散。

4

钱神教是地球省的省教,《护民官格言》是教义。

地下城钱神教的祖庭建在皇后区,距中心航空站不远,巨大的广场上,五座高耸的尖塔直指地下城的穹顶,青黄赤白黑五色,在聚光灯照射下显露出严厉且昂贵的气派。要进入钱神殿,必须得步行登上由三十六级宽阔台阶叠加而成的圣坛,再穿过如林的廊柱,才能见到那三尊巨大的神像。左右两位是亲兄弟,哈得斯驾着四匹黑马的战车,波塞冬手持三叉大戟,他们主管人世间所有的财富。中间那位主神赵公明元帅跨黑虎,右手高举钢鞭,左手托着一枚外圆内方的法宝。据说这法宝是钱的祖先,赵公元帅他老人家主管所有人的收入,予取予夺。

乔伍德倒了好几次城市铁路和公交车,仔细观察身后的动静,没有人跟踪他。他没有登上钱神殿,只在阶下行了一个五体投地的大礼。一群兜售彩票和灵符的小贩围上来,居然有人贴近身来悄声问:"救世主"神符要吗?百灵百验。

这些谣传"救世主降临"的家伙越来越猖狂了,乔伍德推开他们,转向广场右边的一座偏殿。他看了一眼信息仪,时间是12点10分。高市奇与他约定时间用了"老规矩",就是见面时间比约定时间提前三个小时;如果高市奇提醒"别忘了",就是比约定时间晚三个小时。信息中心的监听分析技术太高级,这种招数他们不敢多用,怕被找出规律。

偏殿里供奉的是苏姆婆和尼苏姆婆兄弟,这两位是拥有巨大财富的杀戮者,所有结拜盟兄弟的人,都会在这两尊神像面前行礼,礼毕高唱《友谊地久天长》。乔伍德与高市奇结拜时只有十七岁,是种下"蝎子"的第二年,刚从警察学校毕业,"苟富贵,勿相忘"是当年流行的誓言,如今世风日下,流行的誓言是"同吃同喝同浪漫"。

高市奇没穿警服,同样是给钱神行了个大礼,推开小贩向偏殿走来。乔伍德离开偏殿,等高市奇看到他,便漫步绕到偏殿后边。高市奇:你早上没回警察分局做得对。乔伍德:回去就是个死。高市奇:也会把我害死。乔伍德愣了愣。高市奇:受伤的特使在医院被人电击杀死了,六名特使只剩下你手里那一个。乔伍德:谁想杀他们?高市奇:中央航空站的电梯给封锁了,区长担心警察被暗杀者渗透,派的是私营保安公司的枪手。

乔伍德:谁想杀特使?高市奇:你找个安全地点躲起来,实在不行你就带着特使潜入地下管网。乔伍德:我脑袋后边种着"蝎子",逃不了多远。告诉我,谁想杀他?高市奇:我现在能掌握的线索是,在香榭丽舍大街追杀你们的人是雇佣枪手。乔伍德:幕后主谋是你?高市奇:我可没这么说。

此前,乔伍德从来也没想过找高市奇借那五千块救命钱,而且高市奇也不会借给他,地下城的盟兄弟并没有通财之谊,但现在特使在他手里,高市奇有求于他,情况就不同了。他心中盘算着,怎样把复杂的局面变得简单,或者,将已经复杂的局面搅得更乱更浑,好让他巧妙达到目的。

高市奇:那些雇佣枪手查不出身份,他们不会是从西京地上城下来的,也不会是贱民,很可能是被遮住"蝎子"的警察或黑帮。乔伍德:有话直说。高市奇:护民官办公室命令我协助特使完成使命。乔伍德:没有护民官,地球现在是帝国,庇护三世是皇帝。高市奇:都一样,只不过称号不同。乔伍德:你早就知道?高市奇:这事一点儿也不重要,重要的是怎么能让特使活下来,并且完成护民官交办的使命。乔伍德:什么使命?高市奇:早跟你说了,我不知道。乔伍德:那你打算怎么办?高市奇:我有我的工作,而你的工作是在特使完成使命之后,准时把他移交给我。

听高市奇总算把话说到关键点上,乔伍德一口咬住不放:钱,五千块。高市奇:你要把特使卖给我?乔伍德:黄胖子也要买,价钱昨天就谈好了,刚才还闹着要付订金。高市奇:他亲自跟你说的?乔伍德:你替我跟黄胖子牵线借高利贷,你安排我做特使的贴身侍卫,你把这消息透露给黄胖子,然后……

高市奇:我跟黄胖子不是一伙的,这是个新威胁。黄胖子比雇佣枪手难对付。乔伍德:所以,你出钱,我交人,银货两讫。高市奇:事情的关键在于,我现在不能收人,只能等到后天,庇护108年元旦。乔伍德:皇帝陛下七十寿辰?高市奇:你怎么知道的?乔伍德:你又怎么知道的?高市奇显得心事重重:元旦那天听我通知吧。乔伍德:少废话,先拿钱来,否则我把人真就卖给黄胖子。

高市奇犹豫:你还有十三天退休。乔伍德:还有十二天依法死亡。高市奇:法律规定,退休人员必须提前七天进入终养所,你的时间还算充裕。乔伍德拔腿要走。高市奇:好吧,钱,五千块,元旦那天一手交人,一手交钱。说着话,他把汽车钥匙丢给乔伍德:车在6号停车场。乔伍德:这就是你昨天告诉我的好事?我上午差点丢了性命,这会儿替你隐藏赃物,事情过后肯定还得替你背黑锅,这个过程是不是听着耳熟?高市奇笑:谁叫咱俩亲哪。乔伍德:要是咱俩真亲,你派一个作战小组给我当保镖。高市奇:我还不知道你,人已经在车上了。

乔伍德哀求:还是今天就把五千块汇给我吧,我保证后天把人交给你。高市奇:我比黄胖子了解你,给了你钱,你就自己跑了,哪还会帮我干事!乔伍德:我要是把特使卖给黄胖子,五千块今天就能到手。高市奇:千万别。乔伍德笑:那可说不定。

高市奇说的6号停车场,是他们的私人暗号,指最近的银河帝国连锁赌场的停车场。那是辆装有防护盾的警用汽车,但没有警察标志。杨亨利带着两个盟兄弟已经等在另一辆厢型货车里,都没穿警服。乔伍德仔细检查汽车,升起防护盾又收起,接着检查全套警用作战装备。杨亨利凑过来,那两个盟兄弟也开门下车,手放在枪套边。

乔伍德知道这三个小子既是局长派给他的帮手,也是看押他的狱卒,于是他决定,先把杨亨利的思想搅乱,便故意问:早晨在香榭丽舍大街追杀我的是你吧?杨亨利:向苏姆婆兄弟发誓。乔伍德:是你我也不怕,局长最擅长的就是派两路人马干同一件事,这里边的妙处你不懂。杨亨利:你懂?乔伍德:跟你谈笔交易吧。杨亨利:说来听听。乔伍德:事情挺复杂,也挺费周折,你想听详情,还是想听个大概?杨亨利:当然想听详情,但今早追杀你的真不是我。

乔伍德的信息仪响,是马莉金:巴斯基在浅草被抓啦。乔伍德大惊:你在哪儿?马莉金:刚回到浅草。乔伍德怒:该死的,你又去赌钱啦?马莉金沉默。乔伍德:我早就该饿死你这害人娘儿们。杨亨利:接着说,什么交易。乔伍德:说个屁,特使被抓走了。

浅草按摩院里,罗黛莎哭得像个泪人儿,妈妈桑两手拍得屁股啪啪响:那孩子看着像个体面人儿,谁承想会干出这种事来!在杂乱的话语中,乔伍德终于听明白,马莉金和巴斯基来到浅草之后,罗黛莎热情似火,立刻将巴斯基领到楼上自己房间。马莉金无聊,便去隔壁赌场掷骰子。等她想起特使,回到按摩院时,巴斯基刚被税警抓走。

乔伍德:税警抓他干什么?但他立刻恍然大悟,指着罗黛莎问:你跟他浪漫了?罗黛莎泪眼横流,点了点头。乔伍德:你替他交浪漫税了吗?妈妈桑冲上前来:干娱乐业的哪有替客人交税的?没听说过。乔伍德仍然紧盯罗黛莎:他给你服务费了吗?妈妈桑:老娘最看不上的就是逃账的嫖客。

乔伍德冷冷地看了一眼马莉金,连骂她的情绪都没有,只觉得浑身酸软,气力全无。地下城最无情的部队就是财税局属下的税警,装备强大,权力无边。但他也有点自责,既然把巴斯基送到按摩院藏身,他就应该想到这一层。地下城管理最严格的税种就是浪漫税,因为那是爱民如子的护民官个人的薪金。据说他为官廉洁高尚,只有这一份收入,由"蝎子"直接管理。因此,只要你浪漫,"蝎子"就会通过地下城的基站将信息发送到地球同步轨道上的"要塞",然后"要塞"再转发给财税局。如果你有职业但账上存款不足,财税局会宽厚地等到你发薪水那天再扣税,但是,如果你存款不足又没有职业,附近巡逻的税警就会立刻抓捕,将你投入债务人监狱。

梅杜斯给巴斯基的"蝎子"不可能有职业,账上也绝不会有存款。该死的,他记起了梅杜斯给巴斯基的临别赠言:要想活命只有一样不能忘——别欠税。乔伍德转身往外走,罗黛莎在后边叫:救救他吧,他是我的第一个处男。

杨亨利:怎么办?乔伍德怒:我不管了,随他去吧。杨亨利:那可不成,要是让税警把特使送到火星矿场当劳工,我们所有人都难逃干系,不出十天也得被送去。乔伍德作势抽身要走:十天后我已经进了终养所,还是先想想怎么享受吧,不管了。杨亨利无奈:局长特别命令,保护特使的工作由您全权指挥,我们三个给您当下属,赴汤蹈火。

乔伍德将目光转向马莉金,她梗着脖子,一副知错不改的模样。他大约有一个月没和马莉金浪漫了,但这样做并不仅仅是为了节省浪漫税。从两个人共谋开始,他就不曾像传奇剧中那样,把她当作爱人或太太,而是把她当成有作战能力的搭档和"贱民"生涯的合伙人,最后才是异性伙伴。在共谋的几个月里,马莉金一直没有停止怀孕的尝试,只是,她的努力失败了。

地下城中,马莉金这种前途悲惨的女人极多,但女枪手则少之又少,再找一个不容易。于是乔伍德问:你知道错了吗?马莉金瞪大眼睛:错在特使,我这就把那小子抓回来阉了,睾丸咱俩一人一个,也学梅杜斯,切片烤烤蘸盐吃。

妈妈桑认得那位税警,知道警号。警用车上的电脑功能强大,让乔伍德和杨亨利迅速发现了对方的行驶路线。奇怪的是,他们前进的方向既不是债务人监狱,也不是警察分局。杨亨利:这家伙像是要往黑山区走,你追,我截。他们在两辆车之间开了一个对讲频道,马莉金驾车和乔伍德一起追,杨亨利带着两个盟兄弟走另一条路堵截。

他们是皇后区的警察,在黑山区没有管辖权。好在两辆车都没有警车标志,越过区界时没有遭到黑山区警察的拦阻。

5

在大街上抢劫税警是个愚蠢的主意,乔伍德和杨亨利都明白,特别是当他们发现税警的目的地之后,都将紧张的心情放松了一些。从电脑上可以清楚地看到,税警走的这条路他们很熟悉。杨亨利通过对讲频道问:他们是往那个地方去吗?乔伍德:你干的坏事多,比我路熟。杨亨利:还不是跟你学的?第一趟就是你带我去的。乔伍德:我怎么不记得?杨亨利:你带坏了那么多年轻人,怎么会都记得!

税警的目的地是黑山区的一个募兵站,地球省雇佣兵管理局的下属单位。他们的招兵广告说,当十年雇佣兵,就可以合法取出"蝎子",定居殖民星球,用巨额复员费娶妻生子买农场。多年前,年纪还不算太老的乔伍德与同伴一起,常将年轻力壮的轻罪犯卖给外区的募兵站,赚笔不错的外快。现在他太老了,没有同伴愿意与他合伙。这种买卖不能在本区做,抓住罪犯私自转卖,有贪污之嫌,区长和局长会很生气。

募兵站买人的标准程序是,给兵源消除违法记录,填写自愿当兵的申请书,佩戴防止逃跑的高爆腰带,送入仓库后注射安眠药低温冬眠,等待集中运送。这套程序和募兵站的建筑乔伍德都很熟,他带着杨亨利一起潜入募兵站楼上,让马莉金和杨亨利的盟兄弟分别驾车在外边两个地方等候。

杨亨利悄声道：其实，我自己带着手下进来就可以了。乔伍德也压低声音：我眼看着你长大，从小就食亲财黑，我不放心你。

他们从通风管道爬到募兵站接待处与仓库之间的长走廊顶上。杨亨利：要说食亲财黑，谁也比不上局长。乔伍德不想说高市奇的坏话，尽管那家伙干过不少坏事。杨亨利：你听说了吗？地下城的高级官员里，有一个秘密组织，正在策划一起阴谋。乔伍德提高警觉：什么阴谋？杨亨利：我这是拿重要情报跟你交换，你先告诉我，你在停车场的建议，是什么交易？乔伍德：不救出特使，什么交易也没有。杨亨利：救出特使呢？乔伍德：我要拿特使搞一次拍卖，谁出钱多把他卖给谁。

杨亨利感叹：难怪同事们都说，您是局里坏主意最多的老浑蛋。这个办法真高，我和我的两个兄弟算一份，你和那女人算一份，要是没别人，咱们二一添作五，一家一半。乔伍德：你小子就会占我便宜，你要是真肯卖命干成这事，二八分账，你二我八。杨亨利：不卖命出门让我撞公交车上，四六，你六我四，不能再少了。乔伍德：那你可得听我命令，别耍花招。杨亨利伸手给乔伍德：一言为定。

幸亏说大话和说谎都不用上税，否则警察局里得有一多半人饿死，乔伍德握着杨亨利的手，心中偷笑。他从没打算跟任何人分享卖特使的钱，同时他也清楚地知道，就算真有这笔钱，杨亨利心中一定也揣着独吞的主意。这是地下城的基本生活方式，大家机会均等，没什么可抱怨的。

下边走廊有动静，驶过一辆电动车，只有司机，没见巴斯基。乔伍德：该你说了，什么秘密组织，什么阴谋？杨亨利：他们要谋反。乔伍德:反谁?杨亨利:不知道。乔伍德:谁支持他们?杨亨利:听说是护民官本人。乔伍德:真的假的?杨亨利:听说而已,但绝不是空穴来风。乔伍德:这跟特使有什么关系?杨亨利:一定有关系,否则那小子也不会这么抢手。乔伍德:也对,那他就更值钱啦,老弟,恭喜发财。杨亨利:同喜,同喜,全仗您提携。

真的有阴谋吗?局长不让乔伍德立刻交出特使,而是等到后天元旦才交人,真的像是阴谋的味道。乔伍德:这阴谋你也参与了?杨亨利:我只是给局长跑腿儿,不知内情。乔伍德:这是不是局长说的那件大事?杨亨利:局长只派你干大事,派我干的都是小事。乔伍德一点也不信任杨亨利,同时他认为杨亨利主动透露给他的这个秘密,跟他刚才说的"拍卖特使"一样,都是为了稳住对方和利用对方而撒的谎。

电动车回来了,车后载着巴斯基。乔伍德和杨亨利打破换气格栅,跳入走廊,击昏司机。杨亨利将车掉头,冲入募兵站接待处,乔伍德站在车尾开枪掩护。他们冲出大门,杨亨利的盟兄弟让厢型货车开着后车门,冲到门前。他们与募兵站的士兵对射,街上的行人和车辆四散奔逃。乔伍德在车厢内把巴斯基的高爆腰带接通警用电脑,进行快速解码,如果不解下腰带,募兵站的人随时可以发出信号,将巴斯基炸成碎块。马莉金用车上的对讲机呼叫他们,乔伍德:你先别过来捣乱,现在开车远一点儿跟着我们,说不定得换车才能逃脱。

果然,警用频道里已经在通报他们的情况,黑山区的警察正向这边赶来,两辆警车紧追不放。巴斯基的腰带还没解开,乔伍德手上忙着电脑,同时冲着对讲机大叫:后边有两辆警车。马莉金:别鬼叫,我已经追上他们啦。乔伍德:你这傻娘儿们别太疯了,千万别杀人。巴斯基突然拉住乔伍德:如果我死了,你能帮我办件事吗?乔伍德:松手,别碍事,腰带一炸,谁也活不成。

这时,与马莉金连通的对讲音频里传来嘈杂的刮擦声和撞击声,马莉金大叫:追上啦,你再坚持一会儿。紧接着,砰,哗啦,啪……

乔伍德透过后车窗看到,后边那辆警车冲上步行道,然后打着滚蹦了几蹦。马莉金:哈,看看老娘的手段。乔伍德知道,马莉金一定是降下副驾驶座的车窗,第一枪用震荡波击碎警车驾驶座侧面的玻璃,然后单手拨动枪上调节射击强度的棘轮,抢在警察回击前,第二枪击昏驾车的警察。这件事说起来容易,但要用单手完成却极难,因为,为了安全的缘故,手枪设计得必须用双手操作才能完成改变射击强度的调整。不过,单手操作是马莉金的绝技,危险之处在于,稍有差错,她就有可能将射击强度由击昏变成致死。

突然,巴斯基腰带上的指示灯发出红光且不断闪动,他没有多少时间了。这时,警用频道里传来翻车的警察向同伴求救的声音,他们没死,马莉金没犯杀人重罪。乔伍德松了口气,对马莉金大叫:现在快走,没你事啦。马莉金:还有一辆警车。乔伍德手上忙着电脑,同时让杨亨利打开后车门,他在一瞥之间看到,后边那辆警车升起了防护盾,手枪和步枪对它都失去作用了。乔伍德对马莉金哀求:让你走你就走,逃命去吧。马莉金:你不逃我也不逃,你死我死,你活我活。乔伍德:你这缺心眼儿的傻娘儿们。马莉金:不傻也不会跟着你这个臭警察。

乔伍德扶着巴斯基站在车尾,让他拉住车顶把手站稳。他的眼睛盯着电脑上的两组数字,一组是巴斯基高爆腰带的倒计时,另一组是解码器的进度。后边的警车逼上来了,能看清两个警察的面目。乔伍德对马莉金狂喊:别跟在后边,我要扔炸弹了!马莉金反而加速上前,试图将警车挤出车道。乔伍德无奈,拉住巴斯基的腰带道:你听我的口令,让你松手就松手。

终于,解码器叮的一声,解开了腰带。乔伍德将腰带向警车丢去,一边对马莉金大叫踩刹车,一边拉着巴斯基倒在车厢里。马莉金这次终于听话了,汽车急刹车横在路中间。高爆腰带在警车的防护盾上一撞,跌下来在警车下边爆炸,立刻将警车炸翻。

他们逃离募兵站几个街区之后,乔伍德让马莉金开车到指定地点等候,让杨亨利的两个盟兄弟开厢型车,引诱黑山区警察往格林威治区追击,命令他们十五分钟后弃车,然后搭乘公交车到指定地点与马莉金会合,而他和杨亨利则带着巴斯基搭乘城市铁路。列车速度极快,十分钟后便越过区界,进入皇后区。

杨亨利:咱们在"红场"下车吧,就算是有人在前边堵截,他们也想不到咱们走那么远。乔伍德没在警用频道中听到黑山区警察分局向皇后区警察分局请求协助的消息,这表示黑山区警察没有发现他们换乘火车。杨亨利:我有一个安全地点可以藏身。乔伍德:都有谁知道这个地方?杨亨利:只有我和两个盟兄弟,还有局长。乔伍德:我想来想去,还是没法信任你。杨亨利:到地方一看,你就信我了。

从"红场"站下车,杨亨利叫了两辆在车站蹲活儿的"胶皮",载他们进入皇后区犯罪猖獗、治安可怕的街区"喀山镇"。乔伍德与巴斯基同乘一辆"胶皮"。巴斯基:刚才如果没解开腰带,你是不是打算把我推下车?乔伍德只是笑了笑,没说话。巴斯基:但我还是得谢谢你,你救了我一命。乔伍德:道谢就不必了,你欠我一个人情。巴斯基:怎么还?乔伍德:走着瞧吧,现在还不到时候。

喀山镇别名"药都",据警察局近年统计,在这个三百万人的小街区,至少有一半人从事违法的制药行业,向整个地下城供货。此处最大众化的产品就是能让排泄物增量增重的膨化剂药片,少量的是精神类娱乐剂,但因价格昂贵,普通人用不起。

杨亨利所说的安全地点是白夜酒吧,里边的店主和店员都在脖子上刺了钱神殿的五个尖塔图案。店主叫伊凡,将乔伍德抱在怀里一阵猛摇,像是见到久别重逢的盟兄弟。乔伍德心中虽然吃惊,但同样非常开心。伊凡比他年长七岁,居然没有"依法死亡",看来,逃避《终养法》不是只有当"贱民"那一条路。

伊凡引领他们出酒吧后门,上电梯来到二十几层。巨大的楼面得有几千平方米,并列着好几条制药生产线,工人们安静且忙碌。室内气温很低,让他们感觉有些冷。伊凡对杨亨利道:麻烦你转告局长,这个月膨化剂销售情况不错,每个批次药品的拍卖价都挺稳定,不过,有不少批发商今早发来通知,大幅降低了后边几个批次药品的拍卖押金,他们预测,

"保卫地球公债"会让许多人没钱买药。

杨亨利:没钱买药,排泄物转化的粮票和水票就少了,人们会吃不饱,没力气干活,收入进一步减少,到那时他们更没钱买药。伊凡:下个月的生产计划得重排,原料进多少也是问题,否则占压资金太多,航空站管货运的头儿要钱越来越狠了。杨亨利:生产和销售的事归你管,你自己操心吧。

伊凡给众人引路,同时郑重地问杨亨利:经济学家怎么说?杨亨利:董事会昨天召集经济学家连夜开会,已经建成数学模型;这次的"保卫地球公债"对个人直接发放了大量小微贷款,受损失的都是低收入人群,而这些人正是膨化剂的主要销售对象,所以经济学家认为,虽然数学模拟计算还没完成,但对地下城经济造成连锁伤害的可能性极大。伊凡:可别像庇护93年那样,因为房地产信贷危机引发经济萧条,房价这两年才刚涨回来一点,我"死前"让别人代持的两套居住舱,到现在还赔着钱哪。

杨亨利:经济学家更担心的是恶性通货膨胀,引发食物和饮用水涨价,失业人员大增。伊凡:要当真通货膨胀,我就得赶紧囤积生产原料,有消息立刻告诉我。杨亨利:那是当然。

他们来到角落的一张长桌边,众人向墙上的神龛击掌行礼。伊凡的手下送上来72度的伏特加、几大瓶清水、整桶的冰块和一大盘各种味道的能量棒。伊凡:自己照应自己,足吃足喝。乔伍德抓过一瓶清水,先把腰间的水壶灌满,这才往杯子里倒酒对水加冰块,然后问伊凡:你在哪儿拍卖药品?伊凡:还能在哪儿,就在这屋,网上拍卖,大宗膨化剂和少量致幻剂都有,又方便又省事,第三方支付或者货到付款都行,还有最好的售后服务。

巴斯基也学乔伍德的样子将水瓶灌满，然后才倒了一杯水，边喝边问伊凡：您这水跟买的水味道不一样。伊凡：好喝吧？这不是专卖局卖的那种脏水。全靠这水，我的夜总会和酒吧才顾客盈门，好水的吸引力胜过美人儿。乔伍德向伊凡举杯：敬"盗水年代"，惊心动魄的好日子，你是当年的英雄。伊凡：当年咱俩可是好搭档，令人怀念哪。巴斯基：什么是"盗水年代"？伊凡大笑：求知若渴的年轻人，好，说给你听。

大约十八年前，伊凡担任杨亨利今天的职务，他抓住了一个不起眼的违法分子，却引发了地下城的一场法律革命，因为，那个家伙发明了从空气中盗窃饮用水的方法。依照法律，地下城空气的温度、湿度和紫外线照射强度全部由市政管理局独家控制，这也是向每个人收取清洁空气享用费的理由。如果有人大量窃取空气中的水分，就会导致空气过度干燥，居民饮用水消耗增加，以至于个人的法定水票配额不敷使用，进而引发群体性危机。为此，地球省迅速反应，制定新的法律条款，严厉打击此项犯罪。

两个老警察笑着给巴斯基讲故事。乔伍德：那项技术太简单了，只是一直没人想到。伊凡：地下城的温度和湿度几乎保持恒定，除了制药业，能有几家用得着调节温度的空调机，更别说除湿功能？乔伍德指着伊凡：这老小子在终养所买了个要死的人冒名顶替，把那罪犯换了出来。伊凡指着乔伍德：这个坏小子找了家汽车修理厂，让那家伙私自生产盗水空调机。乔伍德：然后你拿着样品卖给地下城六个区的黑帮。伊凡：刚开始确实狠赚了一笔。乔伍德：马上就不行了，技术太简单。伊凡：黑帮开始自己生产盗水空调机，再也不买我们的了。乔伍德：当年有几千万台空调机从空气里盗水，空气干燥得冒烟。伊凡：走在大街上，空气中到处飘浮着人的皮屑，浓稠得像碾碎的能量棒，吸一口呛人。乔伍德：人们开始罢工闹事，上街打砸抢，死了不少人，地下城完了。巴斯基：后来呢？

乔伍德意味深长地看了杨亨利一眼：我们当时没经验，像这等千载难逢的好机会，应该组织一场拍卖会。伊凡：当年要是有我现在的拍卖网络，就可以向六大黑帮组织和所有贪婪的大资本家公开拍卖，价高者得。乔伍德：少说也能弄个几万。伊凡：钱神在上，至少也能弄来十万块钱，而且是当年还没通货膨胀的钱。伊凡和乔伍德击掌：咱哥俩可就发大财了。

巴斯基：我想问，后来空调机盗水这件事怎么解决的？伊凡：还能怎么解决，市长派警察总局局长和市政管理局局长约请六大黑帮首领谈判，每家分配一定的盗水空调机配额，互相监督，违约者共诛之。巴斯基：你们俩呢？伊凡：我们分局长因为没能及时发现盗水空调机泛滥，算是失职，好像送到火星是吧？乔伍德：调任火星某个矿场的副监督，明升暗降。伊凡：听说火星"尘暴"一刮就是半年，够他受的。乔伍德：然后，高市奇接任分局长。巴斯基：我说的是你们俩。伊凡和乔伍德大笑：我们俩，就算是功过相抵吧。巴斯基：为什么？

杨亨利冷冷地接过话头：清洁空气享用费和饮用水专卖是政府收入，是国帑，而从空气中盗水用于制药业、酒吧和夜总会，是政府官员与黑帮的联合投资，是股份制经营，私营企业；这俩老浑蛋给他们创造了利润丰厚的新商机，功过相抵，所以才逃脱一死。巴斯基：那你们几个能从中得到什么好处？

杨亨利：我是跑腿儿的，挣点辛苦钱而已。巴斯基指着伊凡：他呢？杨亨利：他是死人。

巴斯基没听明白：为什么？杨亨利：《终养法》规定，男人四十五岁，女人四十岁，依法死亡。巴斯基眨了半天眼睛：他这不是还活着吗？杨亨利：他是到岁数赖着不死，违法活着。巴斯基问乔伍德：你几岁了？乔伍德将腕上的信息仪调至"终养倒计时模式"道：我还差十二天零七小时，依法死亡。

伊凡大笑：别听他们吓唬你，该死的都是贱命，只要有点办法的人，好歹都能多活几年。巴斯基：怎么能多活几年？伊凡笑得眼泪都出来了：花钱买呗。他要下楼去照应生意，说是晚一点再过来跟乔伍德一醉方休。

乔伍德送他到电梯口：老哥，帮我指条明路，你怎么逃过《终养法》的？伊凡：黑医生，两千手术费，每多活一年加一千，你就能买个别人的"蝎子"移植到你身上。乔伍德恍然大悟：你是说……伊凡：只要有钱，梅杜斯就有门路帮你买下别人的"蝎子"，让他们拿着钱去当"贱民"，咱们好吃好喝地活着。

乔伍德摸了摸脖子后边用胶纸粘贴的"蝎子"，记起黑医生梅杜斯的柜中储存了上百只"蝎子"，其中必定有适合他的。两千元手术费，延期三年死亡，总计五千元，这样一来，他就能有三年的时间挣下一次移植"蝎子"的钱。只是，如果他选择这个办法，五千元就只够他一个人用。可怜的马莉金，再过两个月，她会因为三年未生育，被依法送往外星矿场，或者被"强制终养"。

马莉金开车接上杨亨利的两个盟兄弟，也赶了过来，二话没说,伸出双手同时奔向水瓶和能量棒。乔伍德:没遇到危险吧?马莉金口中塞满能量棒,只是摇头,巴斯基帮她将水倒入水杯。杨亨利对两个盟兄弟道:别在这儿吃,拿上东西,跟我下楼。走了两步,他回头对乔伍德道:我在楼下酒吧里坐镇,派他们俩出去放哨,有情况给你发音频。

这一天下来,乔伍德感觉身心俱疲,同时他又感觉极度兴奋。伊凡为他做出了人生表率,不用依法死亡,也不用去当"贱民",只要有足够的钱,他就能公开活下去,甚至还可以像伊凡那样,在非法行业中找个肥差干干。他到干洗间洗了个澡,衣服放入洗衣箱。猛烈的干风清洗过后,他身上的皮屑、脱落的毛发和衣服上的尘土、污垢全都被干洗间收集储存起来。《护民官格言》:苍蝇也是肉,严禁废弃,全面利用。

马莉金此时正在劝巴斯基喝酒:白来的,不喝白不喝。巴斯基被逼得左躲右闪,勉强喝了一口,又辣得吐了出来。乔伍德倒在椅子上闭目假寐,但他的头脑却如干洗间的暴风一般狂乱。多少钱才够用,五千块还是一万块,或者,十万块?他告诫自己,要冷静,越是关键时刻,越要冷静,不能再犯"盗水年代"的错误。

马莉金继续逗弄巴斯基:听那个按摩女说,你是个处男,真的吗?让我摸摸,摸摸怕什么?巴斯基躲闪不过:真的。马莉金:这么漂亮的小伙儿,我不信你在西京没浪漫过,你多大了?巴斯基:二十二岁,今天第一次碰女人。真没想到,地下城的生活这么自由。马莉金:二十二岁的处男,这可是稀罕物。对了,地面上到底是什么样的?跟我说说,仔细说说。

巴斯基的讲述,乔伍德听得断断续续。巴斯基:地球是以畜产养殖业为主的国家,在银河系中只能算弱国,对外贸易主要是出口雇佣兵、劳工和畜产品,进口以食物、能源和矿石为主;地球上的陆地由四个岛屿组成,首都西京在最大的欧亚大岛上,另外还有非洲列岛、南美列岛和北美大岛,地面人口一百八十五亿,地下有多少人口我不太清楚,四个岛都有地下城;海洋的面积很大,但因为气候变暖和几百年的基因技术种植,海水的化学成分发生严重变化,海洋农业的收成一年比一年差;同时,陆地上人口太多,居住拥挤,交通拥挤,食物严重匮乏,环境脏乱差,空气污染严重,我居住的欧亚大岛长年笼罩在雾霾里;今天我在地下城,平生第一次呼吸到这么清新的空气,吃到这么美味的食物,喝到如此纯净的饮用水,你们太幸福了。

马莉金:你怎么这么大了还没碰过女人?

巴斯基:地球法律严酷,男女授受不亲;法定结婚年龄是男三十五岁,女三十岁;非婚内性行为,男人判处终身海上劳役,女人被处死;婚后生育,需要提出申请,每月由管理部门摇号,摇中者才能怀孕生育,没摇中者等待下次摇号,有些人到死也没摇中;不过,有一种生育彩票,买彩票中奖,可以赢得一次生育权;彩票中奖率很低,但买的人极多,因为,中奖的彩票可以高价转卖。

马莉金:三十五岁结婚,可怜的孩子,你还得等十几年才能睡女人,太不像话啦!来吧,老娘教你怎么做男人,免得你白来一世。乔伍德怒:你还想把税警招来?马莉金做出垂涎欲滴的模样:这么甜的孩子到哪儿找去?老娘替他交浪漫税。

乔伍德:你账上的钱是我转给你的。马莉金:活该你这吝啬鬼倒霉,这就算是你出钱,我们浪漫,谢谢啊。

乔伍德没理马莉金,对巴斯基道:跟我说说你的使命。巴斯基正色:那是"帝国机密",请送我回航空站取行李。乔伍德:别老拿"帝国机密"吓唬我,现在不行,航空站被雇佣枪手封锁了。乔伍德这是在故意拖延时间,他在思索,今晚怎样跟黄胖子谈。

五千块卖掉巴斯基不是好主意,因为伊凡的启发,他有了更高的人生追求。

6

制药车间里没什么噪音,工人们在交接班,上班的工人手脚麻利地开始干活,下班的工人离去。窗外的灯光暗了下来,时间已过18点,进入地下城的夜间。

乔伍德:你不想说使命,那就说说皇帝,还有你自己。巴斯基瞪了乔伍德一眼:你把庇护皇帝陛下和小民并称,是不可饶恕的大罪。乔伍德:我们没这些臭规矩,接着说。马莉金护食一样倚在巴斯基身上,巴斯基的讲述不紧不慢:皇帝陛下受命于天,治理万邦,普天之下,莫非王土;率土之滨,莫非王臣。庇护皇帝之下是六部九卿,设一位首辅大臣为皇帝分忧解难。乔伍德:皇帝要是死了怎么办?巴斯基:说这等大逆不道的言语,我应该将你就地正法,然后说一句,"以地球的名义,正义得到伸张"。乔伍德笑:这不是在地下城嘛,皇帝自称护民官,没那么严格,说说,谁会接掌他的权力?巴斯基:皇帝有十九位皇子,其中三位曾被立为太子,又都因为品行不端被废黜。乔伍德:现在谁是皇帝的接班人?巴斯基:还没立新太子。

乔伍德问这些话的目的,是想弄到一点线索,好揣测高市奇说的"大事"和杨亨利说的"阴谋"。只是,巴斯基讲的这些,太像历史传奇剧,他没办法相信。

马莉金:有皇后娘娘吗？巴斯基:皇后是后宫之主,还有许多嫔妃。马莉金:真像历史传奇剧呀,有宫斗戏吗？乔伍德:谁的权力最大？巴斯基:当然是皇帝陛下。乔伍德:第二个呢？巴斯基:当然是首辅大臣。乔伍德:你在那是干什么的？巴斯基顿了顿:我是世袭军人。

马莉金:世袭是什么东西？巴斯基:地球人的身份实行世袭制,父母是什么身份,子女只能继承这个身份。如果犯罪,会被降级,但要想升入上一级,必须得为国立功。乔伍德敏锐地指出:你到地下城来,是打算立功吗？巴斯基:需要先完成使命。马莉金:你长得这么可爱,要是不想当军人,想当演员大明星呢？巴斯基:我们那里演员叫戏子,是下等职业,军人是高尚职业。马莉金瞟了乔伍德一眼:我们这儿演员是高尚职业,最下等的职业是臭警察。

巴斯基:地球人分成九等二十七级,军人比戏子高得太多太多了。马莉金:所有人都限制生育吗？巴斯基:三等三级以下的人受限制。马莉金:你是几等？巴斯基:军人是四等三级。

乔伍德想起高市奇曾说"特使是护民官越过市长派下来的",便问:庇护皇帝派你们下来,西京市市长知道吗？巴斯基:市长大人就是首辅大臣,也是国舅大人和地球武装力量的副统帅,西京市市长只是他的兼职之一。说着话,巴斯基从信息仪中调出一段视频:这是首辅大臣两天前在庆典上朗诵他献给皇帝陛下的《祝寿诗》。

乔伍德又看到了那座辉煌的舞台,聚光灯下站着一位高冠博带、穿绣花长袍、戴金色面具的贵人,他的双臂充满渴望

地伸向前方,口中吟诵道:

> 您是钱神之子,唯一的救世主,
> 世间一切伪神,在您的光耀下瞬间崩姐。
> 您的生命,是全体物种的生命;
> 您的七十岁已经拯救了不知几万万人的生命。
> 空间无法描述您的伟大,在您面前,整个银河只是一粒微尘;
> 时间无法比拟您的长寿,您以宇宙的生命为秋,以宇宙的生命为春……

这时,乔伍德看到影像中出现庇护皇帝,也就是护民官大人。他身着花样繁复的长袍,手上拿着一只带柄的小面具,正轻轻地为首辅大臣鼓掌。镜头一转,便是广场中情绪激动的人群,泪水奔涌,高声复诵首辅大臣的诗句。

巴斯基停播视频:伟大的皇帝陛下,英明的首辅大臣,你们都看到了;我是皇帝陛下派来的特使,请你们帮助我。乔伍德大惊:原来传说是真的,皇帝是唯一的"救世主"。难道你就是"救世主的使者"? 巴斯基:皇帝这个"救世主"不是下等人和奴隶传说的"救世主降临"。乔伍德:西京也在传说"救世主降临"? 巴斯基:四大岛都在传,但这是最严重的犯罪,一旦捕获,即刻处死。

乔伍德有点失望:那就说说你的"帝国机密"吧。巴斯基:机密就是机密,不能说。乔伍德:你不说实情,我怎么帮你? 巴斯基:请你派人取回我的手提箱,在罗黛莎房里。乔伍德:然后呢?巴斯基:然后我开始工作。乔伍德:不去航空站了?巴斯基:先开始工作,行李的事再想办法。

马莉金:你现在相信我们了?巴斯基:不信也不行,我无路可走。乔伍德:你打算做什么?巴斯基:不能说。乔伍德:我有什么好处?巴斯基:你爱钱,想要钱,我就给你钱。乔伍德:多少钱?巴斯基:五千元。乔伍德:现金?巴斯基:事成之后,皇帝陛下会赏赐给你五千元。

乔伍德苦笑:这话跟"救世主降临"没两样,你能不能活过今天晚上都难说,还事后?巴斯基脸色羞红:你说怎么办?乔伍德用手指敲着额头:我一直在想,有很多事还没想清楚;人生最大的痛苦,莫过于两难选择。假如有人现在给我钱,那我就假装想清楚了,把你卖给他;假如等到元旦再给我钱,说不定我会涨价。不管怎么说,你这笔钱我是赚定了。巴斯基:你就只爱钱,不爱马莉金小姐?乔伍德怒:别挑拨离间!地球省的省教是钱神教,教义是《护民官格言》,请你告诉我,不爱钱你让我爱谁?

杨亨利呼叫"玫瑰"的音频:有人找上门来了。乔伍德:多少人?杨亨利:黄胖子先生一个人,要跟你当面谈。乔伍德立刻明白,黄胖子敢一个人来,必定有恃无恐:让他上来吧,你看清楚他外边埋伏了多少人。杨亨利:那还用说!不过,你要是卖出钱来可别独吞。

乔伍德让马莉金从货运电梯下楼,去支援杨亨利,其实,他是不想让她听到他与黄胖子做交易。如果他真的无路可走,只将巴斯基卖了五千元,这就等于逼他背叛马莉金,因为,五千元只够他一个人移植"蝎子"的。

乔伍德在马莉金身后喊：你去车里把装备穿上，免得被打死。马莉金指着巴斯基：我带他先逃吧，顺便去拿他的手提箱。巴斯基一个劲地点头。乔伍德：黄胖子是皇后区的黑帮首领，我们已经被他攥在手心儿里了，得想点儿坏主意，否则，就算是高市奇和区长也救不了我们。

马莉金下楼。乔伍德将巴斯基塞进干洗间：乖乖待着，别碰任何按钮，不叫你别出来。电梯铃响，乔伍德虚掩上干洗间的门，回到桌边。黄胖子大步走来，脸上挂着盈盈笑意。乔伍德明白，黄胖子现在有求于他，再不会像昨晚那般傲慢。

黄胖子：你把地下城搅了个底朝天，却跑这儿喝酒来了，够惬意的。乔伍德：黄胖子先生，咱们早说好了，晚上我发音频约你，你太性急了。黄胖子将手提箱放在桌角，给自己倒了杯酒，掺了点水，尝一口，眼睛突然睁得老大：正经粮食酿的酒，谁干的？乔伍德向他举了举酒杯，也喝了一口，没接这无关紧要的闲话。黄胖子：我得杀了酿酒的小子，糟蹋我的制药原料。

乔伍德：还是谈谈来意吧。黄胖子：我知道你在等我，你小子聪明，比杨亨利聪明太多了，甚至比高市奇还聪明，知道我一定能找到这里。乔伍德：普天之下，莫非王土；你要找我，在地下城我无处可藏，还不如找个舒服的地方等你。黄胖子：我没看错你，好样的，这次你要是能躲过"依法死亡"，我给你安排个好职位。乔伍德：今天在香榭丽舍大街追杀我的枪手，就是我日后的职业吧？

黄胖子哈哈一笑：没打算杀人。我原想省点钱，让他们抢了特使就走，谁想到你小子那么奸猾，说逃就逃了。说着话，黄胖子将手提箱拉过来,打开给乔伍德看:五千块,现金,十块钱一张的大票,累得我手腕酸痛。

乔伍德:黄胖子先生。黄胖子:胖子,朋友都叫我的名字。乔伍德笑:胖子老哥,现在我遇到了一个难题。黄胖子:有话请讲当面。乔伍德:你到上边去过吗,就是西京地上城?黄胖子:干吗问这个?乔伍德:想知道。黄胖子:没去过。乔伍德:听说过吗?黄胖子:听说过。上边日子不好过,没吃没喝,全是老女人。乔伍德:听谁说的?黄胖子哈哈一笑:地下城里最发达的就是传言,比传奇剧还发达。

乔伍德:皇帝陛下派特使下来干什么?黄胖子不屑:我哪知道。乔伍德:谁要杀死所有的特使?黄胖子:我哪知道。乔伍德:谁要买我手里的特使?黄胖子:我哪知道。噢,差点让你绕糊涂了,你的废话问完没有?把特使交出来,拿着钱滚蛋。乔伍德安稳地坐着没动:你要知道,率土之滨,莫非王臣,你我都是庇护皇帝的臣民,现在皇帝派特使到地下城来,你亲手杀了五个,现在还要杀第六个,这可是叛国大罪。黄胖子:谢谢你吓唬我,我不怕。乔伍德:你为什么要杀特使?黄胖子:不关你的事。乔伍德:现在最后一位特使在我手里。

黄胖子:所以我才低声下气地跑过来,花钱向你买那个人,你可别给脸不要脸。乔伍德:要是我收下这五千块钱,然后亲手替你杀了特使,你能不能再给我加五千块。黄胖子:我自己会杀人,不劳你动手。

乔伍德觉得这番旁敲侧击,让他听出些眉目来了。第一,黄胖子知道一些西京的情况,听到皇帝一点儿也不吃惊。第二,其他五位特使都是黄胖子杀的,因为他们不重要,巴斯基是关键,所以黄胖子才要活的。

不好,乔伍德突然想到,今天早上巴斯基一上车就闹着去茅房,等他们下车走远,六辆接待特使的车全部爆炸,只有巴斯基一人"凑巧"避过。混账王八蛋,地下城就没有这么"凑巧"的事,这是精确的预谋。想到此处,乔伍德觉得自己有可能被巴斯基骗了,这家伙一直假装软弱可欺,其实没有一句实话。

于是,乔伍德做满面愁容状,进一步试探:我真是为难哪!你想,我刚听特使说皇帝陛下是多么的尊贵,首辅大臣是多么的威严,为了区区五千块,我就把庇护皇帝的特使给卖了,这可算不上是忠君爱国。

黄胖子听到庇护皇帝和首辅大臣的消息再次毫无表示,他盖上手提箱:你的意思是说,不是钱的问题?乔伍德:是钱的问题。黄胖子:你小子梦想攀高枝儿?乔伍德:钱,困扰我的只有钱。黄胖子:我本来想,你是个要死的人了,我何必跟个死人计较,给你五千块,就让你带着那个又老又丑的女人逃命去吧;谁承想,你小子起了贪念,人心不足啊。乔伍德:《护民官格言》说,"赚钱的事,没有最多,只有更多"。

黄胖子站起身:你记得胖彼得吗?乔伍德:记得。去年六月失踪的一等警官,我们分局的,三百斤大胖子。黄胖子:他骗了我三千块钱。乔伍德:真的?胆子够大的。黄胖子从他的信息仪上调出一段视频:我让拍戏的那帮人把这段视频做了剪辑,来看看,只有十几秒。

视频的拍摄质量极高,画面清晰,色彩鲜艳。画面上胖彼得在称体重,然后画面飞速闪动,他仍然在称重,只是人在飞速变瘦。最后画面停了下来,胖彼得脸上的皮松垂得盖住了脖子,肚子的皮垂到膝盖,小腿上的皮盖住大半个脚背,两臂的皮垂下来,像袖子一样几乎遮住手背。

黄胖子:前天我去看他,精神还好,医生说,现在他只剩下内脏的脂肪可消耗了;我叮嘱医生,一定要照顾好他的身体,特别是心脏,他还没到"依法死亡"的年龄。乔伍德:你折磨了他一年半?黄胖子:都一年半了,时间过得真快。

这时,干洗间里传出敲击声,是巴斯基。乔伍德:昨天我怕你怕得要死。黄胖子摇头:昨天你一点儿也不怕我。乔伍德:今天我不怕你。黄胖子:今天你怕我怕得要死。乔伍德惊:为什么?黄胖子:昨天你是个马上要死的穷光蛋,当然不怕死;今天你以为拾到宝,攀上高枝了,心里盼望的都是升官发财坐汽车,或是娶妻生子买农场,你舍不得死了,所以才怕死。

乔伍德打开干洗间的门,将巴斯基拉到黄胖子面前,指着巴斯基的颈后道:我原本想把他卖给你,但被别人抢了先。黄胖子伸手摸了摸巴斯基颈后胶纸下的"蝎子":夺命蝎?乔伍德知道"夺命蝎"是外星矿场控制劳工的工具,与雇佣兵的高爆腰带一样,便顺口答音:遥控密码在别人手里,那人说这东西算订金。

巴斯基突然跳起来,抓住黄胖子大叫:是你要杀我吗?俩人撕扯一阵,黄胖子将巴斯基推开,对乔伍德道:你把他交给我吧,我有医生能取下这东西。乔伍德:我现在没权力把他交给你。黄胖子:那你有什么权力?乔伍德笑:我有权力代卖,讨价还价,收款付货,替买卖两家跑腿当中间人,成三破二收佣金。他这是故意向黄胖子卖个破绽,暗示黄胖子,他不但有同伙,还有老板。

黄胖子双手插在衣袋里,歪着头想了想:既然事情变成这样,我们得换一种方法交易。乔伍德:愿闻其详。黄胖子:你这家伙废话太多,我回去了,等我给你发音频。

乔伍德将马莉金叫上来,他现在要让黄胖子清楚地知道,他们二人是一体的,不可分割;黄胖子未来的出价,必须包括她一份。他已决定,只要挣到他现在心中所想的那大大的一笔钱,他就带着马莉金一起活下去。但如果挣不到,或是只挣了五千块呢?到时再说吧,至少他现在有机会多挣钱,而且,他刚刚在黄胖子和巴斯基身上的发现,让他为自己赢得了更大的机会和变化。

他对马莉金道:你送胖子老哥下楼,他要是没车,你亲自送他回海龟酒吧。黄胖子拿起手提箱:可惜呀,这么好赚的钱,你真就不要了?乔伍德笑:拿着遥控器的家伙说了,我要是不听话,他就把我喂肥到三百斤,然后再饿瘦了。黄胖子:你还剩十二天可活,怎么喂?乔伍德:那家伙说先把我的"蝎子"取出来,然后再喂。黄胖子:好主意!请转告他,这件事忙完了,他要是不喂你,我喂你。

马莉金送黄胖子下楼去了。巴斯基大喜:你真了不起,居然把他吓跑了。乔伍德假装发怒:是你把他吓跑的。你干什么要跑出来?差点坏了我的大事。

方才,就在巴斯基抓住黄胖子大叫的时候,乔伍德清楚地看到,巴斯基将一粒三维码塞到黄胖子手中,黄胖子这才匆忙离开。原来巴斯基和黄胖子一直在找机会接头,难道前边的追杀、威胁、购买等等都是黄胖子在帮巴斯基做戏？乔伍德心想：你们这点小把戏还想逃过老警察的法眼？《护民官格言》早说过，"水贼过河，谁也别用狗刨"。

他发觉，现在事情越来越复杂，越来越混乱，也越来越有趣了，所有人都试图欺骗他，欺负他，占他的便宜，因此，他反倒有可能处在一个有利的地位。人越是受轻视，越是不起眼，就越安全，甚至，让他有机会起到关键作用。今天晚上，他发现了一个核心机密，巴斯基与黄胖子私下交换情报，这也就意味着早有勾结的皇帝特使与黑帮头子已经接上头，因此，他们谋划的必是大事，其目的必定值大价钱。哈哈，钱神开眼啦！

只是，面对如此复杂的局面，他感觉有点力不从心，便倒了杯酒，然后给高市奇发了个音频留言：黄胖子来过了，特使仍在我手里。这笔买卖太大了，高市奇既是他的同伙，也是买主之一，不能让高市奇脱扣儿，躲在一边看热闹。至少，在他被逼至绝处，实在熬不过去时，可以交出高市奇，说高市奇是他的老板，是那个掌握"夺命蝎"遥控密码的人。

哎呀，愚蠢。乔伍德突然意识到，巴斯基既然与黄胖子见面并交换了情报，这也就意味着，所谓"夺命蝎"，其实是黄胖子为了引开他的注意力，掩护他们完成三维码交接使出的"诈术"。他的判断在这一点上出了差错，黄胖子一句"夺命蝎"，便将他引向歧途，自以为得计，其实反而中了奸计。

巴斯基给了黄胖子三维码，黄胖子会不会也给了巴斯基什么东西，从此在他们之间建立起联系？乔伍德的脑子又陷入一团乱麻，事件已经超出他的经验范围。怎么办？他轻拍脑门，别着急，别发慌。《护民官格言》说，"虱子多了不咬，债多了不愁"，它的原意并不是鼓励人们向银行贷款，而应该是说，既然没办法解决复杂的问题，不如把问题搞得更杂乱，也许解决问题的办法自己就会冒出来。

伟大、光荣、智慧的《护民官格言》哪，至高无上、全知全能的钱神哪，微贱如尘的小民乔伍德全心全意相信您的教谕。乔伍德五体投地给神龛中的钱神像行一大礼，然后将拳头一挥，大叫道：钱神偏爱有理想的人，行动吧。

7

当晚,乔伍德带人撤离白夜酒吧,临别他对伊凡说:我要是活下来,能不能在老哥手底下谋份差事?伊凡:董事会已经决定给我增加一个副总职位,负责皇后区的二级分销业务,属于渠道管理,来钱快,管吃住;你小子坏主意多,地面人头熟,干这个正合适;我等你七天,你把自己安排好以后,我向董事会推荐你。伊凡的回答让乔伍德很欣慰。年轻时毫无远见的生活留给他的教训足够沉重了,从今往后,他必须学会安排未来,多准备退路。

见乔伍德带着一伙人进门,浅草按摩院的妈妈桑大喜过望。罗黛莎揪住巴斯基,飞步跑到楼上去了。乔伍德无奈,只得向巴斯基那个名叫"雅各布"的账号转去五十元钱,以免他再次欠税被捕,然后他又将巴斯基中午欠妈妈桑的服务费还上。妈妈桑在乔伍德的屁股上又摸又捏:你还是这么疼人,想想就让人来高潮,跟我回屋吧。马莉金一掌打开妈妈桑的手:要浪漫他也得先陪我。妈妈桑:我给你找个棒小伙儿吧,他太老啦。马莉金举手要打,妈妈桑一拉云手,也像是有功夫。乔伍德:你们两个闭嘴,住手,滚一边去。

乔伍德将巴斯基带回来是经过深思熟虑的,黄胖子拿到巴斯基的三维码,或是回去分析里边的资料,或是向他的同伙甚至老板汇报,暂时不会来找巴斯基。香榭丽舍大街是彻夜狂欢之地,在人群中躲藏反而更安全些,顺便还可以让巴斯基拿到他的手提箱。巴斯基要想完成"帝国机密",手提箱可能很重要。其实,与其说他关心巴斯基的使命,倒不如说,巴斯基的使命等同于这小子的价格,"帝国机密"越重要,巴斯基的价格就越昂贵。乔伍德已经看清楚,如果要打破或者利用巴斯基与黄胖子的勾结,将巴斯基卖一笔好价钱,单凭他和马莉金两个人玩不转,必须招收新人入伙才行。

　　乔伍德将杨亨利叫到门外,俩人坐在街边马桶上边排泄边谈判,霓虹灯在他们脸上一红一绿地闪动。他先引诱杨亨利:特使越来越值钱啦。杨亨利:怎么说?乔伍德:黄胖子带着现钱来买,我没卖。杨亨利:黄胖子怎么说?乔伍德:黄胖子嫌我涨价,生气了,但没死心。杨亨利四望:那你还把特使带到这地方来,太危险。乔伍德:《护民官格言》说,"富贵险中求"嘛。杨亨利:什么意思?乔伍德接着诱惑兼说谎:高市奇局长也要买特使,约定的是元旦过后交易。杨亨利脸上酸酸的:局长没告诉我。乔伍德:局长怎么说的?杨亨利愤愤:他让我看紧你,别把特使弄丢了。乔伍德笑:看来,局长的"阴谋"里没有你这一份。杨亨利怒:咱们在募兵站已经说好了,卖特使,二一添作五。乔伍德:是四六。

　　杨亨利气鼓鼓地没回嘴。乔伍德觉得火候差不多了:你想过没有,在你"依法死亡"之前想挣多少?杨亨利:"没有最多,只有更多",护民官说的。乔伍德:这一笔你想挣多少钱?杨亨利:跟你差不多。乔伍德:我如果弄来一万。杨亨利:我四千。乔伍德:我如果弄来十万。杨亨利:你想瞎了心啦。

乔伍德开始自言自语：地球省现在是帝国，巴斯基是庇护皇帝的特使，在上边家财百万。他用眼角余光看到杨亨利的眼睛瞪得巨大，便接着自言自语：我为难的是，如果组织一场拍卖，人多手杂，难保万全；但如果一对一询价，虽说没有拍卖价高，却稳妥，十万块应该不难。杨亨利：谁会出价？乔伍德轻笑：六大黑帮、六位区长、六位警察局分局长，再加上警察总局、财税局、专卖局等各家，还有那些贪婪、有权力野心的顶级资本家，除了黄胖子，一家一家去问，也花不了一晚上的工夫。杨亨利：谁去询价？乔伍德：特使是我弄到手的，当然是我去询价。杨亨利脸色一变：我信不过你，我去。乔伍德：你想让我在这儿替你看守特使？杨亨利：那也不行，我怕你带着特使逃跑，再有，我去询价干活多，咱们得改成五五分成。

乔伍德摇头，将话题一转：你还年轻，不像我，冒死弄这么多钱干什么？杨亨利用手抓头，揉眉搓眼地想了半天：有一个机会，百年不遇的机会，地下城中最重要的官员有一半参与其中。乔伍德：这个机会需要多少钱？杨亨利：取出"蝎子"两千，船票两万。乔伍德：船票？杨亨利：前往外星殖民地的船票，到了那边，可以娶妻生子买农场。乔伍德：你不是说他们要谋反吗？杨亨利：弃官潜逃和谋反成功后移民，两个方案，只不过，谋反成功后移民是政府给买船票，弃官潜逃得自费。

乔伍德判断，杨亨利的话中可能有点真货，至少比在募兵站时真一点儿，只真一点儿。乔伍德：你能买到船票？杨亨利：三百三十六张船票，都在局长手里。乔伍德：高市奇？杨亨利：是的，但不是有钱就能买，否则，我早劫了特使卖给黄胖子，绝不会在这跟你耗。乔伍德：除了钱还要什么？杨亨利：

票少人多,要有地位,有交情,还得有用处。乔伍德:什么用处?杨亨利:杀人、救命、谋反之类的,总得会一样吧。乔伍德:我三样都会。杨亨利:还得有交情,你要是有钱,局长真有可能把船票卖给你,你们是盟兄弟嘛。乔伍德:局长不卖给你?杨亨利:我试过,局长让我留着钱买别人空出来的职位,但我是真想走,可他就是不卖船票给我。

乔伍德发现,如果杨亨利说的是实情,他在杨亨利面前便占据了一点切实的优势。他相信自己在高市奇那里有几分面子,只要他能买得起船票。至于杨亨利的船票,到时候再说吧,《护民官格言》说,"人不为己,天诛地灭"。

移民到殖民星球,取出"蝎子",娶妻生子买农场。这是个做梦都不敢想的美妙前途,比伊凡的生活强百倍,让乔伍德不由得雄心万丈。然而,他心中突然一动,这些有钱有势的家伙为什么要集体外逃?没必要啊。伊凡就是明显的例证,他们只要有钱,完全可以不受《终养法》的限制,活到自然死亡,唯一的缺憾就是没有家庭而已。这件事里有毛病,不弄明白,反而可能跳进陷阱。于是乔伍德对杨亨利郑重道:你找各个方面给特使询价,我去找高市奇弄清楚船票的事,让马莉金和你的盟兄弟在这里一起看守特使,这样公平吧?他们二人从马桶上站起身,四手交握:一言为定。

乔伍德:你要见的人多,得好言好语好商量,有危险就逃命。杨亨利叉手施礼:老哥,请多在局长面前替我美言,只要卖给我船票,到了殖民地,我一辈子给他当下属。乔伍德笑:所以说嘛,还是我的工作重要,还是我六你四。杨亨利无奈地点点头,跟他的两个盟兄弟交代一番,便离去了。

乔伍德与马莉金吵了一阵，总算把保护特使的情况交代清楚了，然后他也离开浅草按摩院。他心中在浅笑，乱局就得搅，此刻第一片沉渣已经泛起，杨亨利不但透露了机密，而且成了他的第一道盾牌。拿着特使出去询价，那些出价的买主没有一个不是心黑手狠的自私狂，危险大大的，乔伍德想想这事就替杨亨利感到后怕。这小子还是年轻啊，不见可欲，其心不乱。

若是往常，乔伍德立刻就会去找高市奇问船票的事，然而今晚他很沉稳，因为这件事情太重要了，他想再摸摸黄胖子的底。他猜测，当黄胖子与巴斯基两个家伙分开时，特别是当黄胖子解读过巴斯基给他的三维码之后，黄胖子在言语和态度上的变化，应该能透露出不少信息，进一步帮助他判断巴斯基的价格和这桩生意的危险程度。于是，他用音频给黄胖子留言，投下一个诱饵，黄胖子立刻约他午夜前在海龟酒吧见面。

海龟酒吧，大屏幕上幻术大师史川德正在表演"大劈活人"。乔伍德坐在老位置，冯丑儿给他装一碗人造干果，倒上一杯烈酒。他低声对冯丑儿交代几句，让他帮忙办一件事。冯丑儿点点头：这么危险的事，你得替我押十块钱赌注在"机器狗大赛"上。他替冯丑儿支付了赌金，再次交代：要有近距离的特写，图像必须清晰。

黄胖子进门坐在乔伍德身边：说吧，什么阴谋？乔伍德决定彻底装傻：我能弄到"夺命蝎"的密码，你打算出多少钱？黄胖子：别装傻。你我都知道那"夺命蝎"是假的，你留言说，有阴谋？乔伍德：我的合伙人想甩开我，把我那份钱私吞了，用人朝前，不用人朝后，我要报复。黄胖子：这我倒有点兴趣。

乔伍德:他们打算拍卖特使。黄胖子一惊。乔伍德:他们正在派人联络六大黑帮、六位区长、六位警察局分局长,再加上警察总局、财税局、专卖局等各家,还有地下城最大的几百家私营企业主。黄胖子:我没接到通知。乔伍德知道杨亨利询价的事瞒不过黄胖子,很快他便能听到传言,于是满面真诚道:他们将您排除在外。

黄胖子:你的这种谎话骗不了我。这时,助理黑藤良上前对黄胖子耳语,黄胖子用耳机接听音频,然后问:杨亨利是谁?乔伍德:我在警察分局的上司。黄胖子:特使还在药厂吗?乔伍德:我的女人在保护他,没在药厂。黄胖子将食指放在嘴唇上,想了想,指着黑藤良道:把你的银行账号发给他。乔伍德用短信将银行账号发给黑藤良,很快,他的信息仪响起提示音,账上存入了五千元。乔伍德:这点钱买特使可不够。黄胖子:这笔钱是我雇你的"工钱",你跟你的女人要把特使保护好。乔伍德:为什么?黄胖子:元旦之前,你让特使听我安排。乔伍德:你可不能杀他,等你用完了,我的老板要单独为特使搞一场拍卖。

黄胖子摇头:别再说谎了,你哪有什么老板,都是你这小子自己在捣鬼。乔伍德:你同意我拍卖了?黄胖子起身要走:想得美。乔伍德坐着没动:还有一事,要是有人跟我争夺特使怎么办?黄胖子:我给你派一队枪手。乔伍德:别,让他们看见特使,我就成死人啦。黄胖子:不会的,特使不想你死。乔伍德故意试探:要是发生激战,我支撑不住时,能先杀死特使吗?反正你也要杀他。黄胖子:谁说我要杀他?乔伍德:昨天在香榭丽舍大街。黄胖子:要是我有权决定,昨天一定先杀了你，你小子劫持特使，把一切都搅乱了，罪该万死。乔伍德装傻：原来是这样啊。黄胖子：现在我是你的老板，工钱已经付过了，你的小命攥在我的手心里，把活儿干仔细了。

乔伍德付过酒钱，离开海龟酒吧，沿着街边慢慢走。他又查看一遍银行账户，钱确已到账。五千元，他这一年多来，拼尽老命，最后也不过剩下几百元存款。他感觉泪水奔涌而出，香榭丽舍大街上现出了彩虹。《护民官格言》说"他人即地狱"，他如果不拿杨亨利当诱饵，黄胖子绝不会这么痛快给钱。方才黑藤良对黄胖子的耳语和黄胖子接听的电话，一定是杨亨利正在为拍卖特使询价的消息。此刻，原本打算绑架特使的黄胖子，反过头来却出大价钱雇他保护特使，这一切，全都因为他的深刻洞察力和敏锐判断力，变被动为主动。

对于出卖杨亨利，乔伍德心中没有半分愧疚。地下城中，自私自利是美德，损人利己也算不上什么缺点。依照神意和护民官的指引，乔伍德与所有居民一样，都能深刻理解"没占便宜就是吃亏"的复杂含义，因为这是《护民官格言》的精髓。

只是，刚才黄胖子说了一句"特使不想你死"。这句话是个漏洞，乔伍德用手掌猛击额头，特使巴斯基有"雅各布"的信息仪，他只要有对方的号码，随时可以和地下城的任何人通话。这就是他向黄胖子传递三维码的目的吗？他们有机会通话吗？

他接通马莉金的音频，马莉金：巴斯基正和罗黛莎浪漫哪，我跟杨亨利那两个傻兄弟就守在房门外，丢不了。他明白了，巴斯基在房间里，很方便与黄胖子通话，难怪黄胖子不着急。他接着问：杨亨利有消息吗？马莉金：没有，你快回来吧，别死在外边。

他尝试接通巴斯基的"雅各布"信息仪,提示音说对方正在通话中。他不由得叹了口气,黄胖子和巴斯基都比他高明,他们私下里建立的联系,已经将他这个特使的"劫持者"变成了"保镖",难怪黄胖子会付"工钱"给他。

他猛然意识到,糟糕,他上当了。此刻,浅草按摩院内外不定埋伏了多少黄胖子的人,只是他自己愚蠢,没有意识到这一点。拿了这五千块,他的所谓"变被动为主动"反倒将他自己变成了雇佣枪手,对特使再没有处置权了。

没有特使就没有一切,乔伍德很想大哭一场。他的自作聪明,让他眼睁睁看着即将到手的"娶妻生子买农场"的幸福生活,就这样被人轻而易举地夺走了,而且他毫无办法,除非像《护民官格言》说的,"打翻狗食盆,让他吃不成"。然而,他的对手是黄胖子,在人力、财力甚至智力上他都不是黄胖子的对手。

他举目望去,满大街都是寻欢作乐傻活着的人群,而他则是刚刚被人轻易夺走地下城十一年来最大筹码的傻瓜。

8

地球历庇护 107 年 12 月 31 日,气温 24 摄氏度,湿度 65%。

凌晨 2 点,乔伍德狂敲梅杜斯的地下洞穴。保镖开门:把枪还给我。乔伍德:你自己到黑市再买一把。保镖要动手,乔伍德:今天我被人连骗带欺负,心里都是火,别惹我,滚一边去。保镖抓住他的衣襟想给他使一招"下手投",乔伍德还了他一个跪腿"德合乐"。保镖跌倒时脑袋撞在桌沿上,昏死过去。

梅杜斯睡眼惺忪,小心翼翼地将保镖扶到长椅上躺好,幽幽地抱怨:你怎么老跟这孩子过不去,一天揍他两回。乔伍德从信息仪里调出银行账户,让他看余额一栏:做手术要多长时间。梅杜斯不咸不淡:一个小时吧。你那老女人呢,怎么不一起来?乔伍德:就我一个人,给我移植一只新"蝎子"。

此时,如果说乔伍德心中对马莉金没有歉疚,他自己也不相信,因为他感觉胸闷心酸,不由得暗道:对不住了,你这傻娘儿们。只是,特使已经不再是他的"肉票",除了账上的五千多块钱,他一无所有。为此他绝望了,放弃了,唯一能够自我解嘲的就是,他现在的处境比昨天要好。这都是拜特使所赐,没有特使,就没有现在的手术费。在地下城冷酷的生活中,他如果不克制住心中所有无谓的情感，如果不完全彻底地自私自利，怕是活不到"依法死亡"的年龄。

梅杜斯让他伏在手术台上，下巴抵住一只金属托，额头被金属箍固定住，躯干用皮带捆紧，然后拿出那个纸质账本翻看：你的钱不够啊，我这里最差的移植用"蝎子"也还有五年寿命，得七千块才行。乔伍德张嘴都很困难：你这老浑蛋，你那么多"蝎子"，给我一只寿命长的怎么了？梅杜斯：你说得轻巧，那些不是我的，都是别人托我代养的；你知道吗？找只移植用的"蝎子"不容易，有钱人都是早早就请我代他们买下年轻人的"蝎子"，每年花很大一笔费用替他们养着，等到他们"依法死亡"之前再移植；当然了，需要提前移植的人也不少，那都是因为他们犯了重罪，在警察局和法院花钱也解决不了，这才换个身份藏起来。

乔伍德只好哀求：你先给我换上一只，我接着替你去找钱，算利息也行啊。梅杜斯：那些"蝎子"人家都花了几万块，你账上才有几个钱？乔伍德伸手去摸枪，被梅杜斯抢先把枪拿开了。梅杜斯：答应帮我办件事，我就替你移植这只五年寿命的"蝎子"。乔伍德：什么事？梅杜斯：替我找高市奇买两张船票。乔伍德：什么？梅杜斯：别说你不知道移民的事，痛快点，行不行吧？乔伍德：你一张船票就够了。梅杜斯给年轻的保镖颈下垫上枕头，翻眼皮看瞳孔：我可不像你无情无义，我得带上我的真爱。乔伍德无可奈何：好吧，两千佣金先付。梅杜斯用信息仪显示一个账号：五千块，便宜你两千正好当佣金，转账吧。

乔伍德办完转账手续，不由得叹了口气。梅杜斯则像个话多的妈妈桑,边准备手术用具边道:我是个苦命人儿,靠手艺吃饭,挣下这份财产不容易,可又有什么用呢?乔伍德:《护民官格言》说,"有钱的王八大三辈儿"。梅杜斯没理会他:别人带着钱去殖民星球,娶妻生子买农场,我能干什么?乔伍德突然明白了:如果我也能去那边,我生他十个八个儿子、女儿,你随便挑上一两个,改姓你的姓。

梅杜斯长叹一声:"食色,性也",年轻时为了能活得容易些,舍掉一样;如今有钱了,舍掉的那一样就变成了终生遗憾。

乔伍德:能活着就知足吧。梅杜斯怜爱地望着刚刚醒来的保镖:感谢生活,我幸亏还有他。乔伍德撇着嘴:给您道喜。

梅杜斯慢条斯理地清理乔伍德脖子上的胶纸:昨天你那一百块算是白花了,要是能移民,你不带着你的女人一起走吗?她岁数大了,恐怕生不了十个八个。乔伍德突然问:你怎么知道有船票?梅杜斯:买船票的那些人,多半都是我的主顾,再者说,百年一遇的好事,总能打听到点消息。乔伍德:他们为什么不卖给你船票,你是医生啊?梅杜斯:人老了就该死,他们想要个年轻的医生随行,《护民官格言》说得没错,"教会徒弟饿死师傅"啊。

胶纸清理干净,梅杜斯:你的女人还有两个月就到期了,三十岁以上的女人满三年没生育,直接送进终养所"依法死亡",你得早想办法。乔伍德心中正为马莉金难过,没好气道:少管闲事。梅杜斯:要是有个女人这么死心塌地跟着我,我有了钱肯定先给她移植。乔伍德恼怒:我移植完了就去给她挣钱。梅杜斯:《护民官格言》说,"钱拣容易的挣",这话虽然不错,但人的心眼儿要是太坏了,可就没有容易钱好挣了。

乔伍德无力反驳了。梅杜斯没再开口,取下那只名叫"玫瑰"的"蝎子",清理干净,放在一只假脑上养起来。

方才这番对话,让乔伍德心中像针刺一样痛,一种从未体验过的情感压得他胸闷气短,惭愧、悔恨、歉疚……在地下城中生活,心就得像铁一样硬,什么同情、什么慈悲、什么怜悯、什么慷慨,都像《护民官格言》说的,"仁慈就像阑尾,既无利益,也没功能"。

梅杜斯在他的脖子上仔细消毒,轻声道:我只说一句,算是医嘱。乔伍德:有屁快放。梅杜斯:移植"蝎子"之后,它需要重新与你的脑神经建立起完整链接,你必须得在麻醉状态下昏睡十二小时。

如果昏睡十二小时,他的天降能量棒特使巴斯基早就被人拐跑了。乔伍德大叫:把我解开,我不做啦,把钱还给我。梅杜斯一边为他解开头箍一边轻笑:你听说过财税局退税吗?钱是不能退了,什么时候你想做手术,只管带着你的女人来,那点钱就算是预付的手术费吧。

《护民官格言》说得没错,"挣钱的事,就怕狼叼来喂狗",乔伍德押上了他这辈子最大的运气,弄来五千块,结果被黑医生给扣下了。对于梅杜斯,他既不能打,骂也没用,因为他要想活下去,离不开这个老浑蛋的手艺。

梅杜斯将名叫"玫瑰"的"蝎子"粘回乔伍德的脖子上,乔伍德心中仍在气血翻腾。有一点梅杜斯说得没错,让他心脏剧烈疼痛的就是马莉金。不管是当"贱民",还是移植"蝎子",或者钱神开眼让他弄到买船票的钱,他都应该把这个又馋又懒又老又丑的女赌徒带在身边。他不知道这是不是传奇剧中的爱情,他只知道一点,他刚才尝试放弃马莉金,没成功。

乔伍德努力告诫自己:自私的人,越是临死越要狠毒。他方才绝望到想要逃避,以至于独自来做手术,这太轻率啦,白当了一辈子坏警察。其实,只要特使巴斯基活着,他就有机会,多种机会。

这时,酒保冯丑儿依照他们此前的约定,给他发来一条视频。乔伍德调出来仔细看了两遍,仍然不敢相信自己得出的结论。他那只名叫"玫瑰"的信息仪上另有一条"雅各布"的留言,是特使巴斯基:明天中午12点之前,请你务必将我送到皇后区警察分局保密室。乔伍德苦笑着摇头,他现在既失去了自由,也失去了自主,仅存的就是临死前被利用的价值。

人可不能这么活,哪怕是只有最后十几天。于是乔伍德决定铤而走险,接通了高市奇的音频。

高市奇不肯让乔伍德出现在他的居住舱附近:你现在就像传染病源,不能接触,只能隔离。乔伍德:那我就把特使卖给黄胖子,再见。高市奇没办法,只能给了他一个僻静的见面地点。乔伍德:不行,我现在谁都不信任,只能在公共场所,免得你派人伏击我。

四十公里长的香榭丽舍大街上有几百家大型的银河帝国连锁赌场,与饮食贩卖机一样,这是地球省的官方产业。乔伍德与高市奇像一对赌友,并排坐在双人操纵的角斗士赌博机前,每人预付十元,同时按下自己的按钮。两位角斗士出场,机器里的观众欢呼声很大。高市奇操纵着手柄,角斗士的长刀舞出一片炫光,他道:武器和保镖都已给了你,要钱没有,别的更没有。乔伍德操纵手柄用盾牌与短叉回击:你要是什么也不打算给我,为什么凌晨出来见我?高市奇:贱呗,把盟兄弟当亲兄弟了。乔伍德:闲话少说,移民殖民星球的船票给我两张。高市奇:杨亨利那小子的话你也信?乔伍德:黄胖子的话不得不信。高市奇:黄胖子用不着船票,他自己有办法。乔伍德:什么办法?高市奇:他控制着中央航空站的货运业务,要人有人,要船有船。乔伍德:你的船是向他租的?高市奇:你又买不起船票,问多了成心病。乔伍德:谋反是怎么回事?高市奇感叹:地下城当真没有秘密了,你居然什么都知道。乔伍德:还不是让你挤对的。

搏斗时间到,两个角斗士都没死,两人各输一元。他们再次开始。高市奇:关于谋反,你知道多少?乔伍德:不多不少,刚好够用。高市奇:特使的话也不能全信,他都跟你说什么了?乔伍德:特使说,庇护皇帝怀疑你背着他老人家搞阴谋。高市奇松开手柄,揪住乔伍德的衣袖:他真这么说的?乔伍德的角斗士一斧将失去控制的对手劈杀,从高市奇的账上赢回两元钱:特使说你两面三刀,谋取私利。高市奇松了口气:谁不这样?又不是我一个。

赌赛再次开始,乔伍德:你见过首辅大臣吗?高市奇:没有,你见过?乔伍德:当然没有。高市奇明显受到新话题的干扰,乔伍德又赢了两元。同时乔伍德认为,现在还不宜给高市奇看冯丑儿发来的视频,也许,那是他独自掌握的秘密,地下城中只有他一人知道。

高市奇的十元钱很快就输光了,乔伍德将他拉到海龟酒吧。黄胖子还在那里,警觉地与高市奇打招呼,给他们买了两杯酒,高市奇回赠了黄胖子一杯冰水。他们三个人围着小桌坐下,你看看我,我看看你,助理黑藤良在远处算账,两名保镖恶狠狠地盯着乔伍德。黄胖子问乔伍德:你带他过来,什么意思?

乔伍德想再次搅动沉渣,把事情搅乱:地下城的两个关键人物面对面坐下,还问我什么意思?黄胖子问高市奇:你什么意思?高市奇指着乔伍德:我没意思,被他硬拉过来的。

黄胖子举起水杯:祝皇帝陛下"以宇宙的生命为秋"。

高市奇:"以宇宙的生命为春"。

乔伍德:"万岁万岁万万岁"。

黄胖子和高市奇说的两句诗,正是特使巴斯基昨天给乔伍德看的首辅大臣为庇护皇帝朗诵的《祝寿诗》中的两句"诗眼"。地下城严禁传播地面上的任何信息,而这两个家伙居然都知道首辅大臣的颂诗。乔伍德心中暗喜,下边该他挑拨离间了。

乔伍德:特使有话让我向二位转告。那二人凝神静气望着他。乔伍德:特使今天要分别会见你们二位,时间地点另行通知。高市奇:特使说什么事了吗?乔伍德:其中之一是关于移民和船票的事。黄胖子的脸色阴沉,二目如电:就这些?乔伍德:别的不知道。高市奇也冷眼盯着乔伍德,不是好神气。乔伍德问他:您别是不想见特使吧?高市奇怒:特使又不是我上司,他不能命令我。乔伍德又注目黄胖子,黄胖子点点头。

钱神当真开眼了,高市奇和黄胖子是不是对手还不清楚,但肯定不是一伙的。能搅起这两块重要沉渣,让乔伍德内心充满狂喜。虽然这两个家伙各怀心事,满嘴谎言,但乔伍德不怕谎言。地下城里原本就很少有实话,在特使和庇护皇帝这件事上,几乎所有人都在说谎。

　　与以往不同的是,乔伍德现在有冯丑儿的视频,让他有可能独自接近最隐秘的真相,而从这一刻起,真相就有可能变成钱,甚至变成超乎想象的巨款。

　　在车站与高市奇分手时,乔伍德给他播放特使的留言,然后道:特使命令你,中午12点之前把他送到皇后区警察分局保密室。高市奇:我说过,元旦才能接收特使。乔伍德:今天我也不会把他交给你,见完面我就带他走。高市奇:你怎么送他过来?乔伍德:你得瞒着黄胖子,帮我演一出戏。高市奇:你小子这是在找死,办完事必须得把他带走,明天再交给我。乔伍德:你到底在怕什么?高市奇怒:我怕你!

　　早晨7点,香榭丽舍大街浅草按摩院。乔伍德手上拿着给马莉金买的能量棒和饮用水,面容和善但心情复杂。马莉金:你这财迷的臭警察今天转性了,主动给我买早餐?乔伍德没有像往常那样回嘴,而是打开房门,看到巴斯基和罗黛莎正抱在一起安睡。他拿起巴斯基那只"雅各布"的信息仪看了看,上边果然有"雅各布"与黄胖子的多次通话记录,证实了他早先的猜测,这二人背着他勾结在一起。他转身下楼,杨亨利的一个盟兄弟报告:队长刚来电话,说已经见了二十多人,情况还不错,让我转告你一声。乔伍德道了声谢,给杨亨利和警察分局的保密员分别发了一个短音频后,便在长椅上躺下来。他需要休息,舒缓一下劳累的大脑。

　　早上8点钟,乔伍德被信息仪的提示音吵醒,是警察分局保密室那位亮蓝色指甲的金发保密员。凌晨他刚刚拜托高市奇帮忙演一出戏,因此他必须时刻关注对方的反应,以免上当受骗。他强烈地期待,被他搅起的沉渣能够朝着他设计的方向流动。金发女保密员的短音频是:高市奇局长召集警察重装出动,目标浅草按摩院。乔伍德心道,好戏开始。

又有短音频进来,他打开耳麦,传来陌生人声音:我已就位,你什么时候过来?临睡前,他给杨亨利发的那条短音频,是让杨亨利召唤他在贱民中的线人。杨亨利回复的短音频只有一个字"好"。杨亨利的询价越顺利,对他就会越发言听计从,这早就在他的计算之中。乔伍德回复"贱民"线人:你在原地等候,见面再告诉你目的地。

他整理一下衣服和手枪。既然所有人都时刻准备对同伴、朋友、同事下狠手,就不能怪他遵从《护民官格言》的教导:"量小非君子,无毒不丈夫。"

9

虽然只有一个小时的睡眠,但对乔伍德太珍贵了。今天是庇护107年最后一天,有可能是令人精疲力竭的一天,但最大的可能,则会是他的人生转折点。他距离"依法死亡"还有十一天,为此他感谢钱神慷慨,让他有时间抓紧人生最大的机遇。

乔伍德先叫来杨亨利的两个盟兄弟,当着他们的面接通杨亨利的音频,让他对两个盟兄弟切实交代几句。杨亨利激昂地告诉他们:人生四十五年,难得遇到改变命运的好机会。这次机会来了,你们要无条件服从乔伍德的命令。那两兄弟士气高昂,答应得爽快。乔伍德:危险就在眼前,等一会儿,警察分局的同事会重装强攻这里,抢劫特使,我们必须保护特使。两兄弟:你怎么知道的?乔伍德难得说了半句实话:这是我导演的一场戏,但警察分局的同事不知道真相。两兄弟:手边没有重武器,怕是阻挡不了他们的进攻。乔伍德:有人阻挡,我们只负责保护特使逃跑。两兄弟答应听从安排。

乔伍德接通黄胖子的音频:高市奇派重装警察来抢特使了,你派来保护特使的人哪?黄胖子告诉他手下头目的姓名。乔伍德:你什么时候派援兵过来,我们可支撑不了多长时间。黄胖子:我这就安排人手,你小子可别跟高市奇合伙耍我。乔伍德回嘴:不要你们就得被你们要。然后他敲开妈妈桑的房门,问昨晚寄宿在她房间的壮汉:黄胖子给你指示了吗?壮汉演戏一般行军礼:一切听从乔伍德警官吩咐。乔伍德指着地上的金属箱:你把你的人都叫起来,用你带来的便携式防护盾守住前后门,警察很快就要进攻了。壮汉抓起武器和防护盾离去,乔伍德将妈妈桑搂在怀里:告诉我新密码。妈妈桑:先结账。乔伍德把昨晚自己人的账都结了,妈妈桑赖在他身上又亲又摸,折腾了好一阵才说:救世主保佑你,密码107108。

乔伍德让马莉金带着杨亨利的两个盟兄弟去前门支援,吩咐道:开战两分钟,让黄胖子的人和警察看清你们之后马上回来。他使这招障眼法,目的是要让黄胖子以为他们被困在浅草按摩院,免得横生枝节。

巴斯基下楼来,臂上吊着罗黛莎,一脸没心没肺的幸福模样。他打个哈欠:饿了,渴了。罗黛莎手脚麻利地侍候他吃喝,并主动倒贴付账。乔伍德:等一会儿我们得离开这里。巴斯基正色:出什么事了?乔伍德:有一队重装警察来抓你。巴斯基打开"雅各布"的信息仪:昨晚我把信息仪给弄成静音了。他按一下耳麦,听了听,说:有个人叫黄胖子,他说真的有警察要抓我,黄胖子是谁?

乔伍德故意揭开部分真相:就是昨天傍晚你给他三维码的人,也是昨天晚上你躲在罗黛莎房里跟他通话的那个人。巴斯基像个干坏事当场被抓的大孩子:你都知道了?乔伍德摇头:正因为不知道,所以才问你。巴斯基:你想知道什么?乔伍德:"帝国机密"。巴斯基:皇帝圣谕,今天中午召见高市奇,到时你一起听听,就什么都明白了。乔伍德:高市奇知道这事吗？巴斯基：知道，但他一直在推托，想明天再觐见皇帝陛下。乔伍德：你和他通话了吗？巴斯基抬起左臂，露出"雅各布"和他从西京带下来的信息仪：他不肯回复我的留言。

明天元旦，庇护皇帝寿辰，乔伍德想了想，没想明白，但高市奇确实跟他交代过，让他等到元旦那天再将特使交给他，并支付五千元。他问：你今天还打算干什么？巴斯基：今天是特使向皇帝陛下汇报的日子，我的行李被扣在航空站，只有去警察分局保密室才能与皇帝通话。乔伍德有些替盟兄高市奇担心：这里边有高市奇什么事？

巴斯基：高市奇是皇帝陛下在地下城的秘密代理人和执行人，皇帝陛下若责罚我办事不力，我得拉上他顶罪。乔伍德恍然大悟：难怪高市奇有那么大本事，这浑蛋瞒了我一辈子。

大门外传来大口径步枪的射击声，战况激烈，很快，马莉金带着杨亨利的盟兄弟回来了。妈妈桑的房中有一部古董电话机，乔伍德拿起听筒，拨号107108。妈妈桑的大床先是一抖，然后向上开启，露出下边的地下管网入口，洞边的凹槽里放着照明用的荧光棒。妈妈桑这个秘道，乔伍德多年前就用过，他选择在这里"演戏"，为的就是这条退路。他让马莉金和两个盟兄弟先下去开路，不想，罗黛莎也要跟下去。

乔伍德：老实待着，别捣乱。罗黛莎：是特使让我去的。乔伍德对巴斯基大叫：你疯了，向她暴露你的身份。

巴斯基一脸甜笑：我恋爱了。

真是越忙越添乱，乔伍德无奈。等他们下去之后，他将听筒放回电话机上，迅速冲入地下管网，并将大床恢复原位。马莉金：往哪边走？乔伍德：打开荧光棒，跟着我，特使走中间，别掉队。

地下管网是地下城伟大的设计者最出色的创举之一,布设了地下城所需的全部管线,还有全部的货运铁路。主通道照明不错,"贱民"线人在一处十字路口等他们,身边是一辆人力车。乔伍德取出几大块能量棒交给线人,线人问:往哪儿走?乔伍德:皇后区警察分局。于是,线人用人力车载着巴斯基和罗黛莎,乔伍德与马莉金在前边开路,两个盟兄弟殿后,他们在地下管网中快速前进。马莉金:没想到,这里边真不错,等取出"蝎子",咱们在这里安家,我给你生儿子。乔伍德心中又是一阵刺痛,这个傻娘儿们绝对想不到,今天早晨他险些丢下她。罗黛莎:这里边有什么好,冷飕飕,黑洞洞。马莉金:跟你爱的人在一起,就会暖洋洋,光灿灿。乔伍德感叹,女人这种愚蠢的低等动物,说她们什么好哪!然而,他却不由自主鼻子酸胀,湿了眼眶。

高市奇看到乔伍德带着巴斯基进门,把嘴张得大大的,逼真地做出吃惊的样子。乔伍德:我没被你派去的人打死,让你吃惊了?高市奇恢复表情:我吃惊的是,一天不见,你又换了女人。乔伍德指着罗黛莎:这是特使的女人,马莉金回去取车了。高市奇对巴斯基叉手施礼:给您道喜。巴斯基也叉手回礼:同喜,同喜,咱们开始工作吧。

金发保密员扭动臀部在前边给巴斯基引路,高市奇拉乔伍德在后边悄声问:怎么着,你现在是特使的帮手了?乔伍德:特使是我绑的"肉票"。高市奇:咱俩是盟兄弟,一伙的,有事可别瞒着你哥哥我。乔伍德:我要钱没钱,要船票没船票,没本钱跟你合伙呀。高市奇:你别不知深浅,太胡闹会给

89

自己招祸。乔伍德：我一个要死的人，还怕惹祸？

来到保密室，巴斯基让高市奇和那两个盟兄弟候在外边，却将乔伍德领进门。乔伍德：难道庇护皇帝想先见我？巴斯基：你没资格见皇帝陛下，是我想私下里跟你说几句话。巴斯基打开手提箱，取出隐形眼镜戴上，又戴上一双长及肩部的黑胶手套道：高市奇为皇帝陛下工作许多年了，权力大，贪钱多，皇帝陛下担心他有异心。乔伍德冷笑：我是他的盟兄弟，你不怕我反咬你一口？巴斯基：为了接待特使，贴身警员的档案材料由高市奇提供，是我的上司选定的你，认为你跟高市奇的关系既近又远，死期将至且没有财产，心里却存着违抗《终养法》的野心，对我的工作最有帮助。乔伍德半信半疑，但巴斯基的话又直指人心。

巴斯基取出读卡器，将那张"银行卡"插上：这两天我对你说了很多谎话，你这种虚无主义的样子，让我没办法信任你，但别人更不可信，我就只能冒险了。乔伍德：赢得你的信任有钱挣吗？巴斯基没理会他的问话，双手和双眼各自贴近对应的扫描仪，识别手掌、手臂和视网膜：我们在西京的规矩是，要想互相信任，得先告诉对方自己的秘密；我先说，我是私生子，在西京的身份不是军人，而是家奴，给主人当替身。该你说了。乔伍德觉得这事很不严肃，太轻信于人了：我还差十一天执行《终养法》"依法死亡"条款，但我不想死。

巴斯基从电脑中读取文件：这次派的特使是我的主人伯斯蒂，与我同父异母，他是世袭将军，祖上是著名的刺客，他和其他上等阶层的人一样，一辈子吃喝玩乐，没干过任何正经事，所有上学、训练、执行任务都是我替他去的，我干活，他享受。乔伍德:你们哥俩不是一个阶层?巴斯基:我母亲是"奴籍",我一出生就是奴隶。乔伍德:别觉着吃亏,至少你不用四十五岁必须死。巴斯基将电脑调整好,接通读卡器读取复杂的密码:我的主人许诺,这次地下城的任务完成之后,如果我能帮他立下大功,他就解除我的"奴籍",提升到"民兵"阶层。乔伍德:跟你的主人一样?巴斯基笑:"民兵"是地球帝国最低阶层的国民,七等三级,但至少是自由人,再往下都是"奴籍"。

乔伍德:为什么告诉我这些事?巴斯基:我希望你帮助我完成使命,而且不要金钱回报,因为我是奴隶,没钱给你。乔伍德不屑:你早先可说庇护皇帝会给。巴斯基脸红:骗你的。乔伍德:没钱谁替你干活?巴斯基:虽然没钱,但有机会。你那么聪明,又那么贪婪,什么好处都逃不过你的眼睛。乔伍德:如果我不干呢?巴斯基:那我只能独自干了,而且多半会失败,地下城的情形远远超出我的想象,不像外星任务那么简单明确,驾驶飞船过去,刺杀成功就回来。

乔伍德很为难,地下城的生活准则是"现钱杵儿""一把一利索"和"一手交钱一手交货",如果他答应这个冒名顶替同父异母哥哥兼主人的假特使,免费帮助他完成使命,有违地下城的"纲常"。于是他问:咱们"先小人,后君子",把话说在明处,既然你没有钱给我,如果我利用你一下,给自己挣点钱,你不会反对吧?巴斯基将摄像头调整好:我就说嘛,你一定能找到挣钱的办法。现在你去把高市奇请进来,不能让皇帝陛下等他。

巴斯基让高市奇跪在摄像头前,他和乔伍德跪在摄像头外,避免惊驾。最先出现在视频上的是一只金红两色的宝座,有个戴粉红眼罩的男孩凑过来挥了挥手,又试了试音。乔伍德:这是谁?巴斯基低声:太监,应该是皇上身边的副总管。乔伍德:为什么戴面具?巴斯基:西京上等阶层的时尚。过了好一会儿,庇护皇帝来了,坐在宝座上,神情疲惫。高市奇五体投地:喜马拉雅山高贵血统的传人,钱神之子,银河系唯一的救世主,伟大、英明、睿智、光荣、神武、正确的皇帝陛下,万岁万岁万万岁。庇护皇帝:高市奇,你可知罪?高市奇:微臣知罪。庇护皇帝:流放贪官的事怎么样了?高市奇:头等贪官三百三十六人,正在陆续登船。庇护皇帝:你哪来的飞船?高市奇:臣献出个人全部贪污受贿赃款,向八爪鱼星际贸易公司租的。庇护皇帝面无表情:你替寡人秘密监管地下城,却监守自盗,贪污腐败,罪不可赦。这次助寡人流放贪官,是给你一个戴罪立功的机会。高市奇顿首:感谢圣恩,小臣粉身碎骨无以为报。

乔伍德觉得这场景很好笑,简直像历史传奇剧,连情节和台词都像。贪官高市奇骗庇护皇帝说自掏腰包租飞船,其实是在高价倒卖船票,大发其财。

庇护皇帝:特使在吗?巴斯基匍匐上前,额头触地:奴才叩见皇上,万岁万岁万万岁。庇护皇帝:让你办的事怎么样了?巴斯基汗出如浆:奴才无能。庇护皇帝:那些愚妇愚夫居然相信什么"救世主降临",为了这事,四大岛多处发生暴乱,你必须得在源头上消灭他们的妄想。给你的最后期限是明天13点,在寡人的寿诞大典开始之前,必须证实你已经完成使命。巴斯基以头触地:谨遵圣命。

庇护皇帝像是有些心灰意冷:你们好好办差吧。说完他起身离去,视频中断。高市奇和巴斯基转过身来望着乔伍德,齐声道:现在我们之间没有秘密了。高市奇:从此我们各自工作,但求不负圣恩。乔伍德却认为,他们二人肯定对他还隐藏着其他重大秘密,但让他高兴的是,他们并不知道他掌握着另一个重大秘密——冯丑儿给他的视频。钱神在上,还有什么秘密,就全告诉我吧,乔伍德默默祈祷。

巴斯基请他们先出去,说他还有些事情要与直属上司沟通。高市奇走在前边,乔伍德故意落在后边,临出门他对巴斯基悄声道:你对皇帝陛下隐瞒了另外五位特使的死亡。巴斯基:高市奇肯定已经汇报了,我这就向直属上司汇报。乔伍德:皇帝陛下刚才的意思是不是说,"救世主"躲藏在地下城,你的使命是刺杀"救世主"?巴斯基:我的使命是"帝国机密"。乔伍德:屁机密。巴斯基:为什么你总爱说"屁"?乔伍德:它最没用,还得上税。

乔伍德走出保密室,给金发女保密员发了个短音频,又汇给她五十元钱。唉,这两天花钱如流水呀!罗黛莎问他:我男人怎么不出来?乔伍德:你男人是个大人物,正在干大事,别打扰他。杨亨利的两个盟兄弟给他发来音频,说他们又准备了一辆汽车,乔伍德夸了他们几句。他接通杨亨利的音频,杨亨利兴奋得结结巴巴:我已经见了五十多人,他们对特使都很狂热,最低出价八千,最高出价两万三,哈哈,发财啦。乔伍德:你接着询价,肯定有人愿意出更高的价钱。杨亨利:一定是这样,太棒啦。同时乔伍德心道,杨亨利已经起了贪心,隐瞒买家真实报价,现在特使是地下城最有价值的商品,询价超过五万元应该不难。

高市奇拿了瓶水过来,递给罗黛莎,问乔伍德:事情你都清楚了,现在打算帮我吗?乔伍德:《护民官格言》说得没错,"是福不是祸,是祸躲不过",我帮你。高市奇:到底是自家兄弟,谢谢你。乔伍德:先别谢我,劳务费是两张船票,直达外星殖民地,我带着马莉金一起走。高市奇摇头叹息:明天,如果事情成功,我给你五千块,拿去做手术取出"蝎子"。乔伍德:船票。高市奇:船票都卖完了。乔伍德:你也一起走?高市奇:你刚才听见了,那是流放贪官,没有我的船票。还有,你不能告诉梅杜斯船票的事,他还有用,不能让他走。乔伍德点点头道:三百多名官员走了,留下的职位怎么办?高市奇高兴得一拍脑门:对呀,我可以免费给你一个警察局分局长,依照《终养法》的"职务优待条款",你能延期两年"依法死亡"。乔伍德:到时候还得死。高市奇:你当上分局长,要是两年的工夫还弄不来移植"蝎子"的钱,那就没人能救你了。

不用花钱买就弄到分局长的职位,乔伍德认为这是笔好买卖,而他存在梅杜斯那里的五千块钱,可以先给马莉金移植"蝎子"。谁说天上不能掉下能量棒?他不由得很兴奋,却又暗自告诫自己,地下城中只有自私,没有信义,还是小心为妙。于是他问:特使的使命是什么,皇帝给你的任务还有什么?

高市奇将他拉到一边,避开罗黛莎:我只知道,他跟我干的不是一件事。乔伍德:你干的是什么?高市奇义正词严:抓捕罪臣,流放贪官,当然了,不能让他们知道是被流放。乔伍德:明白了,你小子一定会说,那是"护民官奖励有功人员,送他们去外星殖民地娶妻生子买农场,安享晚年"。高市奇笑:

不这么说,船票就不值钱了,但是,有一个前提条件。乔伍德:什么前提条件?高市奇:庇护皇帝圣谕,特使的任务成功完成后,我这边才能开船送人。

乔伍德:看你这一脸坏笑,肯定又打我的坏主意。高市奇:是好主意,六名特使死了五个,巴斯基又不像是能干活的人,为了不辱使命,只好请你带着你的女枪手一起出手帮他。乔伍德:谁知道特使要干什么疯狂的事,你还是找别人吧。高市奇:如果特使没能完成使命,我就不能流放那些贪官,也就不会空出警察局分局长的职位免费送给你。《护民官格言》说,"大风刮不来肉包子",你必须得自己挣这份报酬。

乔伍德想了想,认为高市奇说得没错,既符合地下城的行为准则,也符合盟兄弟的情谊,而且与黄胖子的要求也没有冲突。虽然他认为这是高市奇送给他的一次难得的好机会,但他还是问了一句:我跟着特使去冒险,你不帮把手?高市奇大笑:我一边静候佳音,一边处理那些贪官原本打算带走的资产,上缴国库。乔伍德:为什么上缴国库?高市奇:国库空虚,没收贪官资产充实国库,这是皇帝陛下的治国方略,乃天公地道,钱神精神放光芒。乔伍德:这又是一个你中饱私囊的好机会。高市奇立刻严肃地将食指放在唇边,让乔伍德小心说话。

巴斯基从保密室出来,将手提箱锁好,让女保密员存放在保险库中,罗黛莎扑上去把自己拴在巴斯基身上。巴斯基问乔伍德:咱们现在去哪儿?乔伍德:先离开这里再说。高市奇:你只有二十四个小时的时间,明天下午请你准时将特使交给我。

乔伍德接通黄胖子的音频,黄胖子大叫:你把特使藏哪儿去啦?乔伍德:你帮特使找个落脚的地方,我们这就过去。黄胖子:八爪鱼星际贸易公司总部,你认得那地方吧?立刻就去,别再耍花样。乔伍德当然认得那地方,杨亨利曾带着他将抓到的"贱民"卖给那家公司,只是,在如此危险的局面之下,让他别再耍花样肯定办不到。

他带领众人走出警察分局,深吸一口气。在这样一个自私的城市,谎言如空气一般无处不在。从现在开始,他决定不再抱怨,而是要在谎言中辟路前行,力争违法活下去。

杨亨利的两个盟兄弟弄来的仍然是一辆厢型货车,笑着请他们上车,口中道:刚跟杨队长通过话,要发财啦。乔伍德问:询价到多少钱了?盟兄弟:队长说最低八千,最高两万三。乔伍德笑:足够大伙分的。同时他心道,杨亨利对他的盟兄弟也在说谎,隐瞒询价的真实情况。

乔伍德的信息仪响了一声,金发女保密员给他发来巴斯基独自在保密室的视频,这是他花五十元买的。在这个无情的地方,在这个以命相搏的时候,他不能相信任何人,必须依照钱神的指引,小心谨慎到极处,自私自利到极处。他独自来到指定排泄地点,坐在马桶上,打开保密员发来的视频。视频的前半段是庇护皇帝召见高市奇,等乔伍德和高市奇离开房间之后,他看到巴斯基拿出一个小物件,打开开关,视频立刻变成黑屏,而更让乔伍德生气的是,这是警察分局内部的防火监控视频,没有声音,听不到室内的谈话。

按照巴斯基自己说的,他要向直属上司汇报,他的直属上司会是谁?乔伍德远远望着正在耳鬓厮磨的巴斯基和罗黛莎,心中暗道:这家伙比我会装傻。于是,他给马莉金、杨亨利各发了一条音频,让他们到喀山镇伊凡的白夜酒吧集合。

乔伍德此刻已经想清楚,高市奇许诺的警察局分局长是有条件的,而巴斯基掌握在他手中是无条件的。既然巴斯基刚才已经答应,可以利用他来赚钱,乔伍德决定先下手为强,今天下午就开特使的拍卖会,先弄他一大笔钱再说。除死无大事,他一个要死的人,不能畏首畏尾。

10

见乔伍德带着人又回来了,伊凡高兴得直骂街,情绪稳定后才问杨亨利:经济学家那边有结果吗?杨亨利:经济学家的数学模型得出结论,有两个变量最为关键,一是权力变量,二是税收政策变量,如果这两项发生善意的改变,未来经济形势有可能好转,通货膨胀的风险会降低。

伊凡:权力变量,谁死了?杨亨利:数学模型是傻瓜,得出的结论更傻。

乔伍德离开众人,接通黄胖子的音频:想跟你说件事。黄胖子:你小子是不是又想使坏?我在八爪鱼总部等你哪,怎么还没到?乔伍德:我帮你赚钱做买卖,怎么叫使坏呢?其实黄胖子猜得没错,乔伍德认为,既然他在地下城中无法躲避黄胖子,索性就把坏事干在明处,看看到底能搅出多大乱子来,好让他透过乱局看清巴斯基"帝国机密"的本质,然后眼疾手快,超额攫取自己的好处。

黄胖子:有屁快放。乔伍德索性实话实说:我要在白夜酒吧拍卖特使。黄胖子竟然只是"噢"了一声,没开口骂人。乔伍德:计划是这样的,今天下午你让拍卖会顺利进行,交易完成后,我告诉你买主的详情,然后我再帮你从买主手里把人劫回来,最终结果是我得钱你得人,拍卖费用和劫人费用从拍卖价款里支出。黄胖子笑:你是我雇来保护特使的,私自搞拍卖算侵吞他人财物,属于职务侵占罪。乔伍德:特使既不是你的,也不是我的,他自己有主人。黄胖子大笑:那罪过就更重了,巴斯基是庇护皇帝的特使,你这属于盗卖国有资产。乔伍德:拍卖价二一添作五,有你一半。黄胖子:全给我也不敢要,罪过太大。

乔伍德:这么说,你同意拍卖了?黄胖子:《护民官格言》说得没错,你小子是"人心不足蛇吞象",眼大肚子小,怕是吃不下这大块的能量棒。乔伍德:你同意吗?黄胖子:我要是不同意拍卖,你肯定还有其他坏主意对付我,我说得对吧?乔伍德实言相告:没错。黄胖子:这是最后一次,下次我绝不会再容忍你胡闹,17点之前你把坏事干完,但绝不能将特使交出去,到时候我派人接应你们。乔伍德赞叹:我就知道你最能理解我的深意,"海内存知己"啊。黄胖子:别套近乎,你的知己是那个蠢娘儿们。记住了,你要是再敢耍花样,我就把马莉金送给外星吃人肉的动物当零食。

伊凡的拍卖设备完善,每个批次的药品都是通过网上拍卖的形式与批发商交易。伊凡:设备、拍卖师、技术支持都没问题。乔伍德:《护民官格言》说"亲兄弟明算账"。伊凡笑:你没变,最懂合作者的心意,通常有人委托拍卖,我收拍卖价的5%,成三破二嘛。乔伍德:成交。伊凡:但这次情况特殊,货物来路有毛病,买主也不是善茬,他们手里没有一千也得有几百雇佣枪手。乔伍德:所以?伊凡:单是调集人手保护拍卖现场就得一大笔开销。乔伍德:明白了,拍卖价在五万以内,我七你三,五万以上的部分五五分账。二人握手成交,乔伍德:只是,你得先借给我两千块,我都要欠税了。

乔伍德将伊凡的钱打入马莉金的账户,然后接通梅杜斯的音频:船票有希望到手,但只有一张。梅杜斯哭着说:求求你,再弄一张,我给你加钱。乔伍德:加钱不用,你帮我办件小事吧,很小的小事。

他把马莉金叫过来:你现在马上去找梅杜斯。马莉金二目灼灼:有钱做手术啦?乔伍德点头微笑:有了。马莉金高兴得一下子蹿到他身上,搂住他的脖子狂吻。乔伍德轻轻将她拉下来:听我说,你现在下楼,开车直接去。马莉金:你呢?乔伍德:我已经跟梅杜斯交代清楚了,让他给你移植我寄存在他那儿的五年期"蝎子",把你变成男人身份,也就省了三年生一胎的麻烦。马莉金:你不去吗?乔伍德:你做完手术就在他那儿等我,不许下注赌钱。我忙完巴斯基的这点破事,马上就去找你。

马莉金立刻冷静下来,后退一步望着乔伍德:去找我之前你要是死了呢?乔伍德强笑:怎么会?马莉金回头看了看正在安装拍卖设备的技术人员:干这么大的坏事,不死也难。乔伍德:你知道我的本事,想弄死我不容易。马莉金斩钉截铁:你这没心没肺的臭警察,要死一起死,谁也别想逃。言罢她转身回到长桌边,开始往身上套防弹胸甲。

乔伍德只能苦笑:谁让你遇上一个傻娘儿们哪!巴斯基:谁是傻娘儿们?

乔伍德:正要找你谈点正事。巴斯基:我也有此意。乔伍德:今天中午你说我可以利用你赚笔钱?巴斯基:有这话。乔伍德:昨天我把你从募兵站救出来,你欠我一个人情。巴斯基:怎么还？乔伍德:一会儿让我在这拍卖你。巴斯基想了想:买主多吗？乔伍德:拍卖皇帝的特使,整个地下城最有势力的人都会参加。巴斯基:你不会真把我卖掉吧？乔伍德笑:怎么可能呢。巴斯基:我是个言而有信的人,没办法反对,但是,在你拍卖我之前,我想跟你交交心。乔伍德:没问题,但咱俩得先对钱神发誓,说谎者必死,然后再促膝谈心。

他们用信息仪上的指北针找准钱神殿的方位,跪在地上。巴斯基突然满脸热望:我从未享受过兄弟之情,咱们就着这个机会,结拜盟兄弟吧。乔伍德咬住嘴唇想了一阵:先告诉我一句实话。说着他拉过巴斯基的手臂,挽起衣袖,露出巴斯基左前臂内侧的一个二维码:告诉我,这是什么？巴斯基:这是身份识别码,用皮下二维码刻录机刻在"表皮"和"真皮"之间,其实是植入一组微型芯片,西京地上城每个人都有,独一无二。乔伍德:你的这个？巴斯基:里边有我的全部信息,"奴籍"身份,还有血统谱系等等。乔伍德:怎么读取？巴斯基:地下城里没有这种设备,我带来的设备在行李里,被扣在航空站了。乔伍德放开巴斯基的手臂,不经意地问:就刻了这一个？巴斯基:我是奴隶,最高阶层的贵族刻四个,怕被人冒充身份。

乔伍德:为什么地下城没有这种技术？巴斯基:地球帝国的基本国策是,地下城只能使用有限且必要的技术,接受有限且必要的教育。乔伍德:地上城呢？巴斯基:技术研发和污染耗能工业都在地球表面。

乔伍德对技术问题没太多兴趣,他闭上眼睛,将掌握的全部线索在脑子里过了一遍,巴斯基、高市奇、黄胖子、庇护皇帝、首辅大臣、冯丑儿和金发保密员发给他的两条视频等等，他对接下来的行动没有把握，但不去冒险就只有死路一条。这会儿他好像感觉不太怕死了，只是心痛一件事，马莉金不肯独自做手术，非要跟着他一起冒死。

乔伍德：你跟着我行礼，跟着我发誓。巴斯基点头，显得挺激动。

乔伍德五体投地：今日我与巴斯基结为兄弟。

巴斯基五体投地：今日我与乔伍德结为兄弟。

乔伍德：从此肝胆相照，没有半句谎言。

巴斯基：从此肝胆相照，没有半句谎言。

乔伍德："苟富贵，勿相忘"。

巴斯基："苟富贵，勿相忘"。

乔伍德：不求同年同月同日生，但求同年同月同日死。

巴斯基：不求同年同月同日生，但求同年同月同日死。

乔伍德握住巴斯基的手：兄弟。

巴斯基流下泪水：哥哥。

众人围上来，热烈祝贺他们结拜，大杯喝酒，大块吃能量棒。伊凡有些醉了，站在桌上指挥众人高唱："嘿儿呀，咿儿呀，嘿唉嘿咿儿呀。银河星球八万六哇，挣钱到手咱就走哇，娶妻生子养老牛哇……"

马莉金和罗黛莎也相互拥抱，交换礼物。马莉金送给罗黛莎一把盗贼使用的万能钥匙：想要从按摩院逃跑，用这个方便，什么锁都能打开。罗黛莎送给马莉金一小瓶喷雾"魅惑剂"：往自己脖子上喷一下，男人只要嗅到，立刻就想跟你浪漫。

杨亨利则是满眼羡慕:什么时候我也能叫高市奇局长一声哥哥呀?乔伍德搂住他的肩头:这件事办成功,他会主动叫你兄弟。杨亨利立刻又抱怨:你让伊凡参与进来,多一个分钱的人。乔伍德坏坏地笑:不用担心,你询价的结果,最高价才两万三,咱们就拿它当起拍价,我敢担保,你分到的钱只多不少。

网上拍卖在16点开始,参与拍卖的买家有五百多,保证金每家一万元,起拍价两万三千元,前半小时竞价激烈。

乔伍德带着巴斯基远离拍卖现场,要想得到拍卖款,他还有更重要的事情必须解决。

乔伍德:现在能说你的"帝国机密"了吗?巴斯基显得很痛苦:不是刚发过誓吗,不能说谎。乔伍德:我主动请求你说谎,不会违背誓约,好吗?巴斯基没回答。乔伍德播放冯丑儿发给他的视频:看看这条手臂上的二维码,他是西京地上城的手臂吗?巴斯基说谎:不是。乔伍德:这是二维码吗?巴斯基说谎:不是。乔伍德:好,我们就按照这个办法来,你反着回答。除了这次派来的特使,西京还有别人下来吗?巴斯基说谎:没有。乔伍德:下来几个人?巴斯基说谎:不知道。乔伍德:这条手臂上有三个二维码,他在西京会是什么人?巴斯基说谎:奴隶。乔伍德:你这次的使命,是寻找这个人吗?巴斯基说谎:不是。乔伍德:你找到他了吗?巴斯基说谎:找到了。

乔伍德郑重道:我总结一下,你的使命是到地下城寻找这个有三个二维码的大人物,但是你还没找到他?巴斯基:是的。乔伍德:这次说的是实话?巴斯基:该换我问了。这个视频从哪来的?乔伍德笑:来自于我的机智和敏锐的观察力。

巴斯基疑惑,乔伍德让他播放首辅大臣为庇护皇帝朗诵《祝寿诗》的视频。画面上,戴着面具的首辅大臣双臂充满渴望地伸向前方,口中吟诵"空间无法描述您的伟大;在您面前,整个银河只是一粒微尘"。

乔伍德:停。画面中,首辅大臣因双臂前伸,袍袖中露出前臂,左前臂内侧可以看到三个二维码。乔伍德:现在我们已经接近问题的实质,不再玩说谎游戏行吗?巴斯基:不说谎,但有些话现在还不能说。乔伍德:可以,我的视频上那条手臂是首辅大臣的吗?巴斯基:很难讲,可能是任何一个贵族的,也可能是假的,是首辅大臣的替身。乔伍德睁大眼睛。巴斯基:首辅大臣有多名替身,他在西京两次遭遇刺杀,死的都是替身。乔伍德:所以?巴斯基:我必须得用设备亲自扫描,经过检验才能判断真伪。乔伍德:怎么判断?巴斯基:首辅大臣是一等贵族,还有第四个二维码,前边死掉的替身,左前臂的三个二维码是真的,但左上臂内侧的第四个二维码是假的。

乔伍德:谁要杀首辅大臣?巴斯基迟疑了一下:皇帝陛下。乔伍德:为什么?巴斯基:我只是个奴隶,不懂权力和政治。乔伍德:在历史传奇剧里,皇帝要杀大臣,都是推出午门斩首,用不着刺杀这么麻烦。巴斯基:首辅大臣是国舅大人和地球武装力量副统帅,还兼任首都卫戍司令和西京市市长等许多重要职务,外戚家族势力广大,明正典刑可能会天下大乱。乔伍德:你不是不懂政治吗?巴斯基:听我主人说的。

拍卖场那边,特使的拍卖价已经超过十万,众人欢腾一片。楼下也聚集了大批买家派来的枪手,与伊凡的手下对峙。

乔伍德将双臂抱在胸前,绕着巴斯基踱步。他下边的问话可能会揭穿事件真相,让巴斯基恼羞成怒,于是他悄悄打开枪套的搭扣:首辅大臣是不是躲藏在地下城里?你的使命是不是替皇帝刺杀首辅大臣?巴斯基不再迟疑:是的。

乔伍德:首辅大臣是传说中的"救世主"吗?巴斯基:不是。乔伍德:谁是"救世主"。巴斯基:"帝国机密"。乔伍德:到底有多少个"帝国机密"?巴斯基:这一个最重要。

乔伍德:你打算怎么找到首辅大臣?巴斯基:通过你。乔伍德:你刚说过,那条手臂很可能是假的。巴斯基笑:但拍卖特使是真的。

该死的,见鬼!乔伍德高声咒骂。他猛然发觉巴斯基的智力超出了他的判断,这家伙一直让他自以为聪明,其实是一直在引导和利用他。乔伍德:你让我当真把你卖掉?巴斯基笑着点头:你猜透了我的计划,对不对?

拍卖场那边又是一片欢腾,拍卖价超过了二十万。

乔伍德扣上枪套,失望地感叹:二十万元在地下城是天文数字,我每月薪水一百二十元,得干多少年才能挣这么多?

巴斯基:138.888889年。

乔伍德:你利用了我想逃避《终养法》的心理,害我陷入眼前的困境,你可是我的盟兄弟呀!

巴斯基:是啊哥哥,咱们刚刚结拜,你就把我拍卖了。

乔伍德:你早就料到,买你的人一定会是首辅大臣。

巴斯基:六位特使已经被首辅大臣杀了两对半,不论花多少钱,首辅大臣都得买到我,恭喜哥哥,你的钱就要到手了。

乔伍德摇头:首辅大臣想要杀掉你,你也想要杀掉他,两头见面,这笔拍卖款不可能收得到。巴斯基叉手施礼:让哥哥费心了,请帮我一把。乔伍德:是我自以为得计,才会被你利用,到头来不只是一场空,怕是连性命都得搭上,《护民官格言》说得对,这叫"自作孽,不可活"。

巴斯基:我会尽全力让他们先付钱给你。乔伍德:你能让他们付钱当然好,那我就再问你一遍,庇护皇帝说的"救世主"是谁?巴斯基:不能讲,这是最为核心的"帝国机密"。乔伍德心中一动:原来你小子就是传说中的"救世主降临",对不对?

巴斯基笑骂:你才是"救世主"。你们全家都是"救世主"。你这是往我身上栽赃,想让我被就地正法呀!

11

乔伍德和巴斯基乘坐马莉金驾驶的汽车,后边的车里是杨亨利和两个盟兄弟,另有六辆大型汽车前后左右夹住他们,这是买家派来押送特使的枪手,交货付款地点在皇后区第18终养所。

买家的一万元拍卖押金被伊凡留下了,他对乔伍德道:我不能欠工作人员和保护现场的枪手们薪水,等你收了尾款,咱们再细算。乔伍德并没有像往日那般锱铢必较,因为他知道,自己机关算尽,但还是失败了。自从巴斯基向他坦承部分"真相",他便感觉自己已经是死人了。回顾一生四十五年,他不得不承认自己活得像个"物件",吃、喝、协助女人繁殖。所谓快乐,也仅止于贪污腐败干坏事而已,因此,就算他今天真能弄到一大笔钱,带着马莉金一起活下去,他觉得自己仍然是个"物件",一个有钱的"物件"而已。

乔伍德问巴斯基:在西京,你为什么而活?巴斯基目光疑惑,好像没听清。乔伍德:你的人生意义是什么?马莉金插言:想那没边儿的事干吗?乔伍德忧伤:突然,也不是突然,是不由自主就想到了。巴斯基答:我确实有一个人生目标。乔伍德:什么目标?巴斯基微笑:跟你一样,自由。乔伍德:放屁!

乔伍德看了看信息仪,黄胖子和高市奇仍然没有回复他的留言。自从拍卖结束,黄胖子和高市奇好像突然消失了,音频无法接通,留言也不回复。他原本不想失信于黄胖子,打算依照约定,交货后帮黄胖子抢回特使,这是因为,如果他违背约定,黄胖子不会让他和马莉金活下去。同时,他也不想向盟兄高市奇隐瞒,拍卖特使这么大的事,高市奇肯定已经知道了,在他交货收款之后,他需要这位皇帝陛下在地下城的代理人的保护。不过,换取保护的唯一筹码,就是他明天下午必须得把特使巴斯基送到盟兄手里。

现在,黄胖子和高市奇都联系不上,如果他向买家交出巴斯基,这两个人都会变成他的敌人,到那时,他连当贱民的机会都没有。他问马莉金:现在,我们还能脱身吗?马莉金:能,开枪自杀。他又将目光转向巴斯基。巴斯基微笑:越是接近成功心绪越乱,要平静。但乔伍德的心绪平静不了,他将手放在马莉金肩上抓紧,平生第一次表白:我的女人。马莉金拍了拍他的手:我绝不独活。

巴斯基接通罗黛莎的音频,罗黛莎:伊凡已经把我送回浅草按摩院,还送给我一包膨化剂,他真是好人。巴斯基:你照顾好自己,我很快就去找你。罗黛莎:一定要快哟,人家好想你。巴斯基关上音频,伸手给乔伍德道:哥哥,成败在此一举,请助我一臂之力。乔伍德知道他想要什么,便道:反正我已经是死人了,可以帮你逃命,但不能帮你刺杀首辅大臣。马莉金:我帮你杀。乔伍德:闭嘴!

皇后区第18终养所就在八爪鱼星际贸易公司近旁,汽车直接开进楼内,里边是整整一层明亮的大厅,整洁如医院。乔伍德、巴斯基和马莉金被枪手护送进入电梯,等电梯门再打开,里边的空间仿佛高级按摩院似的安详、漂亮,一位黑发白衣男子双手交握在腹部,微笑道:欢迎您选择皇后区第18终养所,我是所长汤川西秀,请您仔细阅读《入所须知》,有特殊需要直接找管理员,我们会尽力满足您的要求,祝各位开心。言罢他微微躬身行礼,便转身离开了。

他们三个人大眼瞪小眼,不明所以,再回头,发现电梯门已经关上,护送他们的枪手随电梯下楼了。乔伍德呼叫杨亨利的音频,发现信号传送不出去,再问巴斯基和马莉金,他们二人的信息仪也出现了相似的情况。

乔伍德连忙去按电梯的下行按钮,没有反应。电梯近旁有个标明"疑问解答"的按钮,乔伍德按住,通话口传出甜美的女声:愿意为您效劳。乔伍德:我的信息仪无法传送信号。女声:终养所里有您需要的一切,不必再与外界联系。乔伍德:你屏蔽了信号。女声:终养所屏蔽所有外界信号,关闭所有武器的启动程序,但开放内部信号交流,您可以和新朋友通话。乔伍德尝试呼叫马莉金,这次接通了。他又拔出手枪来看,果然手枪无法启动。马莉金对着通话口大叫:我要下楼,打开电梯门!女声:终养所是您最后的生存空间,请安心享乐吧。马莉金用脚猛踢电梯门:让我出去!门框某处突然射出一束能量,击中马莉金的面颊,她一下子跌在地上。乔伍德对着通话口:请您原谅,她只是一时急躁。请问,下一步我们该做什么?女声:请阅读《入所须知》,然后沿着地上的标志前行,每个转角处都有指示牌。很高兴为您服务,再见!乔伍德瞠目结舌地转过身来:再见。

这时,一对半裸男女骑脚踏车驶过,后座上的女人塞给乔伍德一大朵粉红色的棉花糖。马莉金舌头麻木僵硬:这是什么?巴斯基:棉花糖,好吃,在西京是贵族的奢侈品。乔伍德将棉花糖交给马莉金,抬头阅读墙上的《入所须知》:

  1. 饮食免费,浪费必罚;
  2. 浪漫免税,斗殴严惩;
  3. 请在指定地点排泄;
  4. 您有义务将逝者放在轮椅或自行床上。

巴斯基:你来过这地方吗?乔伍德没好气:我还有十天零五小时依法死亡,死前七天才会来这个倒霉地方。巴斯基:我们出不去了?马莉金:没听说有人去了终养所还能回来。

他们沿着地上的黄色箭头往前走,前方走廊有个十字路口,前后左右四个方向的指示牌分别写着:饮食区、娱乐区、睡眠区和进口。近旁有一幅终养所的平面图,乔伍德举起信息仪将平面图拍摄下来,自言自语道:不可能没有出口。然而,他们沿着走廊找了许久才发现,电梯只有进口那一处,动手撬门会立刻被能量束击中,虽不致命,却很痛苦。

巴斯基很泄气:我们的计划失败了,首辅大臣识破了我的计谋,直接把我送到这里等死。乔伍德很生气:首辅大臣只花一万块保证金就把你买了下来,然后把我们关在这里,肯定没打算付尾款。马莉金倒想得开:先吃饱喝足再说吧。乔伍德指着巴斯基:你小子害得我见财化水,两手空空,用《护民官格言》的话说,这叫"鸡飞蛋打""狗咬尿脬空欢喜"。巴斯基:

这话什么意思？乔伍德没好气：就是没挣到钱的意思。巴斯基看了看信息仪：现在是12月31日19点30分，皇帝陛下让我明天13点之前汇报，我们还有十七个小时三十分钟时间，得赶紧想办法。马莉金：最好的办法就是"饮食免费"。

饮食区呈放射状布局，食物和饮用水在中间，周围是固定在地上的桌子和凳子。马莉金拿来满满一托盘能量棒和饮用水，身后跟着一个胖男人，挤坐在她身边。马莉金：他来这好几天了，自称"万事通"。胖男人搂住马莉金：你真是漂亮，大明星吧？马莉金抓住他的手指，将他的手臂扭到背后：好好回答问题。胖男人依然涎着脸：我们去睡眠区浪漫一下呗？

乔伍德：你来这几天了？胖男人：吃喝玩乐，累了就睡，有机会就浪漫，谁还记日子？乔伍德：知道怎么离开这里吗？胖男人：知道，"在规定时间死亡"，或者，等候"救世主降临"。正说着，胖男人上身一挺，脸色紫黑，栽到桌上，抽搐一阵便不动了。

马莉金：这就死啦？巴斯基：你没见过？马莉金：见过被打死的，没见过在规定时间规定地点依法死亡的。这时，桌面上显现出一个美丽女人的视频：请您将逝者放入轮椅。一辆自行轮椅已经出现在胖男人身后。美丽女人：给您添麻烦了。乔伍德：他太胖啦。美丽女人：您可以找人帮忙，没有人会拒绝您。乔伍德：你听得懂我说话？美丽女人：我是自动问答程序。乔伍德：你是个奸懒馋滑的丑八怪。美丽女人：请使用通用词语跟我对话。

巴斯基：现在怎么办？乔伍德：搬死人呗！在没弄懂规矩之前，先遵守规矩，免得吃眼前亏。马莉金：顺便看看死胖子会去哪儿,我就不相信这地方没有出口,死尸总得送出去吧?乔伍德赞美:真是乖宝贝儿,跟我想的一样。马莉金:亲一个。他们二人接吻。巴斯基:我想罗黛莎。

胖男人很重,乔伍德踩下轮椅的轮锁。等他们将胖男人抬入轮椅坐稳,乔伍德松开轮锁,胖男人颈后三横一竖的疤痕裂开来,"蝎子"从中爬出,"吱"的一声,轮椅靠背上打开一个小圆洞,"蝎子"爬入,圆洞关上,轮椅自动向门口驶去。乔伍德:跟上。他们三人跟在轮椅后边走出饮食区,进入娱乐区。

这里与银河帝国连锁赌场很像,地下城所有好玩的东西都有。他们跟着轮椅穿过一排排游戏机,胖男人的轮椅中途遇到另一只坐着瘦女人的轮椅,两只轮椅结伴而行,很快又有几只轮椅加入,形成一支小小的"逝者"队伍。乔伍德注意到,周围玩乐的人群中,没有人在意这支队伍,显然这种事很常见。

再往前走,他们在轮盘赌和番摊宝局之间被几名年轻粗壮的管理员拦住,每名管理员的脸颊上都刺着轻罪犯的二维码,手中拿着电击棒。乔伍德立刻举起双手做出投降姿态:几位有何见教?管理员:《入所须知》规定,"饮食免费,浪费必罚"。乔伍德:我们刚进门,不懂规矩,我们现在就回去把食物吃掉。所长汤川西秀从他们身后转出来:餐桌已经打扫,浪费成为事实。

话音未落,乔伍德便被高压电流击倒在地,同时他也看到,巴斯基与马莉金跟他的待遇相同。管理员来得快去得也快,他们三人躺在地上,路过的人们平静地从他们身上迈过去,看也不看一眼。乔伍德苦笑:《入所须知》。巴斯基:咱们得小心行事。马莉金:我这枪要能启动,立刻就让他们变成肉泥。

巴斯基:现在怎么办?乔伍德:还能怎么办?你接着找,找到逃跑的办法就通知我。巴斯基:那你干什么?乔伍德:趁着还没死,我要好好疼爱我的女人。马莉金:我的男人啊,你就是我的神!巴斯基悻悻地向娱乐区深处走去,长叹道:"浪漫免税",我好想念我的罗黛莎。

睡眠区很宽敞,每个小隔间里都有一张自行床。有的人在隔间里睡觉,更多的人是在隔间里浪漫。乔伍德拉着马莉金的手,想找一处安静所在。马莉金满脸幸福:哪怕明天就死,也值了。乔伍德:别说丧气话,我可不想死在这儿,必须想办法逃出去。

这时,一张自行床从隔间里出来,向远处驶去,床上是位"逝者",同床的女人跳下床穿衣离去。乔伍德拉着马莉金跟在自行床后边,来到远处的一扇门前。门打开,自行床驶进去。乔伍德上前试了试,门没动,他透过门上的玻璃,看到自行床沿着走廊行驶一段,来到转弯处的管理员桌旁,管理员拿个仪器扫一下"逝者"的信息仪,桌边伸出一只机械臂向"逝者"脖子上注射某种液体,然后自行床便转弯不见了。

乔伍德呼叫巴斯基:我找到了"逝者"的出口。巴斯基:我用信息仪接通了终养所的电脑主机,有重大发现。乔伍德:饮食区见。马莉金:你刚才说要跟我浪漫的。乔伍德:傻瓜,等逃出去,找梅杜斯取出"蝎子",我天天跟你浪漫,还不用交税。马莉金不情愿地跟在他身后往饮食区走:你这臭警察,就是不知道疼人。

饮食区里的人很少，多数人都是取了食物和饮用水便离开。他们找个偏僻的桌子坐下，巴斯基展示他下载的资料：出口只有一处，"逝者"经管理员扫描记录后注射"保鲜剂"，然后送到这里，投入这个出口。从视频中看，出口是墙壁上的一个圆形洞口，轮椅和自行床驶到此处，便将上边的"逝者"卸入圆形洞口。

巴斯基：建筑结构图有密码锁着，一时解不开，只知道这个出口通向终养所下边。乔伍德：管他通到哪儿，总比在这里等死强，我们行动吧。巴斯基：不行，出口周围管理员太多，我们很难通过；值班记录显示，管理员每六个小时换班进食一次，下一次换班进食是午夜零点。说着他调出视频，时间显示是今天18点，画面中，出口通道里没有管理员，桌边负责扫描"逝者"的管理员只有一人。切换到另一个画面，汤川西秀正在给管理员开交接班会。

巴斯基：换班的过程只有十分钟，午夜零点是最近的一次机会。乔伍德：零点之后就是元旦，皇帝陛下七十寿诞，下午我得把你交给高市奇。巴斯基：我必须得先完成使命，并在13点之前向皇帝陛下汇报。

马莉金看了看信息仪，对乔伍德道：距零点还有三个小时，咱们浪漫一下呗。乔伍德：浪你个头。马莉金白了他一眼，问巴斯基：你刚才说，管理员往死人身上注射"保鲜剂"，那是什么东西？

巴斯基：这涉及地球帝国最为核心的机密，也是庇护皇帝刺杀首辅大臣的根本原因。乔伍德：别卖关子，快说。巴斯基：六位特使只剩下我一个，很难完成使命，我需要你们的帮助。马莉金劝乔伍德：咱帮帮他呗，可怜见的。巴斯基：先说好，我没有钱；但是，如果使命顺利完成，你们会得到比钱更好的报酬。马莉金：什么报酬？巴斯基："不自由，毋宁死"。乔伍德：自由跟"救世主降临"一样，就是个白日梦。然而，他的情绪明显缓和了下来。

巴斯基笑道：哥哥，先请你向钱神发毒誓，保证帮助我。乔伍德紧盯着巴斯基：如果没有我们帮忙，你别说杀人，连逃都逃不出去。巴斯基：但帮助我，是你和我还有她赢得自由的唯一出路。乔伍德清楚巴斯基说得有理：你小子比护民官还能唬人，反正我现在已经走投无路了。他们找准钱神方位，行礼、发誓如仪。

巴斯基坐好，郑重道：在伊凡的制药车间，我跟你们谈过一点地球帝国的事，还有些事没来得及谈。最近十年，地球帝国一直处在崩溃边缘，外星列强伺机入侵，国内饥荒不断。据帝国统计局公布的数字，今年地球暴发大饥荒，因饥饿和营养不良死亡的人数在六千万以上，不过，连最富裕的首都西京都饿死了两千多万人，这说明全球死亡人数应该比官方公布的数字要高许多。马莉金：要是西京地上城都饿死人了，地下城怎么还会有这么多能量棒，还让我们临死之前"饮食免费"？巴斯基：这件事等一会儿你就明白了，现在先看视频，请用耳麦收听音频。

巴斯基用信息仪播放视频：这是一年前的视频节目，外星生物的语言由软件自动翻译，有汉英两种语言可供选择。视频上出现的是一个演播厅，乔伍德先听到一阵无意义的吼叫声，然后看到一只长着两条粗壮后肢和四条细小前肢，小脑袋大嘴巴的动物趾高气扬地走出来,它大叫:库巴美食,风行银河。下边的观众齐声喊叫:库巴,库巴。巴斯基解释:这是卡尼星最受欢迎的美食政治家库巴。

　　库巴:你们热爱地球吗？观众:热爱,热爱。库巴:热爱它什么？观众:地球美食,地球美食。库巴:你们今天想品尝什么？观众一片嘈杂,听不清说些什么。库巴两只前肢一摆,观众安静:今天我们品尝历史悠久、美味绝伦、原料正宗的……观众:什么？库巴:鲁菜。观众欢声雷动。库巴:现在,给各位观众献上我们上期节目推荐的名菜,"九转大肠"。

　　几只盛满深红色菜肴的托盘从库巴身后飞了出来,平稳地在观众中巡行。观众互相推搡,群起取食……

乔伍德问:什么是"鲁菜"？巴斯基:据皇家档案馆史料记载,地球上曾经有个叫 CHINA 的地方,那里的美食文化深厚渊远,"鲁菜"只是其中一个菜系。

　　突然,视频中一阵大乱,观众因抢夺"九转大肠"发生枪战,不断有观众被击碎,鲜红的血液飞溅到摄影机镜头上。库巴大叫:今天的美食是……枪声停止,观众迅速挤到前排就座,眼巴巴地望着库巴。一群小机器人出来,将击碎的观众尸块清理干净。库巴鼓动性地大叫:今天的美食是——爆三样。观众手舞足蹈,喝彩声如雷。视频中显示出操作台上的食材,库巴:这是我们用珍贵的矿石和谷物从地球购买的食材,为了这些美食,卡尼星已经被掏空了三分之一,土壤全部被来自地球的化肥和农药毁坏,我们深受地球人的剥削,不得不住在一个贫瘠的空心星球上。观众欢呼:爆三样,爆三样。库巴肩上的两只前肢刀法娴熟,腰间的两只前肢剥葱剥蒜,他边操作边讲解:里脊肉要切断肌纹成薄片,肾脏去臊筋打花刀,肝脏去筋膜切三角片,葱花切马耳圈,多加蒜米儿。坐在长凳上的观众们口水长流,浸湿了后肢穿的靴子,开始慢慢凑上前来。库巴像是没注意他们,点火起油锅,同时按下一只红色按钮,操作台前突然喷出一片火焰,将观众逼回座位上。库巴:酱油、醋、高汤对好酱汁,这都是用卡尼星臣民的血汗和真材实料的矿石与谷物从地球高价换来的,我们的外贸逆差已经让我们伟大的祖国破产。观众齐声:为美食而战,占领地球。库巴的声音很有煽动性:油温六成,滑开上浆入味的"三样",变色后入漏勺控油;再起油锅,大火热油,爆香葱蒜,入三样,烹酱汁。观众又围了上来,库巴将前肢放在红色按钮上,观众止步。库巴伸左前肢握住炒锅手柄,右前肢持手勺舀些液体沿锅边一淋,锅中顿时哗的一片热响,油火从锅内腾起。库巴抖炒锅将"三样"带火抛入空中,翻身回锅,同时大叫:最后添"响醋"增香去腥,大翻勺入味;一滴熏醋一升血呀,地球人对我们敲骨吸髓。他将完成的作品盛入餐盘,得意道:齐活!各位上眼,这就是酱香出头、淡甜收口、滋味鲜香、老少咸宜、驰名银河系的"爆三样"。观众这次没敢冲动,大约三分之一身材粗壮的观众上前排好队,用右前肢举着一支细小的针状利器,从盘中插一小块"爆三样"放在嘴里,细细咀嚼,然后伸出左前肢放在掌纹扫描仪上。库巴:报名参加"地球远征军"的观众请从左侧离场,外边有运输飞船直接送你们前往训练营,大家请记住,你们参军报国,国家不会亏待你们,军营里的地球美食无数,川鲁粤淮扬,南北大菜,满汉全席……

巴斯基停止播放视频,马莉金惊叹:看着真好吃哎,你说地球闹饥荒,还出口这么多好东西,鬼才相信。巴斯基:地球人口太多,陆地面积太小,食物严重匮乏。马莉金:人口太多,还逼着我们女人生那么多孩子,有毛病吧?

巴斯基:接下来播放的是五天前截获的视频,这是卡尼星政府代表团发回卡尼星的新闻节目。乔伍德:什么新闻?巴斯基:为了解决地球与卡尼星多年来在贸易逆差和畜产品出口问题上的争端,卡尼星派代表团来下"最后通牒"。

库巴出现在视频中,背景不断变换,是西京雾霾浓重的街景和枯瘦的行人。库巴:两国谈判十分艰难,今天上午,地球庇护皇帝的代表再次拒绝卡尼星代表提出的出口"鲜活地羊"的要求,并发表强硬声明,"鉴于卡尼星的支付能力严重不足,此后对卡尼星的畜产品出口,将以低品质的'杂食类地羊'为主,精饲料和清洁饮用水饲养的'精品地羊'将调整出口配额,卡尼星不再享有优先购买'精品地羊'的权利。"

这时画面中出现数千艘星际战舰,库巴:卡尼星的舰队已经抵达太阳系外缘,与我们坚强的盟友蜣螂星的战舰组成"联合舰队","第四次地羊之战"一触即发。然后画面转变为繁华的街景,拥挤的人群,库巴:让"杂食类地羊"见鬼去吧,我们只要"精品地羊";爱国的卡尼星勇士们,睁大眼睛看一看地球肥美的畜栏吧,我们的目标是,殖民地球,保障供给……

乔伍德突然道:停,停下来,这上边的街景,不是香榭丽舍大街吗?马莉金:对呀,银河帝国连锁赌场。乔伍德:难道我们就是"地羊"?马莉金:像你说的,我们吃得好,喝得好,难道是"精品地羊"?

巴斯基面色沉重:是的,《终养法》保障"精品地羊"自然生长,准时成熟。马莉金:"自然生长"就是让女人怀孕生孩子?乔伍德:"准时成熟"就是男人四十五岁,女人四十岁"依法死亡"?巴斯基点点头。

马莉金:那谁是"低品质的杂食类地羊"?巴斯基:地球四大岛上死亡的低阶层人类。马莉金:你刚才说了,地球上饿死那么多人,还不够他们吃吗?巴斯基:这些人身上没肉,在星际贸易中没有销路,只能加工成种植谷物的肥料出口。乔伍德:那我们呢?巴斯基:卡尼星有银河系最疯狂也最挑剔的一百多亿美食家,为了美食不顾一切。他们只吃"精品地羊",所以,每年需求量极大。

马莉金吃惊得张口结舌。乔伍德:出口"鲜活地羊"是怎么回事?巴斯基摇头:除了冷藏保鲜的"地羊"之外,卡尼星人还想要"活地羊"。乔伍德:他们要吃活人吗?巴斯基点点头:他们想吃传说中的"Japanese cuisine",日本料理。

乔伍德只感觉头疼欲裂,眼前金星乱飞:蜣螂星是怎么回事?巴斯基:蜣螂星的全称是 Dung Beetle,蜣螂星人是昆虫类智慧生物,从地球大量进口"孵化用精品养料"。马莉金:什么?巴斯基:地下城定点排泄的"粪便制品"。乔伍德的额上已布满汗珠,眼睛充血:地下城的工厂呢?巴斯基:为地球生产工业制品,地面上人多地少,除了污染企业不能迁入地下,再没有地方建工厂了。

乔伍德咬牙切齿:你曾说,地球以畜产养殖为主,原来产品就是我们,整个地下城就是地球的畜栏!言罢他一头栽倒在桌子上,只感觉手脚在抽搐,眼前一片黑暗。

就这样死了,然后被送往卡尼星,真不甘心哪!乔伍德感觉头脑如中枪,该死的"九转大肠",该死的"爆三样",库巴的美食节目让他毛骨悚然。把地下城的人类当成畜产品,这才是该死的"帝国机密",这才是他们一直对地下城隐瞒的真相啊。可惜,这就要死了,否则非得打烂巴斯基的脑袋不可。只是,这不是巴斯基一个人的错,是谁的错?算啦,没有机会啦。他只能放弃,死就死吧,除非"救世主降临"。

奇怪的是,接下来在他脑海里出现的场景,竟然与外星殖民传奇剧《辛巴德一家人》很相像:蓝天白云,成熟的金黄色谷物一眼望不到边际,鸟类在飞翔,犬类在他脚边欢快吠叫,马莉金在用清水洗涤衣物,七八个健壮的孩子在帮忙干农活……他不由得感叹,临死前能有这样的美梦,总算不虚此生。

等他再醒过来,已经是夜里 23 点。乔伍德吃惊:我怎么没死？马莉金哭得眼都肿了:你这没心肝的强盗,哪能说死就死,也不等等人家。巴斯基手上举着一卷胶纸:是"玫瑰"死了,幸亏我手快,一把揭了下来。梅杜斯说得对,一百块钱没好货。乔伍德依然头疼得厉害,"玫瑰"的"蝎子"只是粘在他的脖子上,就险些将他弄死。如果到了"依法死亡"的时刻,他应该像方才那个胖男人一样,死得干脆利落。

马莉金给乔伍德拿水来喝,他还是头疼。巴斯基:时间不多了,我们得早做逃离的准备。乔伍德心灰意冷:我不过是"精品地羊",还逃出去干什么？巴斯基:帮助我完成使命,然后活下去。乔伍德摇头:活下去也是"地羊",早晚变成"九转大肠"和"南北大菜,满汉全席"。巴斯基:你没必要自怨自艾,"地羊贸易"已经存在三百多年了。皇帝陛下说过,"地球穷,只能有什么卖什么";再者说,地球人在银河系中能存活到今天,唯一的优势只有"地羊贸易",这是政治,不关我们的事。

乔伍德怒:除了做成"爆三样"被吃掉,什么才关我们的事？巴斯基:生存,还有自由,或者"救世主降临"。乔伍德:我不相信什么"救世主"。巴斯基从脖子上摘下一条细绳,末端系着一只金色饰物。马莉金:你是"救世主"的信徒？巴斯基没说话,在圆形饰物底部有节奏地按了几下,饰物打开来,同时播放出视频图像。马莉金:这是什么？

视频没有声音,图像很模糊,满是雪花,可以看到一个人远远走来,身后跟着成千上万的人。再仔细看,原来这些人行走在两道墙壁之间,而墙壁居然是不断涌动的水。领头人带领众人终于走出水的长廊,来到高处,回头望去,原来是无边无际的水中被开出了一条道路,他们就是从这条道路走过来的。所有人都来到高处之后,那条通道合拢,还原为无边无际的水。

接着视频中出现一段汉语文字,题目是"国有九破"。"终年聚兵,一破也。蛮夷炽兴,二破也。权豪奢僭,三破也。大将不朝,四破也。广造佛寺,五破也。贿赂公行,六破也。长吏残暴,七破也。赋役不等,八破也。食禄人多,输税人少,九破也。"

最后视频中出现领头人的脸,他头发很长,胡子杂乱,但仍然可以清晰地辨认出,很像乔伍德。马莉金惊呼一声,连忙紧紧捂住嘴巴。乔伍德:混账王八蛋,这是怎么回事?巴斯基:这是古代流传下来的"救世主"影像资料,还有保留下来的"救世主"基因图谱;人们相信"救世主"会再次降临地球,我们也仔细分析,比对了你和"救世主"的基因图谱,因此,我们坚定不移地相信,您就是再次降临的"救世主"。

乔伍德也从脖子上摘下他从贱民身上抢来的那件金色饰物,丢给巴斯基,怒吼:你还嫌害得我不够吗?巴斯基用那件金色饰物播放视频,可惜只有"救世主"带领众人穿过水墙的片段,都是远景,没有"救世主"的容貌特写,也没有《国有九破》。巴斯基:这是地下城的劣质货。

马莉金问:他真的是救世主吗?巴斯基对乔伍德道:我不会害您,我这次的核心任务,就是带您离开地下城,前往西京。乔伍德:这也是"帝国机密"?巴斯基:不是,这是您的信徒们的愿望。我们已经守候您上千年,我们期待您的出现,期待您带领我们脱离苦难,"不自由,毋宁死"。

乔伍德满脸讥笑：骗鬼哪！我有多少信徒，五十还是一百？巴斯基：不算地下城，在地球表面的四大岛上，您的信徒超过总人口的30％，虽然遭受了几百年的迫害，但他们的人数却在不断增长。乔伍德：我上去之后呢？巴斯基：最终会怎么样我无法预测，但我愿意为您而死，地球上几亿甚至几十亿人与我的想法一样。说着话，巴斯基单膝跪下，亲吻乔伍德的指尖。

该死的！乔伍德不相信任何鬼话，尤其是这种连小孩子也骗不了的鬼话。于是他问马莉金：我像"救世主"吗？马莉金满眼热泪：我的男人，你就是我的"救世主"。乔伍德：你知道个屁。他又问巴斯基：下一步怎么办？巴斯基：哥哥，我的救世主，咱们先逃离终养所。

12

地球历庇护108年元月1日,气温24摄氏度,湿度65%。

睡眠区的自行床很固执,没有"逝者"在上边,推也推不动。乔伍德接通巴斯基:自行床不听话,我正想办法。你那怎么样了?巴斯基:从监控视频上看,所长汤川西秀和接班的管理员已经陆续到了,应该是零点准时开交接班会,我马上回去。

这时,一辆自行轮椅驶进睡眠区,椅上有位"逝者"。乔伍德灵机一动,跑上前去,挡住轮椅,将"逝者"抱到自行床上,然而,自行床未动,空轮椅却向自动门驶去。他拉着马莉金冲上去,硬是将轮椅抬入一个小隔间里,踩下轮锁。巴斯基回来问:自行床是怎么回事?乔伍德:弄清楚了,只要死人的"蝎子"爬进小洞,轮椅和自行床就会向出口驶去。

巴斯基从衣袋里取出名叫"玫瑰"的"蝎子",撕掉胶纸,放到身边这张自行床的小洞口,小洞立刻打开,"蝎子"落入,自行床开始往外走。乔伍德一脚踩下自行床的轮锁,挥手照着巴斯基的脑袋打了一巴掌:没脑子的玩意,咱们是三个人,等再弄到一张轮椅,你才能启动这张床。马莉金:你别乱骂人发脾气,现在等也来得及。乔伍德:一只轮椅出故障,管理员可能不会在意,两只一起出故障,管理员能不来检查吗?巴斯基惭愧:哥哥责备得是。

乔伍德让巴斯基和马莉金留在已经启动的轮椅和自行床的隔间,他自己来到旁边的隔间,床上有个瘦女人在睡觉,口水长流。乔伍德接通巴斯基的音频:咱们盯紧了,有轮椅或自行床过来就截住,要是管理员来……

巴斯基:管理员已经来啦。

乔伍德看到,管理员是个壮汉,手里拿着电击棒,摇摇摆摆向这边走来。乔伍德:我先上,要是打不过他,你们再来帮忙。千万别一起冲出来,动静太大。他等管理员走到近前,这才从隔间里出来,伸懒腰打了个大哈欠,问管理员:老弟,几点啦?管理员抬左腕看信息仪:零点刚过。乔伍德假装视力不好,右手抬左腕凑到眼前:我可能还有十来分钟就到点了。管理员用电击棒一指:那你就先找张床躺下,免得一会儿麻烦我抬你上床。乔伍德:谢谢您指点。说着话,他上前一步,举在胸前的双手猛地向外挥出,手指准确击中管理员的双眼,然后撤身退后,抬左脚踢飞管理员右手挥出的电击棒,右脚连弹踢中管理员的睾丸。管理员疼得大叫,弯下腰来。乔伍德用右臂环住管理员的脖子,左手扣紧右腕,脚蹬隔间的门框,身体向侧后空翻,与管理员一起跌入隔间内——管理员的脖子被扭断了。

巴斯基和马莉金赶过来,乔伍德举着双手:完啦,我成了杀人犯!《护民官格言》说,"杀人如同盗窃地球资产,罪比抢劫银行"。马莉金:别想那没用的,我当枪手杀过好几个人,等于抢了多少间银行,也没见我发财,快看看他的"蝎子"爬出来没有?管理员脖子上三横一竖的疤痕半天没动静。乔伍德仔细摸了摸:糟糕,他不是"依法死亡","蝎子"不出来。正说着,感觉身后有人推他,便怒道:别添乱,去门外看看有"逝者"过来吗,时间来不及了。马莉金:不用看,床上这女人死了,是床在推你。巴斯基:零点过五分了,赶快行动吧。

乔伍德坐着轮椅在前,巴斯基和马莉金躺在自行床上,三人排成一队,驶入自动门。果然,走廊深处只有一名管理员,那人拿个仪器向乔伍德的信息仪上一扫,乔伍德翻手抓住他的手腕,向怀里猛地一拉。管理员扑在乔伍德身上,桌边的机械手臂举起注射器,将"保鲜剂"注射在管理员脖子上。

管理员疼得大叫,翻滚不止。乔伍德抓起管理员的电击棒对巴斯基和马莉金哑声吼叫:下床快跑!他们向那个圆形出口所在的走廊冲去,开交接班会的管理员在他们身后紧追不舍,乔伍德和巴斯基挥动电击棒奋起反击。汤川西秀:没有人能逃离我的终养所,你还是留下来好好享受最后的时间吧。乔伍德没回话,踢翻一名管理员。巴斯基猛地从他身后蹿出,脚踩墙壁跑上几步,用电击棒击倒两名管理员,这才侧空翻落地。

汤川西秀指挥众人往上冲,乔伍德等人且战且退,终于来到圆形出口。马莉金:我的男人,快逃啊。乔伍德:傻娘儿们,你先跳。马莉金:你要是不跟来,你就是一个挨千刀的浑蛋。言罢,马莉金跳入出口。巴斯基:哥哥您先下去吧。乔伍德:少废话,快滚蛋。巴斯基:您是人民的大救星,比我重要得多。乔伍德:放屁,快走!巴斯基:多谢哥哥。言罢他也跳了下去。

乔伍德独自面对汤川西秀和一群身材粗壮的管理员,一步一步退到出口边上,用电击棒击退两名上前袭击的管理员,对汤川西秀说了声:爷不跟你们玩了。说完,他将身子后仰一跃,头下脚上,跌入圆形出口。不想,他的身子虽进入洞口,脚却被抓住,汤川西秀和另外一名管理员一起往外拉他,还有其他人隔挡他的电击棒。乔伍德大吼一声:爷已经死过一回啦。说着他将电击棒开到最大电流,往自己的腿上一戳,拉住他双脚的二人立刻松手,他自己也浑身剧痛,随即瘫软。电击棒叮叮当当在前,他的身体在后,沿着一条光滑明亮的螺旋形金属通道,快速向下滑行而去。

没过多久,乔伍德感觉身体平躺在传送带上,两边伸出不少机械臂,七手八脚将他浑身上下剥了个精光。他想起身躲避,但遭电击后的身体不听使唤。终于来到下一段传送带,两边的机械手飞速剃光他的体毛,剪净指甲。接着他被送入一条管道,水来了,细密高压的水流,夹杂着挥舞毛刷的机械臂,将他身上的每一处都洗刷干净,让他不由得心道:这可真够浪费水的。他的这个念头还没转完,管道中起了热风,炙热的干风将他的身体吹干,机械手给他翻了个身,他只感觉屁股两侧被重重捶击了两下,然后,他又被翻身回来,仰面朝天,传送带将他送出管道。

他动了动手臂,还是没有力气。他睁开眼睛,发现黄胖子笑模笑样地在传送带边跟着他往前走。黄胖子:您快请起吧,下一道工序该开膛破肚取内脏了。乔伍德:取内脏?黄胖子笑:您以为"九转大肠"从哪来的?

乔伍德立刻翻身跳下传送带,但身子一软,还是跌倒在地。巴斯基和马莉金也与他一样,短发修剪得干净整洁,都已穿上了连体衣裤。马莉金抱着他大哭:我还以为见不到你啦!

乔伍德:我屁股上被捶了两下,你看看怎么样了。

黄胖子:卡尼星人毛病多,未加盖"检疫章"的肉不吃。乔伍德回身看了看,屁股上一边一只蓝黑色的圆形图章,上边的文字非英非汉,他不认识。马莉金给他拿来一套连身衣裤:这是黄胖子给准备的,穿上吧。乔伍德看看巴斯基和马莉金,问黄胖子:你怎么知道我们从这地方出来?黄胖子:楼上管理员已经发出警报,您是想在这里等人把您抓回去,还是先逃命?

黄胖子带领众人转弯抹角,来到一处装卸台,外边停着一辆厢型货车。杨亨利在车厢内,见乔伍德上车便道:我很担心您。驾驶室里杨亨利的两个盟兄弟也对乔伍德道:您辛苦,等了您半宿。

乔伍德伸出双手各指着杨亨利和黄胖子问:你们是一伙的?黄胖子:他们仨是我的雇员。乔伍德:我呢?黄胖子:您是我们的大英雄。乔伍德:你当是传奇剧,哪来的英雄?黄胖子:一会儿您就知道了。

厢型货车行驶了大约半小时,乔伍德下车一看,原来是梅杜斯的黑诊所。与往日不同的是,诊所里里外外挤满了人,都是海龟酒吧里那些拍传奇剧的常客,忙着架设灯光摄影机等各种设备。幻术大师史川德居然也在这里,正高声责骂助理办事不力。

黄胖子对马莉金和杨亨利等人道:你们四个听从现场副导演安排。然后他领着乔伍德和巴斯基来到梅杜斯地下洞穴的内室。

乔伍德看到,黄胖子的助理黑藤良只穿件贴身防弹背心坐在椅子上，梅杜斯正在给黑藤良的左臂注射药液。让乔伍德大吃一惊的是，黑藤良左臂上有四个二维码，三个在左前臂，一个在左上臂，而且，他左手中指上戴着一只巨大的红宝石戒指。

黄胖子和巴斯基跪倒在黑藤良面前行礼。黑藤良神态尊贵，语调沉稳，问梅杜斯：多长时间药性发作？梅杜斯：这只是皮试，人的体质不同，等正式注射药物，十五分钟发作，但药性只能维持半个小时。要我说，还是注射纳米机器人进行麻醉安全，这种麻醉药太古老了。黑藤良挥手让梅杜斯离去，这才转向黄胖子和巴斯基：你们忙去吧，记住我的药性发作时间。二人叩首离去。

黑藤良指着另一张椅子对乔伍德道：请坐，我如果注射纳米机器人，到了西京立刻就会被检测出来，将会给您带来巨大的危险，而这种麻醉注射液几百年没有人用了，不怕常规检测。乔伍德：我，去西京？黑藤良：您想必熟知《国有九破》。乔伍德：今天刚听说。黑藤良：那就是地球上正在发生的事。暴君无道，军阀林立，地球危在旦夕，需要英雄和"救世主"振臂一呼，推翻暴君，团结军民，救护生命。

乔伍德：请问谁是英雄，谁是救世主？黑藤良：我坚信，那位英雄和救世主就是您。

自从得到冯丑儿给他的视频，特别是巴斯基与他谈过地球帝国的"九品二十七级"体制和植入"真皮"与"表皮"之间的身份二维码之后，乔伍德便已经怀疑黑藤良的身份，只是他实在无法相信这一切，所以必须得问：请问您是……？黑藤良指着左上臂的二维码：您已经知道了，我就是首辅大臣。

乔伍德学着黄胖子和巴斯基的样子要行礼,被首辅大臣一把拉住:等到明天,推翻了暴君,我将率领全球四大岛和地下城的两百亿军民,向您这位救世主顶礼膜拜。乔伍德有些晕头转向:我是个要死的人,我是个死过一次的人,我不想死,我没钱免死,我爱我的女人,我还有两个盟兄弟……

黑藤良:全球四大岛的军民对暴君已忍无可忍,地球和历史都需要一位诛杀暴君的大英雄,更需要一位救世主引领他们走出苦难,是历史选择了您。您的身上寄托着地球和两百亿军民的命运。

乔伍德:我想找人商量商量。黑藤良:请吧。乔伍德试探黑藤良:我要跟高市奇商量一下,他是我的盟兄,也是庇护皇帝在地下城的代理人。黑藤良:没问题。乔伍德接通高市奇的音频,同时打开扩音器让黑藤良听,高市奇抢先道:小心说话,通讯中心有词语搜索,你见到那位贵人啦?乔伍德望向黑藤良,黑藤良点点头,乔伍德:我见到了。高市奇:你一定要听贵人的话,让你当英雄就别装狗熊。乔伍德:我哪是什么英雄,我就是个狗熊。高市奇:英雄都是狗熊变的。言罢高市奇切断通话。

黄胖子进来,单膝跪地,向乔伍德奉上两页纸道:救世主大人,这是您的剧本,服装和道具都在外边候着,您准备好了招呼一声,小的随时听您吩咐。

乔伍德感觉很不适应。黑藤良:暴君残暴无道,聚敛成性。对内,竭全球的资源供他一家人挥霍;对待外星敌人,他奴颜婢膝,出卖地球无所不用其极。说着话,黑藤良从左腕信息仪上调出一段视频。

又是庇护皇帝寿诞的庆典,还是那座辉煌得俗丽的舞台,天空中依旧闪烁着汉英两种文字的巨型横幅:"热烈庆祝皇帝陛下寿诞,万岁万岁万万岁"。舞台中央还是那位高冠博带、穿绣花长袍、戴金色面具的贵人,他两臂高举:欢呼吧,雀跃吧,伟大的皇帝陛下用钻石般坚强的意志和银河般宽阔的胸怀,拒绝与卡尼星达成屈辱的协议,他挽救了地球的命运,是全体地球人的大恩人……

乔伍德指着高冠博带的贵人问黑藤良:那不是你吗,首辅大臣?黑藤良:那是我的最后一个替身,暴君计划明天杀死他。乔伍德:庇护皇帝不是派巴斯基来地下城刺杀你吗?黑藤良:全球军民绝对想不到我会躲在地下城里给黑帮头子当助理,暴君在我被特使刺杀这件事证实之后,当天就会将我最后这名替身明正典刑,同时将我的整个家族和亲信下属全部抓捕入狱,然后加以杀害。

乔伍德:那你为什么不逃往其他星球?黑藤良:逃跑是懦夫的行为,我在地下城计划了两年,一直在寻找"救世主"的真身,苍天在上,终于让我找到了。乔伍德:你说的是我吗?黑藤良:天降大任于斯人,就是您。说着黑藤良叉手行礼:请您大发慈悲之心,拯救地球两百亿生灵于水火。

乔伍德没办法相信:你凭什么认定我就是你要找的人?黑藤良满脸真诚:我掌管着皇家档案馆最机密的资料,演算出"救世主"最有可能出生在地下城,钱神在上,让我在您被"依法死亡"之前找到了您。

乔伍德仍然不信。黑藤良:您身上单单有救世主的基因还不够,我必须得了解您的意志与智慧;我在地下城观察您两年,慢慢证实我的判断,而暴君派特使下来刺杀我,恰好给了我考验您的最后机会。乔伍德:怎么考验?黑藤良:这两天您经历的一切都算得上是考验。乔伍德:包括让我拍卖特使?

黑藤良笑:那是您的创造力和想象力,虽然出人意料,但最让我欣慰。乔伍德:我险些死在终养所。黑藤良:如果您没能凭借自身之力逃出来,也就证明,您不具备救世主卓绝的智慧。乔伍德:所以?黑藤良:所以,您要相信自己的命运。您命中注定要拯救地球,拯救全人类。乔伍德:为什么?黑藤良:因为您遇上了我,我发现了您,这就叫"历史的机遇";以往几千年来,不排除也有携带"救世主"基因的人出生,但他们没有您的好运气,没有遇到发现他们的贵人。

乔伍德看了看视频中那位耀眼的首辅大臣,又看了看眼前谦逊的黑藤良,总感觉他此刻是在演戏,而不是真正的现实。于是他翻看剧本问:你让我去杀死暴君?

黑藤良:行动细节都已有周密安排。事成之后,您将带领我们摧毁"要塞",废除《终养法》,解放全球地下城的四十亿人民,让他们不再承受"'蝎子'即命运",不再是出口外邦的"畜产品",而成为真正的人类。

乔伍德:摧毁"要塞",杀死"蝎子",还人民以自由?黑藤良:这是您作为救世主带给地球人的第一笔恩惠。

乔伍德必须得问清楚一个关键问题:我要是当了这个救世主,有什么危险吗?黑藤良:两百亿地球人将供奉您为神,您将是钱神在尘世的化身。乔伍德:我说的是我自己。黑藤良:肉体尽享荣华,自然死亡,而精神永生,塑像供奉在救世主神殿。乔伍德:就像钱神赵公明元帅?黑藤良回答得铿锵有力:然也。

乔伍德举着剧本问:我去拯救两百亿人,您干什么?

黑藤良豪迈地一挥左臂:我当然要助您一臂之力。

13

梅杜斯的手术室里,幻术大师史川德正指挥助手,将梅杜斯的可升降手术台换成一张厚重的金属台面。

导演、武术指导和摄影指导三个人一起给乔伍德说戏。摄影指导:这不是平常拍戏,是现场直播,必须得一条过。他用双手转动乔伍德戴着头盔的脑袋:你头盔上的摄影机是全剧的主镜头,特别是最重要的那一下,"当"的一下,要眼睛盯紧目标,停顿,给我一两秒拍特写的时间,然后转身抬头,踢出一脚,第二脚,别担心对方,跟你演对手戏的都是最有经验的"武替";对手中枪,你转身回到桌边;再来一遍,头别乱动,一直盯住目标,否则画面乱抖。

武术指导拉着乔伍德走戏:每遇到一个对手,你必须正视对方,停顿一下;进入手术室后的第一个对手,停顿,蹲,抬手射击;记住抬头,你杀的每一个人都必须有清楚的画面,所以,快蹲,抬头,抬手射击,停顿,好极了,对手翻倒,你的眼跟踪停顿,然后再移动。

导演对乔伍德道:你们六个人每人头盔上都有摄像机,但你的主观镜头是整个故事的主线,你要一遍一遍地跟着武术指导和摄影指导走位,等一会儿他们会让你的每一个对手演员来跟你试戏。

摄影指导追上一句:眼睛只盯着目标,千万别四处乱看,否则会穿帮。

乔伍德:我演戏给谁看?导演:这我还真不知道,您得问特使。

特使被卡在电梯里的行李已经全部运到,巴斯基取出设备,在垃圾分类处理站里建了个转播室。此刻他正在调试与西京进行视频转播的信号,忙得焦头烂额。

乔伍德问他:我们演戏给谁看?巴斯基在乔伍德耳边轻声道:皇帝陛下要亲眼看见刺杀首辅大臣真身的现场直播。乔伍德:为什么?巴斯基:我听主人说,皇帝陛下派人刺杀他的三个哥哥和六个弟弟时,都看现场直播,他老人家最怕臣子欺骗他。乔伍德:为什么杀他亲兄弟?巴斯基:绝了他们弑君争皇位的机会。乔伍德:有这必要吗?巴斯基压低声音:我很小的时候就听到过传言,皇帝陛下庇护三世是弑君篡位。乔伍德:什么意思?巴斯基:就是杀了他父亲庇护二世,自己当皇帝。

乔伍德:首辅大臣也要弑君篡位吗?巴斯基:只有皇家血统才能当皇帝,首辅大臣是外戚,应该没有资格当皇帝吧。乔伍德摇头:《护民官格言》说,"贪婪乃美德,无事不应该",庇护皇帝便是现成的好榜样。

演员都已到齐。马莉金、杨亨利和他的两个盟兄弟扮演特使这边的刺客,首辅大臣的卫士则由专业演员和黄胖子手下的枪手扮演,大约有二十人。导演对众人厉声道:救世主在金属桌边"当"的那一下,头上戴摄像机的人都不能往那个方向看,至少给他十秒钟时间,让他独自处理。杨亨利:为什么?

导演:我接到的命令是,只能由救世主的主镜头拍摄那段画面,谁往那边看谁就得死。

马莉金高兴得咧着大嘴:又能演戏了,老娘这回要翻身。乔伍德将她拉到一边:这次不知是福是祸,反正咱俩都是要死的人了,只能冒死拼它一回。马莉金:你的话就是神谕,我的救世主。

巴斯基拉着乔伍德去找黑藤良汇报:今天领班的御前大臣回话,皇帝陛下九点四十五分看直播。黑藤良:九点三十分让梅杜斯给我注射麻醉剂,十五分钟生效。他又问:剧本多长时间。黄胖子:导演说剧本五分三十秒,但动作戏太多,时间不好控制,大约七分钟左右吧。

伊凡将罗黛莎送来了,她与巴斯基抱成一团,溜到一边说悄悄话去了。伊凡单膝跪地给乔伍德行礼,被乔伍德一把拉了起来。伊凡:老弟你是红运当头,过几天成了庙里的神仙,别忘了拉扯你老哥哥一把,让我当庙祝。乔伍德:你也相信这事是真的?伊凡:这件事策划了好几年,是我帮助黄胖子找到的你。乔伍德虽不全信伊凡的话,但还是表达了谢意,让伊凡心满意足地回去了。

该给盟兄高市奇打个电话了,乔伍德心想。他一点儿也不相信首辅大臣的话,但周围所有人的言语行为,又都在证实首辅大臣的话。什么狗屁英雄救世主,无非是骗我这条老命替他干活罢了。但他也不相信自己这个判断,因为,他身上没什么值得首辅大臣骗的东西。

难道我真是救世主?就算是拿脚后跟想这件事,我也不信。

乔伍德接通了高市奇的音频:哥哥你忙什么哪?高市奇:兄弟,我正忙着送人上船,三百三十六位重要客人。乔伍德:这下子他们的财产全都归你啦,你这个骗子。高市奇:兄弟可别这么说,他们都已经将财产变现,以为能带走,其实全部存在我指定的第三方支付机构,只等我发出指令,即刻转账,进呈皇帝陛下。

乔伍德自知即使冒险也一定要问:黑藤良跟我说的话是真的吗?高市奇:应该不假。乔伍德:护民官和黑藤良你信哪一个?高市奇:我都信。乔伍德:我该信哪一个?高市奇:到了明天,该信谁就明确了。乔伍德:怎么明确?高市奇:谁活着信谁。乔伍德:你呢?高市奇:我也一样。乔伍德:原来你两头的便宜都占。高市奇:明天如果天翻地覆,傻哥哥还指望兄弟你照应哪。乔伍德:我怎么照应你?高市奇:从神坛上给我发一道护身符。乔伍德:鬼话连篇。

到了这个时候,乔伍德有点相信黑藤良的话了。像高市奇这种深受庇护皇帝器重的权贵都押一半赌注在黑藤良身上,他乔伍德还有什么可犹豫的?原本他的目标是只求不死,如今展现在眼前的远大前程,已经超出他的梦境。

上午九点整,信息仪传来重要新闻,护民官颁布《庇护108年天字一号令》:元旦全天免除浪漫税。乔伍德瞧了瞧全副武装的巴斯基、马莉金、杨亨利和他的两个盟兄弟,笑道:免税的事暂且忍耐一下,还是先干活吧。众人齐声:遵命,救世主大人。乔伍德:放屁!马莉金笑道:今天放屁可没免税。

武术指导再次将乔伍德请回手术室,让他与黑藤良对戏。武术指导:走位,动作必须分毫不差。黑藤良伸出双手握住乔伍德的手:救世主,地球和两百亿生灵都拜托给您了。

梅杜斯来给黑藤良注射麻醉剂,乔伍德问他:什么时候帮我取出"蝎子"?梅杜斯将水汪汪的双眼转向黑藤良。黑藤良:事成之后,摧毁"要塞","蝎子"不取自废。

乔伍德来到转播室,杨亨利和他的两个盟兄弟上前跪倒:愿为救世主抛头颅,洒热血。导演率领全体导播人员起立,压低声音齐声欢呼:救世主万岁!马莉金倚在乔伍德身边:救世主是我的男人。众人:救世主太太千岁!

乔伍德苦笑着摇头,走进巴斯基与西京通话的隔音间,对巴斯基道:怪事,他们还都当真了。巴斯基用手挡住麦克风:我一直坚信这是真的,您就是救世主。乔伍德:那你还耍了我两三天,骗得我团团转?巴斯基:那是为了考查您,首辅大臣是导演,我只是配合演戏。

乔伍德:你就接着骗我吧。真格的,皇帝陛下来了吗?他看到视频中只有那把金红两色的椅子。巴斯基:刚传过话来,可能会晚两三分钟。乔伍德:皇帝陛下一露面,咱们就开始行动?巴斯基:我很快就封闭隔音室,把传送视频的工作交给导播,然后我们到梅杜斯的诊所外听候御前大臣的指令行动。

乔伍德指指巴斯基腮边的麦克风,他把麦克风关闭。乔伍德郑重问:现在我不知道该信谁了,只有你还像个好人。告诉我实话,你相信所有这一切都是真的吗?巴斯基同样郑重道:所有这一切我不敢保证,我只能保证一件事。乔伍德:什么事?巴斯基眼中闪动着泪花:您是我的盟兄,一个头磕到地的哥哥。乔伍德:如果我不是那个倒霉的救世主呢?巴斯基:那就算我们所有人都瞎了眼。

庇护皇帝来晚了。

直到十点十分,御前大臣才传来指令:特使待命,等候皇帝陛下。梅杜斯急得直抖手:麻醉剂马上就失去药效了,这可如何是好。乔伍德:你再给他打点药水进去。梅杜斯:那是老式麻醉剂,必须药效过后一个小时,才能二次麻醉。

随着时间一分一秒地流逝,人们的目光在发生变化,开始怀疑、犹豫、恐慌。黑藤良用右手掐了一下左臂,对乔伍德道:手臂有感觉了。巴斯基:皇帝陛下会不会通过别的渠道,发现了我们的计划?杨亨利:有可能是局长,他是庇护皇帝的代理人。

乔伍德自知这是他和马莉金最后的机会,便没理会他们,而是将身体拔得笔直,朗声对众人道:现在是最后关头,横竖都是死;我们这次行动要证明的是,地下城的居民也是人,绝不是"九转大肠"。他见众人满面崇敬地望着他,便道:从今天开始,我们再也不是畜产品。众人鼓掌。他最后握紧拳头用力一挥:人人生而平等,宁死也要自由。

众人握拳高呼:人人生而平等,宁死也要自由。黑藤良对乔伍德道:看到了吗?乔伍德:人真的这么好骗吗?黑藤良:这可不是骗人,这是神谕的力量,救世主大人。

十点三十分,巴斯基:御前大臣传皇帝陛下口谕,开始行动。

现场副导演高叫:各部门就位,安静,Camera。

乔伍德带领巴斯基、马莉金、杨亨利和他的两个盟兄弟退到梅杜斯诊所的入口处,打开耳麦和头盔上的摄像头。巴斯基:西京,西京,请问导播,图像声音清楚吗?好的,我们开始行动。说着话,他拍了拍乔伍德身后背着的那柄斧头:您小心在意。乔伍德点点头,没说话。

整个行动的主要环节,是先斩断黑藤良的左臂,然后幻术大师史川德将断臂的黑藤良调包,再由乔伍德击碎假黑藤良的头颅。巴斯基事先交代,由乔伍德动手,是为了让他抢个头功,然后他才有资格作为庇护皇帝的功臣,前往西京献礼。

乔伍德将背后歪向一边的长柄斧头扶正。这种古老的工具很少见,他从来也没使用过,虽然方才试挥过几次,但对它仍然没有把握。

巴斯基左手挽着一面警用盾牌,右手拿着手枪走在前边。马莉金和杨亨利穿戴警用胸甲,举着步枪跟在他身后。乔伍德紧握两只手枪,感觉很紧张,也很兴奋。

梅杜斯诊所的大门被巴斯基炸开,诊所内烟雾一片,能量束纵横交错,对方的火力很猛,将乔伍德他们压制在门口。巴斯基和马莉金挡在乔伍德身前,不断开火,他也在猛烈射击。费了好大力气,他们勉强冲进室内。杨亨利带着两个盟兄弟移向左侧,巴斯基引领乔伍德和马莉金移向右侧。

乔伍德的耳麦中不断传来导演的指令:头向左转一点,再转一点,停……向右射击,望着他……

糟糕,乔伍德的左脚中了一枪,整个小腿都麻木了。乔伍德:我中枪了。巴斯基:还能动吗?乔伍德:左脚。

黑藤良的卫队被压制住,倒下七八个人。杨亨利带领盟兄弟攻入内室,将黑藤良和两名卫士从另一个出口驱赶出来。黑藤良身上只穿着一件无袖的白色罩衫,挥舞手枪乱射,口中大叫:我是首辅大臣,我是首辅大臣!你们这是以下犯上,要诛灭九族。

巴斯基和马莉金向左右分开,给乔伍德让路。乔伍德一枪击中黑藤良的胸口,巨大的推力让他向后倒退数步,准确地倒在导演指定的那张厚重的金属台面上。乔伍德丢掉手枪,从背后拔出斧头。

这斧头很重,乔伍德用一只手挥动有困难。黑藤良艰难地举枪指向他,乔伍德左脚麻木,只能歪身倒地躲避。他身后的马莉金大叫一声,一枪击飞黑藤良的手枪。又有黑藤良的卫士冲上来,乔伍德腿上无力,没办法按照武术指导的要求踢上一脚,再踢一脚。他只能挥动斧子,用钝头砸在那人的腿上,然后翻身骑上去,用斧柄紧压那人的喉咙。巴斯基冲他大叫:别让首辅大臣跑了!

乔伍德站起身,看到中枪后的黑藤良正在金属台面上挣扎,伸手去摸不远处的手枪。是左手,伸长的是左臂。他双手紧握斧柄,高举过头顶,斧头带着风声,"当"的一声巨响,黑藤良的左臂从上臂处与身体分离。黑藤良抱着伤臂高声哭号,翻滚到金属台另一边。然而,乔伍德用力过猛,斧头深深嵌入金属台面。这时,他耳麦中传来导演的命令:眼睛盯紧断臂,手上用力拔斧头;头别转动,让摄像头盯紧断臂,拍摄二维码。

就在他刚刚拔出斧头时,胸部中了一枪。虽然有厚重的警用胸甲保护,但巨大的冲击力一下子将他从金属台面上仰面击倒在地上,肺里被挤压得一点空气也没有,连声咳嗽。诊所里又是一阵激烈的枪战,想必是被击溃的黑藤良卫士开始反击了。他还有一项任务没完成,就是击碎首辅大臣的头颅。

他挣扎着站起身，看见黑藤良血流如注，白色罩衫已被染红。他自知没有力气举起斧头，于是，他从地上捡起一支步枪，将射击强度调至最高，然后举枪对准黑藤良的头。

黑藤良举起右手挡在身前，嘴不住地张合，却说不出话来。乔伍德扣动扳机，黑藤良的头被击碎，脑浆和碎肉迸溅开来，喷在屏风和墙壁上。同时他心中暗道：该死的史川德不知把人换过来没有，被他打死的可千万别是首辅大臣。

乔伍德中枪的左脚已经麻木到胯部，中枪的胸部也让他咳出血来。他没有力气了，不行了。不管是不是"救世主"，他已经杀死了"首辅大臣"。想必庇护皇帝已经在直播上看清楚，他那潜藏地下城多年，心怀不轨的首辅大臣已经死了。他浑身瘫软，倚坐在不住滴血的金属台面下，将黑藤良的左臂抱在怀中，上臂的第四枚二维码完整清晰，中指上的红宝石戒指沾染了血污。他太累了，一连几天，几乎没休息，他想睡觉。

耳边又是枪声大作，黑藤良的卫队在反扑。巴斯基和马莉金冲到他身边，巴斯基将黑藤良的左臂插入乔伍德背后装斧子的套子，与马莉金一左一右，架起他的双臂，向诊所门外冲去。

垃圾站前停放着杨亨利开来的那辆厢型货车。他们上车，马莉金跳入驾驶室，货车轮胎吱吱作响，向前冲去。巴斯基将黑藤良的左臂嵌入一只金属箱的凹槽里，并在手臂截断面快速连接箱子自带的各种仪器设备。货车的两扇后门没关，随着行驶一开一合，乔伍德模糊的视线中，望见诊所里冲出几个人，举着步枪向他们射击，一扇车门被击落。巴斯基：西京导播，任务完成，我们正在撤离，现在停止实况转播。

14

货车冲入工人宿舍楼,乔伍德目光模糊,看到门楣上移动显示的《护民官格言》:"救世主降临"乃是谎言,如同放屁逃税。他心中想的却是,我这个救世主,也许就是个屁。

巴斯基在乔伍德的脖子上注射一针药剂,然后拍打他的脸:你不能睡,不能睡。

等乔伍德清醒过来,发现他们又回到皇后区第18终养所,所长汤川西秀让管理员将他抬上自行床,带领他们来到管理员活动区。汤川西秀:您受伤了,但不严重。医生正在隔壁处理重伤员,您先休息一下。乔伍德:马莉金呢?马莉金扑上来抓住他的手:我的男人,我在这哪。乔伍德:巴斯基?马莉金:他在隔壁。乔伍德:他受伤了?马莉金:受伤的是黑藤良。乔伍德如释重负:我还担心史川德的幻术不灵,让我把黑藤良给打死了。马莉金:死的那人是假的,化妆术,但你斩下来的手臂是真的。巴斯基夸你干得漂亮。

乔伍德又在咯血,他知道,即使这全套把戏瞒过了庇护皇帝,事情也只干成一半;关键的问题是,他不知道另一半任务如何执行。他只是地下城的一只"精品地羊","爆三样"和"九转大肠"的原料,怎么可能有机会下手刺杀庇护皇帝?然后,他又昏睡过去了。

等乔伍德再次醒来,看到高市奇和黄胖子坐在病床两侧,四只大眼睛关切地盯着他的脸。马莉金:我的男人,快醒醒吧,别吓人啦。高市奇:兄弟,你干得漂亮。他问:几点了?黄胖子:该出发了。巴斯基挽着罗黛莎近前来:皇帝陛下圣谕,让我们即刻赶往西京复命。

黑藤良走进门来,身穿白色长袍,左臂空荡荡的,笑道:事情成功之前,您的身份只是替天行道,诛杀叛臣贼子的首功之臣,所以,大家暂时不能尊称您"救世主",到了上边,这话也会害了您。乔伍德:你的伤?黑藤良:刚才我以为自己会死,太疼了;不过,医生的医术高明,现在没感觉了。马莉金:让您丢了手臂,抱歉。黑藤良:别放在心上,如今医学发达,回到西京我打印一只新的。

终养所里有一台管理员专用电梯,汤川西秀为众人引路,从乔伍德他们昨晚逃跑的那个圆形出口前走过。乔伍德与高市奇故意放慢脚步,走在最后。高市奇:老弟你这是一步登天哪。乔伍德:怕是跌得也重。高市奇:怎么讲?

乔伍德:时间紧,咱们先说正经事。如果刺杀庇护皇帝成功,摧毁"要塞",让地下城所有人摆脱"'蝎子'即命运",那时你打算怎么办?高市奇:到那时,您高高在上,念及盟兄弟之情,可得罩着我。乔伍德说出他最迫切的担忧:如果失败了呢?高市奇:哥哥我替你向皇帝陛下和有势力的贵族求情,救你和你的女人活命。乔伍德摇头:这是空口说白话,你拿什么求情?

高市奇笑:三百三十六名贪官的财产,全都存在银河系第三方支付机构里,已经被病毒化了,没有我的指令,谁也别想动用。见乔伍德不相信,高市奇又道:这是我最大的筹码。皇帝陛下急等着这笔钱,用来安抚、拉拢和分化地球四大岛上野心勃勃的军阀。乔伍德:这些事我一点也不明白,就像那个什么《国有九破》,谁知道是什么意思?高市奇笑:这些事有哥哥我替你操心,你只管做你的救世主。

乔伍德苦笑:还跟以前一样,你出坏主意,我干坏事。

迎面一小队轮椅驶来,乔伍德只望了一眼,便一路踩过去,将所有轮椅的脚刹踩住。黑藤良:怎么回事?乔伍德拉着黑藤良一个一个去看轮椅上的死尸,他们是梅杜斯、史川德、杨亨利和他的两个盟兄弟,最后是三个相貌、身材相同的"乔伍德"。黑藤良对众人一摆手:你们先下楼。然后他对乔伍德郑重道:我们做的是改天换地的大事,他们牺牲自己,是在为地球两百亿军民谋福祉。乔伍德:所以你才杀他们灭口?《护民官格言》说得没错,"量小非君子,无毒不丈夫"。他指着三个"乔伍德"问:这是什么意思?黑藤良满面真诚,眼含热泪:我无法判断你们四个谁才是真正的"救世主",所以才对你们进行了一系列考验,钱神在上,终于让我找到了您,全球军民有福了。说着话,黑藤良热情地拥抱乔伍德,居然伏在他的肩头痛哭失声。

乔伍德糊涂了,地下城自私自利的人生经验,让他无法考察此刻所面对的混乱事实:这么利用人太无耻了,再自私也得有个尺度呀!

他们没有乘坐巴斯基来时的高速电梯,而是在黄胖子和高市奇引领下,从南口秘密进入警卫森严的中央航空站,直接登上一艘大型飞船,船舷上写着汉英大字"咕咾肉号 SOUR

PORK BATTLESHIP"。巴斯基引领乔伍德在飞船内四处走动,告诉他:地下城的货运飞船都是通过轨道运送到地面航空港,再从那里起飞。乔伍德:你坐过飞船？巴斯基:我代替主人执行任务,经常自己驾驶飞船前往各个星球。乔伍德:开飞船难吗,是不是像开电动汽车一样？

巴斯基引领乔伍德来到控制室,两人坐在控制台前的椅子上。巴斯基又取出那只伪装成银行卡的金属卡片,插入卡槽说:现在的飞船都已经智能化,傻瓜式操作,只有手动驾驶时才困难。他从飞船电脑里调出各种界面,投放在大屏幕上:这是艘旧战舰改造的客货两用飞船,老式核反应堆,刚换上十二个新燃料芯,目的地是卡尼星,货物是"地羊"。奇怪,前往卡尼星的应该是货运飞船,怎么会有三百三十六名乘客？

高市奇与黑藤良出现在他们身后。高市奇:是三百三十六名被流放的贪官。巴斯基:把他们流放到卡尼星？乔伍德警觉:出口"鲜活地羊",庇护皇帝不是拒绝了吗？黑藤良:庇护皇帝是想抬高谈判筹码。你放心,庇护皇帝死后,我将全力支持您废除地羊贸易。乔伍德:我？黑藤良:是的,救世主大人。

飞船终于上升到地面航空港,舱门开启灯亮了。黑藤良面对众人:各位战友,感谢你们参与解放全球军民的伟大事业,你们即将开创人类文明史的新篇章,每一个人都是人类历史的大英雄,都将被编成史诗,世代传颂。

"砰",一声枪响,黑藤良的脸上出现一个拳头大小的黑洞,血肉和脑浆飞溅到正在缓缓打开的舱门上,然后流向地面。乔伍德一把将马莉金拉到身后,这才看清,黄胖子举着一支手枪,脸上挂着扭曲的笑容,口中金牙闪烁,高声叫道:以地球的名义,正义得到伸张。

马莉金往上冲:你这浑蛋!乔伍德紧紧抓住她的手,不让她掏枪,小心道:黄胖子,别紧张,枪走火容易伤人。马莉金大吼:他把我们出卖啦。乔伍德:他是个聪明人,就算卖,也得有个好价钱。

黄胖子笑道:果然您最高明。然后他对巴斯基道:把箱子放在地上。巴斯基放下内装黑藤良左臂的金属箱。黄胖子:每个人都把武器丢远点,趴在地上,双手抱头。还没等他们趴下,一群黑色军服,全副武装的士兵冲入飞船,举着步枪将他们包围。

黄胖子丢下枪,举起双手。众士兵身后出现一位身穿绣花长袍的年轻人,巴斯基:主人。言罢他跪倒在地。乔伍德望过去,发现那位年轻人当真与巴斯基长得很像。年轻人笑容可掬,举止造作,向每个人点头为礼:在下伯斯蒂,幸会,幸会,幸会!这场闹剧总算结束了。接着他招呼黄胖子和巴斯基:辛苦啦,跟我下船吧。

听伯斯蒂这么说,乔伍德只觉一股热血猛冲头顶,狂吼一声:你这个骗子!他冲向巴斯基,将他扑倒在地,双手紧紧扼住他的脖子。几天以来他被巴斯基玩弄于股掌之上,如今怕是无路可走了。

士兵们用枪托将乔伍德击翻,又上来几个人朝他乱踢。马莉金刚出手打翻一名士兵,便立刻被其他士兵用枪指在头上。乔伍德大叫:别动,你这傻娘儿们!

巴斯基爬起身,握紧金属箱的把手,单膝跪地对主人低声道:皇帝陛下通过直播,亲眼看到乔伍德诛杀首辅大臣。乔伍德指着倒在地上的黑藤良:我没杀这个人,不过是斩下他一条胳膊。伯斯蒂轻笑:这具尸体并不存在,首辅大臣确实被你杀死在地下城里,那是皇上亲眼得见,我们可不敢"欺君"。乔伍德:你要怎样?巴斯基在冲他拼命使眼色。伯斯蒂:那就跟我一起去工觐见皇上吧,救世主大人。

高市奇高叫:大人,将军大人。伯斯蒂一笑:险些把你给忘记了,皇上方才还问起你,一起来吧。高市奇激动得跪倒在地,向伯斯蒂行了一个大礼。

乔伍德心里那个乱哪!救世主和首辅大臣的事还没理清,又出了这等变故。他索性一屁股坐在地上,大叫一声:这两个女人都带上,否则我哪儿也不去。伯斯蒂歪着头看看他,笑道:带上就带上呗,何至于此!

他们一行人走出飞船,乔伍德发现天空比地下城的日光灯明亮很多,但空气中好像混入了大量的粉尘,让地下城来的这几位好一阵咳嗽、打喷嚏。他瞧了一眼左腕上的信息仪,"蝎子"的信号仍然很强,他距离"依法死亡"不到十天。

黑藤良死了,梅杜斯也死了,他不知道"蝎子"的事该怎么办。为此他不由得暗自感叹:你就像《护民官格言》说的,"聪明反被聪明误",白忙活一场,不但什么都没得到,处境反而更糟糕了。他握住马莉金的手,马莉金满脸坚强的幸福:能死在一块儿也不错,就是不知道,临死之前还能不能再跟你浪漫一下。

地球省的省会,或者说,地球帝国的首都西京,令乔伍德大为失望。他们被士兵押送,登上一辆破旧的客车,聚合材料的座椅已经开裂,坐上去夹屁股。客车刚驶出航空港大门,便进入密集的建筑群,街道两侧的高楼比地下城的高楼还要高出许多,只露出道路上方的一线天空,颜色浑浊。向道路两侧望去,街景肮脏破败,垃圾遍地,全无地下城纤尘不染的整洁。街上的公交车和人力车多半油漆剥落,有的居然需要金属丝捆绑加固。

最让乔伍德惊心的是衣服晦暗破旧的行人。人行道上行人摩肩接踵,不论男女老幼,都瘦,是那种深度营养不良、形容枯槁的瘦,步行速度极慢,摇摇晃晃,像是没有身边拥挤的人群支撑,随时都会跌倒。他问巴斯基:这么多人?巴斯基:今天是"万寿节",全国放假,平日里行人会少些。马莉金:那也够多的。巴斯基:没办法,下等人居民区,人多路少,法律规定,有工作的青壮年全天出行,失业者和老幼依照身份二维码,分单双号限时出行。黄胖子不屑地摇头:你们以为地面上是天堂吗?钱神在上,有钱才是天堂。

乔伍德问巴斯基:他们也"依法死亡"吗?巴斯基:自然死亡。去年帝国统计局的统计数字是,七等以下的奴隶平均寿命40.32岁。乔伍德对黄胖子道:还不如躲到地下管网里去哪。黄胖子没说话,目光阴沉,眉头紧锁。

客车在路边停下。巴斯基:你们中午都还没吃饭吧?这家餐馆很有名。他们挤过人流,进入一栋建筑,押送他们的士兵警觉地围在他们身边。房间里只在屋顶上挂着两只裸露的电灯泡,光线昏暗,悬垂的电线上满是丝丝缕缕的灰尘。巴斯基在门边的一张小桌前,向一位双肘打了补丁的女人付款。她丢给他几只圆形的绿色小牌,然后他招呼众人与他一起排在等候取餐的长队尾部。

马莉金:那东西能吃吗?乔伍德向周围望去,游魂般的食客们挤站在墙边,每人手中一只满是划痕的金属盘,里边盛着一小堆黄绿色黏糊糊的东西,他们用手指将食物捏起放入口中,骷髅般的脸上现出很享受的样子。乔伍德问巴斯基:这东西是什么?巴斯基:著名的咖喱鸡饭,用的是"再造米",但没有鸡肉,只有鸡精。罗黛莎开始小声啜泣,松开挽在巴斯基臂上的手。

从地下城上来的五个人,只有高市奇将盘中的食物吃掉了,其他人碰也没碰,直接递给周围的食客,结果引起一阵哄抢。士兵们开枪击倒几个人,这才制止了骚乱。领头的军官对巴斯基道:伯斯蒂大人命令你,带领他们立刻上楼。

电梯极慢,里边的臊臭气让乔伍德忍无可忍。等终于来到楼顶,乔伍德发现楼极高,空气似乎好些了。巴斯基对乔伍德道:哥哥,我家主人有令,两个女人直接送到住宿地,你们三位功臣和我一起去见他。罗黛莎闹着要回家,大哭不止。马莉金倚在乔伍德身边说:不论发生什么事,你都得活着回来见我。乔伍德摸了摸身上,还有一点现金和一小块能量棒,便全都交给她,严肃道:没见到我之前,他们让你干什么就干什么,不许闹事。

接他们的飞船还没有来,士兵们散开,各自从衣袋里取出简易包装的白色食物,喝水壶里的水。马莉金问:他们吃的是什么?巴斯基:高粱米饭团,里边裹着一条腌萝卜,是皇家卫队特供,普通平民吃不上。马莉金吞了一口口水,骂了句难听话,问高市奇:刚才那东西好吃吗?高市奇:恶心,胃不舒服。

马莉金:活该,谁叫你贪嘴。

乔伍德心中盘算,错误已经犯下了,都是贪心之过,后边的事,只能走一步看一步,随机应变。同时他又阴险地想,等一会儿见到皇帝陛下,要不要将他所知黑藤良的阴谋告密,以求自保?但转念一想,没这必要,因为黄胖子、巴斯基和高市奇都比他知道得多,他们早就已经背叛了首辅大臣,然后反戈一击立了大功。若不是巴斯基坚持让他亲自"表演"斩杀首辅大臣,恐怕他和马莉金早就跟杨亨利一样,死在终养所了,或是被黄胖子枪杀在飞船里了,绝不会有机会来到西京。

怎么办才好呢?他一筹莫展。信息仪显示,现在是14点,距他"依法死亡"还有九天十小时。

15

又是那座辉煌得有些俗艳的胜利广场,天空中闪烁着汉英两种文字的巨型横幅:热烈庆祝皇帝陛下寿诞,万岁万岁万万岁。

乔伍德等人乘坐的小型飞艇在广场边的停机坪降落,四周停了几十架样貌凶恶的武装飞船。巴斯基在乔伍德耳边道:别盯着他们看!左边黑色军服的是皇家卫队,只开枪不问话;右边黄色军服的是首辅大臣的卫戍部队,先开枪后问话。乔伍德:这么多军人。巴斯基:这只是一小部分,今天是大日子,四大岛的各路军阀也会派精锐部队和战舰来向皇上宣誓效忠。

高市奇在乔伍德身后低声道:兄弟,一会儿觐见,跟着我学习怎么称呼皇上。乔伍德问:你来过地上城?高市奇没说话。乔伍德:你一定来过,否则你吃不下那盘恶心东西。高市奇:每年两三次,我搭货运飞船上来汇报工作。

伯斯蒂已经在停机坪边等候,脸上挂着盈盈笑意:看看我们伟大的都城,银河系最大的城市,地球人的骄傲。乔伍德环顾四周,这里比方才路过的下等人居住区整洁得多,建筑物风格多半是贪官般傲慢和奸商式矫饰。一队队市民和军人正在进入广场,他们衣装整洁、鲜艳,模样都很健康。只是,广场周边警戒的士兵太多了,各色军服都有,让乔伍德感觉像是历史传奇剧中的场景。巴斯基在他耳边道:绿色军服的是各大军阀的部队。乔伍德这才看明白,黄色军服和绿色军服的士兵担任分区警戒,装甲车辆很多。黑色军服的皇家卫队乘敞篷车机动巡逻。

伯斯蒂道:还有两个小时,万寿节大典就要开始,在此之前,先验证你们带来的证据,看那条手臂是不是首辅大臣的真身。那家伙狡猾得很,不得不防。伯斯蒂带领他们来到主看台下的一个小房间,命巴斯基提着金属箱跟他离开。

到了这个时候,乔伍德、黄胖子和高市奇已经无话可谈,只能无助地等在那里。乔伍德试图用信息仪联系马莉金,信号无法接通。看来地下城的信息仪在地面上无法通话,但"蝎子"的信号却很强。这群浑蛋,他们生怕我到时间不死啊。乔伍德暗骂一句,却也无可奈何。

过了好一阵子,押送他们的军官带着几名士兵进来,仔细搜查乔伍德和高市奇全身,然后军官道:跟我走吧。乔伍德问:去哪儿?军官:不问你,不许说话。乔伍德看了一眼高市奇和留在房间里的黄胖子,心想:事到如今,只有听天由命了。

看台下的甬道极长,两边排列着目光警觉、手持步枪的皇家卫队。对乔伍德来说,现在见谁已经不重要了。黑藤良和梅杜斯的死,绝了他所有的路,除非——没有除非——没办法了,在西京他就是个傻瓜,所有地下城的聪明才智都用不上。

庇护皇帝在看台下的行宫是个长厅,高大深远,装饰主调为金红两色,布满花样繁复的吊灯、花样繁复的地毯、花样繁复的桌椅,还有身穿花样繁复绣花长袍的贵人们。乔伍德收敛起心神,对自己道:你是个要死的人了,这种"大金牙装饰风格"对你毫无意义。军官让他和高市奇跪在门边等候。他看到墙上挂着庇护皇帝的巨幅画像。与地下城护民官的画像不同,护民官的服装简洁朴素,庇护皇帝的服装令人眼花缭乱。

他在视频中见过的那个戴粉红眼罩的男孩走来,向他招招手:你,低头,弯腰,跟着我。高市奇叫男孩:副总管大人。男孩:老实候着。

乔伍德中枪的胸部仍然很痛,强忍咳嗽,低头盯着脚下,小心跟在男孩身后。男孩:停,跪下,颂圣。他不知道"颂圣"是什么意思,但他记得高市奇见庇护皇帝的礼节,便跪倒在厚软的地毯上,一字一句道:喜马拉雅山高贵血统的传人,钱神之子,银河系唯一的救世主,伟大、英明、睿智、光荣、神武、正确的皇帝陛下,万岁万岁万万岁。

他听伯斯蒂道:启奏陛下,这就是在地下城里诛杀叛臣的那个人。他没听到庇护皇帝的声音。男孩:皇上问你,你就是所谓的"救世主"吗?他否认:那是黑藤良的骗局,我只是地下城皇后区警察分局的一等警官乔伍德。

男孩:抬起头来。他抬头,望见两层平台上的金红两色宝座,坐在上边的老人就是他在视频中见到过的那位老人。庇护皇帝神情淡漠,对站立一旁的伯斯蒂道:他还有用吗?伯斯蒂:为防国变,我们必须揭穿"假救世主"的真面目,揭穿《国有九破》的谎言,断绝愚蠢小民的妄念!臣斗胆,恳请皇上降旨,赏他诛杀叛臣有功,升为西京七等三级民兵,让他知恩图报,在全球巡回演说,破除"救世主降临"的迷信。

庇护皇帝沉默了一阵,问:高市奇的事情办好了吗?伯斯蒂:高市奇已在宫门候旨。

高市奇被男孩带来,跪在乔伍德身边,山呼:喜马拉雅山高贵血统的传人,钱神之子,银河系唯一的救世主,伟大、英明、睿智、光荣、神武、正确的皇帝陛下,万岁万岁万万岁。

乔伍德发现,庇护皇帝望着高市奇的眼神很奇怪,像是厌恶。

伯斯蒂:高市奇,皇上交给你的差事办好了吗?高市奇叩首:臣舍生忘死,总算不辱圣命,三百三十六名贪官已全部装船运抵西京航空港。

男孩将一台平板电脑放在高市奇膝前,伯斯蒂:痛痛快快地都献给皇上吧。

乔伍德看到,高市奇的额上冒出汗来。乔伍德轻声问:是找你要钱吧?高市奇点点头。乔伍德:那是你的保命钱,给不得。高市奇的眼泪流了下来:万一哥哥有事,兄弟你就多费心吧。乔伍德:干什么?高市奇无声道:报仇。乔伍德迷惑:向谁报仇?

高市奇没有回答,而是伏在地上,十指如飞,往电脑里输入密码,足足用了好几分钟,一百多位的密码才输完。他叩头:恕臣冒犯。然后他脱掉右脚的警靴,脱掉袜子,用右脚无名指在电脑上输入指纹。

庇护皇帝轻笑一声:想得还怪周密。

男孩取回平板电脑,交给伯斯蒂。伯斯蒂查看了一下:贪官的赃款已经打入中央银行的皇家账户。天哪!这些恶奴,真够贪心的,这也太多了!

庇护皇帝问:没有瞒报吧?

男孩朝电脑看了看:回皇上,与高市奇上报的数额一致。

乔伍德看到,庇护皇帝像是大大松了一口气,脸上现出几分满意的神气。

男孩:高市奇,你为皇上办差,首鼠两端、三心二意,你知罪吗?

高市奇叩首:臣万死。

男孩:皇上圣谕,高市奇替寡人办差多年,不思圣恩,贪墨无度,心怀贰意,勾结叛臣,然念其略有微劳,赐留全尸。

高市奇高叫:臣冤枉,臣有辩。

然而,没有人理睬他的申辩。宝座后闪出黑白两名力士,架住高市奇。乔伍德双手拉住高市奇,对庇护皇帝大叫:皇上饶他一命吧。高市奇也抓住乔伍德大叫:苏姆婆、尼苏姆婆。力士一脚将乔伍德踢翻,把高市奇架到一边,解下腰带,勒住他的脖子,然后两人用脚踏在他的腰上,用力向后一扳。高市奇的脊椎折断,四肢抖动了好一阵子,死了。

乔伍德手心里紧攥高市奇临死前塞给他的那只袜子,伏地大哭。四十五年来,在地下城中,他只有高市奇这一个朋友。

庇护皇帝说话了:高市奇见风使舵,脚踩两只船,留他不得;你戴罪立功,替寡人办差吧。

乔伍德满脸鼻涕眼泪:我哥哥不是坏人。

男孩:大胆!

伯斯蒂:他是村野之辈,在地下城与牲畜同栏,不识礼数,皇上莫怪。

乔伍德：我还有九天就"依法死亡"，给您办不了差啦。
庇护皇帝摇头：赐你七等一级，不用回地下城了。
男孩：下去吧。

男孩领他倒退着往门边走，他听庇护皇帝问：叛臣当真死了？伯斯蒂：叛臣的遗骸正在进一步鉴定中，不过臣敢保证，他这一次是真死了。庇护皇帝：有了结果，立刻上奏，寡人要亲眼得见。伯斯蒂：臣这就传旨下去。

乔伍德已经退到门边，庇护皇帝后边的话没听清。男孩冲他咧嘴一笑，露出颗金牙：你小子福大命大，从畜生变成人啦，还不谢谢我？乔伍德眼望男孩伸过来的手，将高市奇的袜子递上去。男孩一掌将袜子打落在地毯上，轻蔑道：不识抬举的东西。

乔伍德捡起袜子，被军官押解回小房间，他悄悄取出高市奇藏在袜子里的一张比指甲还小的信息卡，塞入左腕信息仪的备用卡槽里。他不知道这东西有什么用，也不知道高市奇为什么要在临死前将这个东西塞到他手里，但他知道，他那盟兄交出钱后，自知必死，所以，留给他的一定是重要物件。

黄胖子见他回来，问：高市奇呢？乔伍德：死了。黄胖子：怎么死的？乔伍德：被人一折两截。黄胖子的脸色阴沉下来，不再说话。乔伍德在椅子上坐下，感觉有些饿了，后悔没吃那盘黄绿相间的"咖喱鸡饭"。不管怎么说，高市奇是吃过饭才死的，想到此处，他又有些难过。

从窗子望出去，可以看到另一处飞船停机坪，更多样貌凶恶的武装飞船正在起飞，船身上的黑黄绿各色标志非常醒目，冲过来的气流令窗子格格作响，然后飞船两艘一组，四散飞去。

乔伍德问黄胖子:你为什么要杀黑藤良？黄胖子白了他一眼,没说话。他感叹:这几天来,经历的背叛太多了。黄胖子:也许才刚开始。他追问:怎么说？黄胖子摇摇头,显得忧心忡忡。

巴斯基回来了,脸上笑嘻嘻的:哥哥,给您道喜,听说皇帝陛下亲封您七等一级"国民"。乔伍德冷冷道:你出卖了我们所有人,如今阴谋得逞,该封你当贵族了吧。巴斯基一点儿也没恼,依旧是笑嘻嘻的:我家主人开恩,兑现承诺,给了我脱离"奴籍"的文书,七等三级"民兵"。黄胖子恨道:小人得志。乔伍德:马莉金呢,她在哪儿？巴斯基:等庆典结束,我立刻送您去见她,顺便也看看我的罗黛莎。现在请二位跟我一起去观礼。

他们跟随巴斯基来到看台上,被眼前壮观的景象吓了一跳。看台对面是那座悬在半空的巨大舞台,舞台背景则是投射出来的清晰、艳丽的影像巨幕。纵贯整个广场,此时巨幕上正在播放各种背景下的欢乐人群和队列整齐的军队。接下来,乔伍德只在传奇剧中看到过的巨型太空战舰集群出现在影像中,舰上所有灯光全部打开,在黑暗的太空背景下,舰队排列出"萬歲"两个汉字。再往上看,影像巨幕之上,灰暗的天空下,则是汉英两种文字的巨幅标语"热烈庆祝皇帝陛下寿诞,万岁万岁万万岁"。巴斯基在乔伍德耳边道:这是实况转播全球四大岛万寿节庆典的分会场,还有帝国舰队。

乔伍德往下看,广场上至少也得有十几万人,在宽阔的道路两侧绵延数公里。他再回头往上看,这看台太高太长,他只能看到身边的人。巴斯基推他:快看,镜头拍到你了。他向舞台望去,影像巨幕上正在显现看台上观众的影像,他看到了自己表情僵硬的样子。摄像机在移动,影像中观众的服饰越来越华丽,还有一些外星使臣也来观礼。终于,庇护皇帝那只金红两色的宝座出现了,宝座前多了张金红两色的桌子。

庇护皇帝出现了,向观众挥手致意。御前大臣宣布:万寿节大典现在开始。礼炮响起,礼花布满天空。空气更差了,乔伍德咳嗽不止。

大典的第一部分是阅兵式。军乐震耳欲聋,皇家卫队自东向西而来,各式武装飞船、战车,各军兵种的士兵队列连绵不绝。乔伍德看傻了眼,早知道庇护皇帝的军队如此强大,他宁死也不会上首辅大臣的当,那个浑蛋黑藤良巧舌如簧,把他骗得团团转,让他以为刺杀庇护皇帝是件多么简单的事。那家伙早就该死!他摸了摸颈后的"蝎子",看一眼信息仪,上边清晰显示,他距"依法死亡"还有九天八小时。

巴斯基拉住他的手臂,用手指向耳麦:我家主人传御前大臣命令,让我带你前往皇家看台。黄胖子问:我呢?巴斯基:你等在这里。说着话,巴斯基交给乔伍德和黄胖子每人一只信息仪:这个跟地下城的信息仪用法一样,里边有你们的通行证。

他们挤过看台上观礼的人群,沿着通道快步向皇家看台走去,沿途多次被皇家卫队拦下检查通行证。伯斯蒂手上提着巴斯基从地下城带来的那只金属箱,正在等候他们。看台下,皇家卫队各军兵种的检阅部队已经停下来,影像巨幕中,庇护皇帝在挥手,全场军民山呼"万岁万岁万万岁"。

伯斯蒂在军民的山呼声中,凑到乔伍德耳边喊道:御前大臣传下圣谕,命令你代表地下城给庇护皇帝献寿礼。说着话,他将那只金属箱交给乔伍德。

乔伍德扭头看巴斯基,想从他的表情中发现点什么。巴斯基将头扭向一边。乔伍德用手掂掂金属箱,不重,便在伯斯蒂耳边大叫:你别是要害我吧?伯斯蒂语含讥讽:你诛杀叛臣有功,又是"假救世主",我可不敢害你。乔伍德:可皇上有权把我一折两段。伯斯蒂:好好把东西送上去,别让皇上等着。

那个戴粉红眼罩的男孩跑过来。巴斯基:副总管大人。男孩却对乔伍德大叫:你想死啊,还不麻利儿的,跟上我,快跑。他们跑步来到看台中心,望见庇护皇帝独自坐在高台中央的宝座上,只有御前大臣陪伴在身边,贵族和将军们围绕在高台下。有人从乔伍德手中拿过金属箱,打开来仔细检查,又用信息仪与某人核实箱子的信息。乔伍德惊奇地发现,横卧在金属箱内的手臂像活人的手臂一样"生动",上臂被他斩断处的伤口已经愈合,各种软管和线路从"断口"处将手臂连接到箱内复杂的仪器上。

男孩对那人道:快着点,马上就到时间了。那人将金属箱合上交还给乔伍德,一歪头示意他往高台上走,男孩在身后推他,不住地催促。

他登上高台,整个广场尽收眼底。他感觉头脑晕眩,两腿发软,便在高台边跪了下来。男孩和御前大臣架住他的双臂,将他扶到宝座侧后方,跪倒在地。男孩从乔伍德手中取过金属箱,放到庇护皇帝面前的桌上,打开来。乔伍德能够看到,金属箱的箱盖内侧是个显示器,正在播放他在梅杜斯诊所里斩杀首辅大臣的影像,显示器的两边不断向上移动的是各种分析数据,还有首辅大臣手臂上的四个二维码。

这时,他的耳麦中传来一个声音:您有一条语音信息。这让他大吃一惊。男孩:我刚发给你一条语音信息,等一会儿皇上下旨,让你对全球军民说话时,你就跟着那条语音说话,一个字也不能错。乔伍德:副总管大人,说什么?男孩不屑:承认你是"假救世主"呗。

御前大臣起身走到高台边,朗声道:现在,典礼进行第二项,地球全体军民向皇帝陛下宣誓效忠,领誓人首辅大臣。

乔伍德又吃了一惊,望向男孩,男孩只是冲他挤挤眼。他直起身子,向影像巨幕望去,果然,一位身穿绣花长袍的贵人走到舞台中央,这次他没戴面具,是黑藤良。乔伍德暗骂一句:浑蛋。

更让他吃惊的是,庇护皇帝居然从宝座上回头向他招了招手。他跟在男孩身后,爬到庇护皇帝的宝座边。庇护皇帝问男孩:那是他最后一个"替身"吧?男孩指指金属箱中的手臂:回皇上,伯斯蒂大人说,这才是首辅大臣的真身,舞台上是他最后一个"替身"。庇护皇帝对乔伍德笑道:你替寡人诛杀了这个叛臣贼子,很好,但遗憾的是,等一会儿以叛国罪逮捕他,宣布他的一百条罪状时,只能用他的"替身"向全球直播了。

舞台上,首辅大臣将右掌举过肩头。看台上的数万名观众、广场上的十几万军民、接受检阅的皇家卫队,全都将右掌举过肩头。乔伍德不由自主也想站起身来,被男孩一把拉住:跪着别动,你想跟皇上抢镜头吗!

首辅大臣的声音传来，他念一句。全场军民跟着念一句。影像巨幕中播放全球四大岛军民和太空舰队官兵庄严宣誓的场面：

我宣誓，誓死效忠皇帝陛下。我自愿将个人的生命、家人、财产和等级，全部献给皇帝陛下。我将支持及保卫地球帝国的皇家律法和所有规章制度，对抗国内和国外所有的敌人。我将真诚地效忠皇帝陛下，当皇帝陛下要求时，我愿为保卫地球帝国拿起武器。当皇帝陛下要求时，我愿为地球帝国做非战斗性之军事服务。当皇帝陛下要求时，我会在政府官员指挥下为地球帝国做重要工作。我在此自觉宣誓，绝无任何心智障碍、借口或保留，请钱神保佑我。

影像巨幕中庇护皇帝出现了，高高坐在宝座上，神情庄重。突然，乔伍德发现庇护皇帝的目光在向面前的桌上看，神情慌乱起来，身子躲来躲去。他转头望去，钱神哪，金属箱里的那只手臂伸了出来，食指指向庇护皇帝。庇护皇帝躲来躲去，那只手臂也灵活地移动，食指指向庇护皇帝的脸。男孩大叫一声跳起来，想要用身体护住庇护皇帝，乔伍德不由自主伸手抄住他的脚踝，让他跌倒在地。就在这时，那根手指里射出一股无色透明的液体。乔伍德战斗经验丰富，本能地翻身向侧面打了一个滚，站起身。再回头，他看到庇护皇帝如同融化的冰雕一样，从脸部开始，肉体和骨骼正在不紧不慢地消失，只留下被液体浸湿的长袍和皇冠在宝座上。男孩捧住皇冠大哭。与此同时,影像巨幕直播了庇护皇帝被刺的全过程。

乔伍德惊呆了,他吃惊的不仅是庇护皇帝被刺,更要命的是,他突然明白了事情的真相。地下城里的黑藤良才是"替身",首辅大臣其实一直假扮"替身",此时正在舞台上率领全球军民向庇护皇帝宣誓效忠。所有这一切,包括乔伍德所谓的"救世主"身份,就是一个复杂的大骗局。

紧接着,更可怕的事情发生了。他发现,他的形象出现在影像巨幕上,神情紧张地站在庇护皇帝的宝座边。这可是全球实况转播,上百亿人亲眼看到。庇护皇帝被刺的那一刻,身边只有他和戴着粉红色眼罩的男孩。

发现庇护皇帝遇刺身亡,看台上的几万观众慌乱起来,相互拥挤,踩踏。广场上的十几万民众也乱了,四散奔逃。只有接受检阅的皇家卫队没乱,却呆傻在那里,不知所措。

这时,广场周围传来猛烈的射击声和爆炸声。大批带有卫戍部队黄色标志和军阀绿色标志的武装飞船从四面八方飞临广场上空,一部分与担任警戒的皇家卫队的武装飞船缠斗,另一部分则向广场中央接受检阅的皇家卫队全力开火。

巴斯基冲过来拉住乔伍德:哥哥,快跟我走。乔伍德绝望:往哪儿走,逃了又能怎样?巴斯基:你现在是刺杀庇护皇帝的罪犯,地球人都看见你啦。乔伍德瘫坐在高台上,摇头道:你逃吧,我是个要死的人了,逃也没用。巴斯基打了他一个耳光:你自己想死就死,不管马莉金啦?

看台多处被飞弹击中,燃起大火。到处都是死尸,人群将尸体和伤者踩在脚下,试图逃出去,但又无路可逃。于是,许多人从看台低处跳下,却又陷入武装飞船对皇家卫队的攻击。

燃烧的看台从东边开始,一路向西,一截一截倒塌。影像巨幕上,转播的则是太空舰队相互激战的场面,多艘巨型战舰起火爆炸。

乔伍德终于清醒过来,因为他看到,庇护皇帝身边的那个男孩手持步枪,正带领十几名皇家卫队的军官和士兵向他扑来。他紧跟巴斯基向看台高处跑,从死去的士兵身上搜集武器,与追来的士兵相互射击,且战且退,来到看台的最高处。

乔伍德用步枪猛烈射击,将追兵压制在三十米外的座椅下边。巴斯基取出一支黑黄两色的金属棒塞到他手中,说:你把皮套套在手腕上,跳下去时连按三次红色按钮。乔伍德探头往看台下看了看,几百米下是停机坪,有几艘皇家卫队的武装飞船正在燃烧。他问巴斯基:你怎么办?巴斯基取出另一支金属棒,将尾端的皮套套在左腕上,说:哥哥,我掩护,您快跳。

乔伍德开枪击退从侧面包抄上来的男孩,对巴斯基大叫:少废话,我是你哥,你先跳。他举枪向追兵猛烈射击,再次将他们压制住,同时大叫:你这笨蛋,我活不了几天啦,你还不快走。巴斯基:哥哥,咱哥俩在柏林地铁站会合。说罢他翻身跳出看台,一张小小的白色降落伞打开,带着他向远处飘去了。

乔伍德已经冷静下来,感觉头脑转得比车轮还快,心道:就算死也不能死在这儿,更何况,马莉金那傻娘儿们还不知死活,不能丢下她不管。于是,他一枪又一枪,击碎追兵藏身的座椅椅背,让他们无法起身。等巴斯基飘出一段距离之后,他取出从死去士兵身上搜来的几枚震荡闪光弹,全部投向追兵,然后翻身跳下看台。

金属棒从他手中脱落,幸好有皮套系在手腕上。他再次抓住金属棒,连按三次按钮。白色降落伞打开,巨大的重力加速度几乎将他的左臂拉断,他的身子直直向下坠落。左臂的剧痛让他眼冒金星,追兵从看台顶上向他射击,将降落伞击穿,而他此时只能祈祷自己不被摔死。

他的身体重重撞击地面,一阵翻滚,手中的步枪将额头碰破,血流了下来。他丢掉降落伞,举枪向上,见追兵也打开降落伞跳下来。他骂了一句:"天堂有路你不走,地狱无门自来投",这是已故护民官的"格言"。然后他便一枪一个,将正在降落的三名士兵击毙。

16

庇护皇帝死就死了吧,乔伍德现在只担心一件事,他是被全球直播的"弑君者",必须尽快与巴斯基会合,找到马莉金,然后躲起来。他丢掉步枪,在看台后边绕了一个大圈子,混入奔逃的人群。他问跑在身边的一个穿长袍的男人:请问,去柏林地铁站怎么走?男人怒道:你骂谁哪?下等人才坐地铁,自己查地图。

他跟着人群逃出卫戍部队的警戒圈,躲到一处门廊下,从巴斯基给他的信息仪中调出西京地图,搜索从所处位置到柏林地铁站的路线。还好,从胜利广场到柏林地铁站,步行大约三十分钟的路程。而他那只地下城的信息仪上显示,现在是18点,距他"依法死亡"还有九天六小时。

天色已经黑下来,路灯亮了。首辅大臣的卫戍部队与皇家卫队的战斗好像比方才更激烈,射击声与爆炸声不绝于耳。乔伍德在一具死尸身上剥下件长袍套上。跑出几步,他又回来摘下那人的信息仪和耳麦,并从他的衣袋中摸出一只皮夹,发现里边有少量现金,然后又用他的地下城警用信息仪扫描了那人的视网膜、掌纹和指纹。他虽然没有在西京的生存经验,但他知道,如果要想逃避追捕,假冒身份是必不可少的手段,不能不早做准备。

他沿着街边快走,任凭额头伤口滴下的鲜血染红长袍。每当有军车驶过他便躺在地,身上那件染血长袍让他很像一具尸体。信息仪里有几条巴斯基发给他的音频,问他到哪儿了,是否受伤,是否还活着,这让他得知巴斯基很安全,但他不敢回复。巴斯基、黑藤良和黄胖子联手,在地下城欺骗了所有人,他绝不能像当初那样信任这家伙。

柏林地铁站看上去挺大,人们正在争相逃离战斗激烈的胜利广场,几千人拥挤在进站口,多数是下等人的短打扮,其中也有身着华丽长袍的上等人。乔伍德挤入人群,发现进站口有警察在维持秩序,用警棍向不听话的市民头上、身上猛击。

他隐身在人群中,接通巴斯基的音频:我正赶过来,你在哪儿?巴斯基:感谢钱神,哥哥你还活着。地铁已经停运了,你绕过地铁站往南走,不远处有一个中华拉面馆的招牌,我在那儿等你。

中华拉面馆在一条肮脏的小街上,乔伍德看到巴斯基站在店门前,神情焦急地东张西望。他给巴斯基发了条音频:我已到柏林地铁站,正往南走。他躲在街角观察巴斯基的反应,没见巴斯基与人联系,周围也没有可疑的迹象,不像是诱捕他的陷阱,于是,他才现身。

巴斯基紧紧拥抱他:我好担心。乔伍德:现在怎么办?

巴斯基在前边引路,他们穿过拉面馆从后门出来,上了一辆破烂不堪的厢型货车。车厢里挤着七八个人,巴斯基对精瘦的司机发怒:我花钱包了你的车,你怎么还揽客人?司机也没好气道:大伙儿都在逃命,你不能挡我的财路。

货车先向南,再向西,街景越来越破败。乘客们陆续都下车了,司机:够远了,你们俩加车费吧,要不现在就下车。巴斯基扑上去,司机举起一把手枪,将巴斯基逼退。乔伍德问:多少钱?司机歪嘴一笑:要钱还是要命?全拿来吧。乔伍德取出从死尸身上搜来的皮夹,向司机一晃,丢在副驾驶座上,同时轻拍巴斯基的后背。巴斯基心领神会,司机刚去伸手拿钱,便被他挥拳击中颈窝,昏了过去。

司机被丢在街边,巴斯基驾车前行,乔伍德掸落沾在身上的垃圾,坐到副驾驶座上问:这车里太臭了,什么味道?巴斯基:这是辆运菜的货车,是蔬菜腐烂的味道。乔伍德:什么是蔬菜?巴斯基:一种食物。

乔伍德:马莉金在哪儿?巴斯基:罗黛莎和她在一起。乔伍德:在哪儿?我们得把她们救出来。巴斯基:她们俩被我家主人暂时寄存在皇家精神病研究院,就在胜利广场北边。现在胜利广场是主战场,正在激战,我们得远远绕过去。乔伍德:这次你不会出卖我吧?巴斯基:我要救出罗黛莎,你得帮我。乔伍德:那是一定,我也得救马莉金。巴斯基:我已经给了她们西京的信息仪,刚才联系过,暂时没危险。

巴斯基打开车载电脑。广播中说,人们正在逃离交战区,出城的各条道路都已经被车辆堵死。巴斯基:没办法绕过胜利广场了,我们得掉头往回走,从交战区穿过,这是最近的路,也最危险。乔伍德:死都不怕,还怕危险?广播里说庇护皇帝和首辅大臣的事了吗?巴斯基:只有交通台还在工作,其他电台都没有声音。乔伍德:马莉金的通信号码是多少?我问问她的情况。

突然,整座城市停电了,没有街灯,楼房里也没有灯光,只有汽车的前灯照亮道路。交通广播也没声音了。巴斯基:该死,信息仪也没信号。乔伍德举起左腕看了看,西京的信息仪果然没信号,但地下城信息仪上"蝎子"的信号却仍然顽强地显示他的死亡倒计时。

巴斯基:你坐稳了。说话间,他将货车撞入一家机动车行的大门。乔伍德的头又被撞了一下,额上起了个包。巴斯基将货车倒出车行大门:我们得换辆车,开这辆车进战场,会被当成军车炸掉。巴斯基从车行里开出一辆两轮机动车,让乔伍德坐在后座上。乔伍德丢掉长袍:咱们空着手闯进战场是自寻死路。巴斯基:带着武器会被当成士兵,更危险。

长达十几公里的胜利广场,到处都是燃烧的军车、坠毁的武装飞船、死亡的士兵和平民。他们借着火光,小心寻找隐身处,走走停停,躲避天空中开着聚光灯搜索地面的武装飞船。这些飞船的腹部都有明显的黄色标志,显然首辅大臣的卫戍部队控制了这一带。但乔伍德心中清楚,飞船上的士兵可不知道他们曾经跟首辅大臣的"替身"黑藤良一伙儿,也不会有人费心捉住他们审问。他在地下城的黑帮火并中积累了丰富的经验,乱战之中,谁先开枪,谁得活命。

然而,就在巴斯基驾车绕开障碍,向胜利广场北面冲去的时候,一艘武装飞船盯上他们,向他们发射了一枚飞弹。巴斯基大叫:哥哥你小心啦!巴斯基急转弯掉头,在燃烧的战车间钻来钻去,紧跟在他们身后的飞弹击中一辆战车爆炸,巨大的冲击波将他们掀翻在地。幸运的是,武装飞船的聚光灯终于从他们身上移开了。

乔伍德扶起巴斯基:好样的!巴斯基:小意思。我替主人到其他星球执行任务,比这危险的事都经历过。

皇家精神病研究院占地很大,由身穿黄色军服的卫戍部队把守。许多辆满载乘客的大型客车正在门前排队接受检查,等待进入,同时还有许多辆大型客车满载乘客开出去。乔伍德和巴斯基都摔得不轻,互相搀扶,挣扎着来到研究院门前。乔伍德:这么多精神病人?巴斯基:其实是关押重罪犯的监狱。

巴斯基将随身的那张金属卡交给守门的卫兵,那人看了看读卡器上的内容,叫来一名军官。军官:二位辛苦,给你们预留了房间,里边请。

所谓预留的房间,其实是一间巨大的拘留室,亮着蓝色的应急灯,里边挤满了身穿华贵长袍的上等人。多数人脸上戴着时髦的面具。马莉金和罗黛莎见他们出现,冲上来抱住不放,高声痛哭。

乔伍德也流下了眼泪。他自知必死,能再见马莉金一面,是他强烈的愿望。马莉金:你这倒霉催的浑蛋,也不给人家通个音频,担心死人啦。乔伍德又能说什么呢?只有紧紧抱住她。

又有上等人被送进来,厚重的房门打开又关上。乔伍德问马莉金:你没受委屈吧?马莉金:他们把我们关进这倒霉监狱,不让出去。乔伍德:吃东西了吗?马莉金:东西真难吃,水也难喝,马桶不好使。巴斯基将一只眼罩形面具塞到乔伍德手里:快戴上,别让那些家伙认出你是"弑君者"。乔伍德:他们是谁?巴斯基:皇族,就是皇上的亲戚。马莉金:什么是

"亲戚"？巴斯基：父母、子女、兄弟姐妹，还有七姑八姨六舅母之类的。马莉金：地下城可没这些乱七八糟的关系。

乔伍德问被罗黛莎黏住的巴斯基：我们什么时候离开？巴斯基：原计划是到这里与她们会合，然后再安排我们的去处，现在通讯中断，谁也联系不上。乔伍德：你打算联系谁，原计划是什么？巴斯基：联系我家主人，原计划是保护您的安全，接上马莉金；后边怎么安排，主人没跟我说。乔伍德冷笑：伯斯蒂大人现在要是能活着算他命大；如果死了，我们就没人管了。巴斯基被他的话惊住了，咬紧嘴唇陷入沉思。

房间里所有的灯突然亮了，巴斯基看了看信息仪：电力恢复供应，通讯正在恢复，应该是外边的局势稳定了。这时，拘留室墙壁上的一块屏幕亮了起来，是满屏的雪花，没有影像。有人过去调整屏幕，仍然没有影像。

巴斯基悄声对乔伍德道：通讯刚恢复，我仍然联系不上伯斯蒂大人。乔伍德：那他一定是死了。这时，墙上的屏幕开始播放视频影像，刚开始很模糊，渐渐地才清晰起来。拘留室里的那些上等人鼓噪起来，指着屏幕乱骂："救世主降临"是无耻的谎言！

屏幕上播放的画面正是巴斯基为了说服乔伍德，在地下城给他播放的影像，但这次画面品质极高，色彩鲜艳，影像锐利。只见一名男子身着古代服饰，领先从两道高墙间走来，身后追随着成千上万的人。两道高墙由不断翻滚的水组成，这是在无边无际的大海中开出的一条道路。领头人带领众人走出水的长廊，回头望去，长廊合拢，还原为无边无际的海水。领头人的脸终于出现在屏幕上，头发很长，胡子杂乱，但仍然

171

可以辨认出是乔伍德的脸。他……

乔伍德听那人的声音耳熟:这是谁捣的鬼?马莉金:这就是你的声音。巴斯基:这段有声音的视频我也是第一次看到。乔伍德:我可没说过这些话。马莉金:这是拍传奇剧的手段,合成语音加影像特效,我是大明星,我最清楚。

接下来,影像中出现胜利广场,是今天下午的万寿节大典,欢呼的人群,接受检阅的皇家卫队。庇护皇帝高坐在宝座上,突然,一根手指出现在画面中,指向他的脸。庇护皇帝晃动身子,试图躲开那根手指,眼中现出恐惧的神色。此刻音乐声起,激昂的号角在强大弦乐的烘托下,让人战栗、警醒、充满期待。紧接着,庇护三世的脸开始融化,他的肉体消失了,只在宝座上留下皇冠和长袍。

号角声止,弦乐饱满、热情。画面中那根手指变为手掌,是左手,样子和蔼可亲,中指上戴着一枚巨大的红宝石戒指,逼真的三维效果让观众感觉那只手就在眼前。然后,手掌的主人现身,是乔伍德。他的面容祥和,声音带有强烈的回声效果,在每个人的耳边震荡:信奉钱神者有福了,地球的全体军民有福了,不论上等人、下等人,还是地下城的居民,你们有福了!我是钱神的使者乔伍德,前来协助你们的新皇帝,解救你们摆脱庇护家族的暴政。

乔伍德问巴斯基:我怎么变成了"钱神的使者",不是"救世主"吗?巴斯基摇头,也很困惑。那些皇族们则在狂叫:弑君之贼,诛灭九族!

17

地球历宽容元年元月2日,阴间多云,霾。

接下来这一夜,屏幕中只是反复播放"钱神的使者降临"和"钱神的使者代天诛杀庇护三世"的影像。直到天亮,屏幕中才出现一位男性主持人,开始播报新闻。

乔伍德将马莉金搂在怀中,仔细观看屏幕上的内容,有些他看得懂,有些则不大明白,但至少有一件事他弄清楚了,那就是首辅大臣身穿沉重的金红两色皇袍,正在钱神殿举行登基大典。乔伍德也在画面中,他身着华丽的长袍,作为钱神的使者,用托盘将皇冠奉上,首辅大臣取过皇冠戴在自己头上。然后乔伍德单膝跪地,从手上摘下那枚巨大的红宝石戒指,给首辅大臣戴在左手中指上,起身并面向观众高声宣布:奉钱神圣谕,新皇帝的尊号为"巨德一世",年号"宽容元年"。对于这种传奇剧的特效技术,乔伍德只能感叹和无奈,而关在拘留室内的一百多名皇族则大叫:窃国大盗,神必诛之!

马莉金对乔伍德道:"庇护108年"改为"宽容元年",挺好听的。屏幕上出现全球四大岛各军兵种向巨德皇帝宣誓效忠的画面,只是人数不算多,场面不大壮观。乔伍德问巴斯基:你不是说,外戚不能当皇帝吗?巴斯基感叹:有你这位钱神的使者出面,便是君权神授。

接下来的新闻在拘留室内引发了更大的混乱。主持人：巨德皇帝颁布天字一号圣谕，任命钱神的使者乔伍德大人和法务大臣伯斯蒂大人组建特别平民法庭，审判庇护家族全体成员。画面中出现地下城工厂里的巨型3D打印机和机器人流水线，正在高速生产断头台。紧接着，画面转向胜利广场，数万瘠瘦短衣的男女正在兴高采烈地清理尸体和被击毁的战车，架设起一架架断头台。镜头给出特写，断头台倾斜的刀口闪闪发亮；镜头后拉成全景，十几公里长的胜利广场，断头台的队列直至天边。

拘留室的房门打开，有人高声叫道：吃饭啦，一会儿上断头台，可别当饿死鬼。屏幕上紧接着出现的是特别平民法庭的画面，伯斯蒂大人神情庄重：巨德皇帝以宽容为本，严谕特别平民法庭由全球各阶层共同组成，庇护家族将会在这里受到公正、严明、认真、宽容的对待。在伯斯蒂身旁，一位枯瘦的低阶层老人手捧高粱米饭团，一边大口咀嚼一边振臂高呼：杀死地球的蛀虫，杀死庇护全家，巨德皇帝万岁！

巴斯基拉乔伍德的衣袖：主人有令，我们该走了。乔伍德：去哪儿？巴斯基：到地方就知道了。罗黛莎：我想吃能量棒，不想吃咖喱饭之类的怪东西。巴斯基：抱歉亲爱的，地球四大岛上的居民没有资格吃地下城的"精饲料"。

走到门边，乔伍德回头望着室内那一百多名皇族，感觉这些衣饰华丽、保养精致的贵人们此刻全无生气，还没被审判，就已经死了。他自己该怎么办？马莉金将面临怎样的命运？他的信息仪上显示，距他"依法死亡"还有八天十五小时。

来迎接他们的居然是黄胖子。如今他已换上卫戍部队的黄色军服,腰间挎枪,肩章上有四颗金星。巴斯基叉手:原来您是位贵族大人。黄胖子哈哈一笑:受命潜入地下城二十五年,今天算是得见天日了。乔伍德语含讥讽:首辅大臣计谋深远哪。黄胖子正色:现在是巨德皇帝陛下。乔伍德:万岁万岁万万岁。黄胖子:这里不是地下城,收起你这套玩世不恭,老实扮演你的角色。说着话,黄胖子取过一件华丽的长袍交给乔伍德:穿上它。乔伍德穿上长袍问:我现在是"弑君者",还是"救世主",或者,是"钱神的使者"?黄胖子轻蔑道:你现在是戏子。

黄胖子驱赶他们登上一辆华丽的大客车,驶至看台下皇帝的行宫。乔伍德看到,这间行宫显然曾经受到过攻击,高大的彩色玻璃窗有多处破损,但室内打扫得很干净,金红两色宝座仍然安放在两层平台上,只是庇护皇帝的画像不见了。伯斯蒂正笑容可掬地迎候他们的到来,向乔伍德叉手施礼:欢迎使者大人。乔伍德也一拱手:伯斯蒂大人。伯斯蒂:皇帝陛下有旨,命我与你共同工作,使者大人有什么需要尽管吩咐。乔伍德:两天没吃东西,渴了,饿了。

戴粉红眼罩的男孩从伯斯蒂身后闪出,目光锐利,向乔伍德单膝下跪施礼:小人阿寅,奉命贴身侍候使者大人。乔伍德:原来是副总管大人哪,摘下眼罩。阿寅摘下眼罩,露出精明厉害的相貌。乔伍德:昨天是你带兵追杀我。阿寅不卑不亢:那是奴才"昨日的愚忠"。乔伍德:今天呢?阿寅:今天阿寅是巨德皇帝陛下愚忠的奴才。

马莉金和罗黛莎围住阿寅,拨弄他的头发、耳朵:好可爱的男孩儿哟,几岁啦?阿寅:十七。马莉金:怎么可能?罗黛莎:你最多也就十二岁吧？阿寅:我长得面嫩。

乔伍德望向伯斯蒂,伯斯蒂:太监只忠诚于皇帝。乔伍德:不论新皇旧皇？伯斯蒂:阿寅算是前朝佞臣,罪过可大可小,等一会儿我想奏请皇帝陛下宽免其罪,把他赏给你做贴身侍从,你先行礼谢恩吧。乔伍德眼望巴斯基,他点点头。乔伍德这才转身,向正往墙上悬挂的巨德皇帝画像行礼谢恩。

罗黛莎:什么时候才有能量棒吃？阿寅击掌,一队太监手捧托盘进来,摆放在餐桌上。乔伍德发现,桌上的食物他只见过两种——爆三样和九转大肠。伯斯蒂用叉子叉起一块九转大肠放入口中咀嚼,咽下,然后道:发生了这么大的变故,皇帝的御厨居然临危不乱,手艺不减,比皇家卫队表现出色。乔伍德想到的却是卡尼星的"库巴美食",一口酸水冲喉而出,吐在餐盘中。

餐后他们来到皇家看台。乔伍德举目四望,发现昨晚的激战已经将看台毁掉大半,而且,看台上也没有观众,只有他们这一小群人。广场对面悬空的舞台不见了,但巨幕影像仍在,持续播放"钱神的使者降临"和"钱神的使者代天诛杀庇护三世"的影像。然而,在看台之下的胜利广场上,却已经聚集了十几万民众,几乎全部是衣衫破旧,面容枯槁的下等平民。他们的情绪激动,拥挤在一座座断头台周围,不住高呼:杀死庇护全家,巨德皇帝万岁！

皇帝的金红两色宝座仍然安放在高台之上,阿寅引导乔伍德和伯斯蒂登上高台,在台角站定。伯斯蒂:使者大人。乔伍德:伯斯蒂大人。伯斯蒂:今天是您的大日子。乔伍德:彼此彼此。

三百名特别平民法庭的审判员入场,绝大多数是面有饥色的下等人。伯斯蒂走到高台前主持审判,对面的巨幕中出现巨德皇帝的影像。他端坐于宝座之上,脸上满是怜悯和不忍。紧接着出现的是三百名平民审判员的镜头,然后是完好如初的看台与看台上各阶层的数万观众。乔伍德以为自己看错了,扭头望去,发现看台上只有他们这些人,皇帝的宝座上根本没有皇帝,昨晚被飞弹摧毁、坍塌的看台依旧。他不由得叹了口气:原来全都是假的。

阿寅在身后推他:该您讲话了。乔伍德:我讲什么?阿寅:您站在那儿就行。他来到讲台前,伯斯蒂高声引荐:下面由"钱神的使者"乔伍德大人讲话。胜利广场上万民欢呼,巨幕影像上巨德皇帝也在轻轻鼓掌。乔伍德抬手看了一眼腕上的信息仪,他距"依法死亡"还有八天十小时。这时,广场上回荡起一个巨大、自信、昂扬的声音,那是乔伍德的声音,但他知道自己一丝声音也没发出。他看到自己在巨幕上的影像,感觉自己当真像个领袖,或是大明星,他宣布的神谕,令广场上的平民如痴如狂。他转头望向伯斯蒂,发现伯斯蒂正带着甜甜的笑意为他鼓掌。他问:下边广场上的人群是不是也是假的。伯斯蒂笑得更甜:不,他们是真的,他们看到的一切也都是真的,不是吗?

接下来的审判程序简洁明快,平民审判员举手表决,快速通过判决,当场处决三百多名主要皇族成员。

乔伍德回到马莉金身边,看到巨幕影像上他与伯斯蒂一左一右侍立在巨德皇帝身边。马莉金:黄胖子说,他已经把地下城拍传奇剧的那些人全都调来了。乔伍德:是吗?马莉金:

他们现在可以随便制造你的影像和声音,你没用处了。

他认为马莉金一语道破事情的真相,只是,眼下所发生的一切全部超出他的经验范围。他不知道该如何是好,为此他非常想念死去的高市奇。不管怎样,如果这位盟兄在场,至少他有人可以商量。

他望了一眼被罗黛莎紧紧挽住的巴斯基,无法确定此时是否能够信任这位"盟弟",于是他走至巴斯基近前道:兄弟。巴斯基立刻松开罗黛莎:哥哥。乔伍德:我要死了。巴斯基没有回答,而是将目光转向凑上前来的阿寅。乔伍德对阿寅怒道:滚远点儿!阿寅弯腰退至一丈开外。巴斯基:现在逃跑不是办法,无法摆脱警卫,也无处可去。

乔伍德:你在地下城许愿,说我会住进救世主神殿,自然死亡。说着他举起左腕的信息仪:现在我距"依法死亡"还有八天九小时。巴斯基很惭愧:对不住哥哥了,你死,我也活不成。乔伍德:你该立功受赏才是。

巴斯基环视马莉金、罗黛莎和不远处的黄胖子:我们都是篡位真相的知情者,没有让我们活下去的理由。乔伍德:你就这样等死?

巴斯基:在地下城时我就知道自己必死。乔伍德:那你还害我?巴斯基:那时我是奴隶,主人让我死,我不能活。乔伍德:现在呢?巴斯基:现在我是自由人,跟您一样,不想死。乔伍德:你没骗我吧?巴斯基:我想跟罗黛莎结婚,多生几个儿女,过一辈子安定生活。乔伍德:谁不想?巴斯基:哥哥,您相信我吗?乔伍德实言相告:半信半疑。巴斯基:您还有八九天的时间,我们共同想办法。

乔伍德:我原本以为,凡事都有办法;只是在这里,我得好好想想,也许真就一点儿办法也没有。

等三百多名皇族被斩首完毕,天色已经黑下来。伯斯蒂宣布审判大会明天继续,因为皇族成员总共三千多人。回行宫的路上,伯斯蒂对乔伍德笑道:恭喜使者大人,庇护家族已经没有像样的皇位继承人了。明天开始,审判的都是远支亲属。乔伍德:这是新皇帝的意思?伯斯蒂:皇帝陛下在行宫召见,我为您带路。乔伍德:皇帝陛下打算怎么处置我?伯斯蒂轻笑:您是"钱神的使者",人类无权处置您。乔伍德追问:让我自然死亡?伯斯蒂:全凭钱神旨意。

另一位戴粉红眼罩的男孩已经在行宫门前守候他们,阿寅望着他的目光能杀人。马莉金拉住乔伍德的手臂:我有点害怕。乔伍德:不会比《终养法》更可怕。男孩:圣上有旨,"内侍阿寅为虎作伥,恶行无数,念其年幼,宽宥为怀,着其自裁,望旨谢恩。"阿寅又急又怒,面色如血,刚要开口,被乔伍德拦住。乔伍德对男孩道:阿寅这倒霉孩子确实讨人厌,但他年纪还小,请皇上宽免其罪,派给我当贴身侍从,戴罪立功吧。男孩撇着嘴:你知道什么,就跟着瞎掺和?乔伍德:面见皇上时,我自有话说。

乔伍德对阿寅没有一点好感,只是,杀了一天的人,让他心绪极差,不由自主把这件事揽在身上。他跟随男孩步入行宫,跪倒在地毯上向巨德皇帝行礼,并由伯斯蒂引导,高声颂圣:太平洋高贵血统的传人,钱神之子,银河系唯一的救世主,伟大、英明、睿智、光荣、神武、正确的皇帝陛下,万岁万岁万万岁。巨德皇帝的声音、相貌与黑藤良全无二致,唯一不同的是他的目光冷漠,全然不识乔伍德的样子。巨德皇帝:你就是乔伍德?乔伍德:正是在下。巨德皇帝:作为"钱神的使者",你对地球帝国有何观感?乔伍德不知如何回答,只好再次颂圣。巨德皇帝:现在,请你将钱神的礼物奉上吧。乔伍德茫然,伯斯蒂:皇帝陛下命你将钱神送给皇帝陛下的"钱"交出来。乔伍德目瞪口呆:我没有钱。伯斯蒂压低声音:高市奇的那笔钱。乔伍德:他已经交出来啦。巨德皇帝:全球四大岛的军阀追随寡人推翻庇护家族的暴政,都有一个正派的理由,就是想要得到更多的"钱";既然你没钱给寡人,说明你的使命已经完成,请回去向钱神复命吧。

接下来发生的事,乔伍德曾亲眼得见。皇帝的宝座后闪出两名力士,一黑一白,扭住乔伍德的双臂,将他拖到一边。一名力士解下腰带勒住他的脖子,二人抬脚踏在他的腰上,用力向后一扳——乔伍德急中生智,用力嘶叫:有钱,有钱,我带钱来啦!

戴粉红眼罩的男孩将一只平板电脑放在乔伍德面前,乔伍德从信息仪中取出高市奇藏在袜子里的那张信息卡,插入电脑的卡槽,电脑上出现一个对话框,他全然不识,不知该如何是好。男孩偷偷用手指狠掐他的上臂后侧:快点,想死吗?伯斯蒂笑道:都献给皇上吧。乔伍德脑子急转,脸涨得通红。他不知道这张信息卡里是否有钱,更不知高市奇将信息卡留给他的用意,情急之下,他猛然叫道:阿寅,把阿寅叫进来!

阿寅飞快跑进来,跪倒在乔伍德身边,高声颂圣。乔伍德将平板电脑推给他,阿寅十指飞舞,在电脑上快速操作。突然,阿寅大哭起来,连连叩首。巨德皇帝面色一紧:怎么回事?

阿寅:请让我回来服侍您吧。巨德皇帝目光如刀:命你自裁已经格外降恩了,留你在寡人身边,让你替庇护三世复仇吗?阿寅满脸鼻涕眼泪,唯有叩首而已。

乔伍德此刻惊魂稍定,突然明白了,阿寅或许已经发现高市奇信息卡中的秘密,这是在与巨德皇帝讲条件,他必须得给巨德皇帝一个台阶下。于是他朗声道:英明睿智宽容大度的皇帝陛下,杀了阿寅这个小坏蛋一点儿也不可惜,只是,他或许真有点用处。巨德皇帝沉吟片刻,哼了一声,没再说话。

阿寅感激涕零:谢皇上不杀之恩。然后他又在电脑上忙活了好一阵子,这才叩首:逆贼高市奇的手段太狡猾,他早已将三百三十六名贪官的财产病毒化,转账进入庇护三世在中央银行的皇家账号之后立刻冻结,十二小时后,这笔巨款又自动退回原始的第三方支付机构,现在已经被分化为三百三十多万笔,混入银河系贸易结算系统的数据流,而且每十分钟自动转移并变换一次密码,更困难的是,开启解码程序的密钥共十八位,而且不知是银河系哪种文字,以现在的解码技术无法解开。戴粉红眼罩的男孩迅速前来查看,然后向巨德皇帝奏报:确是三百三十二万九千七百六十三笔,十八位文字密钥。

巨德皇帝从宝座上站起身,脸上现出可怕的神气,口中嘶嘶地叫道:这笔钱取不出来,寡人拿什么奖赏拥戴寡人的各路军阀?庇护三世的财政已经破产了,你想让寡人刚登基便破产吗?

阿寅挺直身体,精明厉害的小脸上仰,二目下垂,不卑不亢道:奴才替庇护三世管理私人财产,深知内情。地球帝国五年前就已经破产,此前全仗在银河系各国借取外债支撑,去年借无可借,这才打起地下城贪官的主意。

巨德皇帝已经不在乎威仪:去年寡人是首辅大臣,这些事寡人能不知道?流放地下城贪官的主意还是寡人给他出的。不怕告诉你们,这笔钱是推翻暴政的唯一财政基础。现在寡人想知道的只有一件事,怎么弄回这笔钱?这关系到地球两百亿军民的命运,卡尼星和蜣螂星的战舰集群已经到达太阳系外缘啦。

乔伍德挺直身子,眼望失态的巨德皇帝。地球两百亿军民的生命危在旦夕,这事确实挺可怕的,但他更关心自己和马莉金的命运。他不是救世主,也不是钱神的使者,他只是一个还有八天便"依法死亡"的地下城一等警官而已。问题的关键是,他不想死,他要抓住任何可能的机会让自己和心爱的女人一同活下来。于是他朗声道:皇帝陛下,我与高市奇是结拜兄弟,他临死之前将信息卡交给我,必有深意。巨德皇帝闻言盯住他问:什么深意?乔伍德:信息卡里有什么内容我不知道,怎么解开里边的秘密,看起来只有阿寅知道。

阿寅冷峻的面容纹丝不动,但扭动了一下嘴角。乔伍德接着道:不过,我和我的女人也许正是解开秘密的关键,因为,地下城里没有亲属关系,我是高市奇唯一的亲人,他将信息卡交给我,已经证实了这一点。

巨德皇帝的面容稍稍平静了一点,回到宝座上:黑藤良多次向寡人汇报,他说四位候选人当中,你最难缠,但他仍然顽固地推荐你。

乔伍德叩首:感谢圣恩。

巨德皇帝:但是,寡人不信任你。你们从地下城回来的这些人,寡人一个也不信任。

乔伍德再叩首:请皇帝陛下宽心。

这时,伯斯蒂凑到巨德皇帝身前,在他耳边轻声说了几句话。巨德皇帝点点头,伯斯蒂命人推来一张大屏幕,画面中的城市多处起火,身着绿色军服的军人们在激烈交战。

巨德皇帝对乔伍德道:非洲列岛的军阀因为没能收到协助寡人推翻庇护三世的赏赐,有些部队发生了哗变,寡人如果派遣卫戍部队前去镇压,同样得先拿钱给他们;如果寡人不派兵镇压,全球四大岛的各路军阀很快也会追随非洲军阀开始闹饷,要挟寡人。到那时,地球帝国必将分裂。

乔伍德第三次叩首:给陛下添烦恼。

巨德皇帝向戴粉红眼罩的男孩示意,男孩调整视频给众人看。画面上是卡尼星特使库巴,张着大嘴怒吼道:卡尼星和蜣螂星正式向地球帝国宣战,交出"精品地羊",交出地球……

乔伍德第四次叩首道:"不当家不知柴米贵",《护民官格言》说得有道理。

巨德皇帝喟然长叹:你倒是挺会说话!为了避免地球两百亿军民沦为外星系异类的腹中之食,寡人不得不屈辱地向异类求和,重启"地羊贸易"谈判。然而,地球四大岛的和平、稳定和繁荣该怎么办?现在各大岛的饥民已经开始抢劫供应地下城的食物和饮用水,地下城的几十亿"精品地羊"不到一个月就会被全部饿死,你对他们难道就没有同情之心吗?

乔伍德在踌躇。巨德皇帝让男孩调整视频,屏幕中出现的是地下城香榭丽舍大街,几十公里闪亮的霓虹灯,成群结队的"精品地羊"仍然在那里纵情游乐。乔伍德摸了摸颈后的"蝎子"，又看了一眼信息仪：回皇上的话，如果能毁掉"要塞"，取出地下城几十亿人颈上的"蝎子"，他们将成为您的战士，自觉自愿为您作战。

巨德皇帝：鼠目寸光的人哪！"地羊贸易"已经存在几百年，就算寡人有意解放这些"地羊"，也得先平定地球的内乱，恢复生产，发展外贸，让地球帝国真正强盛起来，然后击败所有敢于来犯的外星异类，到那时，"地羊贸易"不解自解。

乔伍德五体投地行大礼，心中暗暗诅咒巨德皇帝毫无人性的虚伪，但他在脸上却做出恍然大悟状：陛下一席话，令在下如闻神谕，在下有个办法可以一试。巨德皇帝：说来听听。乔伍德：也许我知道密钥，当然，这只是猜测，也许猜错了。因为他记起了高市奇临死前对他说的那句话，"苏姆婆、尼苏姆婆"。

阿寅将平板电脑推到他面前，他在密钥栏中输入十八个汉字"不求同年同月同日生，但求同年同月同日死"。这是他与高市奇在"苏姆婆和尼苏姆婆兄弟"神殿内结拜时的誓言。

阿寅取回电脑，敲击回车键，解码程序果然开始运行。乔伍德长嘘一口气，再抬头，发现巨德皇帝毫无尊严地在额头上抹了一把汗水。巨德皇帝交给戴粉红眼罩的男孩一张信息卡，男孩跑到阿寅身边，将信息卡插入平板电脑，对阿寅道：将所有款项转入皇帝陛下在银河系票据交换中心的私人账户。阿寅也从自己的信息仪上取下一张信息卡，叩首道：皇帝陛下，高市奇的款项需要先退回庇护三世在中央银行的皇家账户，然后才能转出。巨德皇帝目光冰冷，死死盯住阿寅：小心当差。阿寅:奴才遵旨!不过,高市奇在系统中设置了两组指纹密码,请皇上降旨,从高市奇的尸体上调取指纹。

巨德皇帝将目光转向伯斯蒂。伯斯蒂额上冷汗直流:回皇上,高市奇那逆贼昨天被处决后,立刻送去肥料厂了。巨德皇帝大叫:什么?阿寅:还有另一组备用指纹,是两枚,不是高市奇本人的。他转头问乔伍德:高市奇将密码留给了你,难道他没告诉你?他会不会也留下了你的指纹?乔伍德茫然:他没跟我说过这事。阿寅:没说过不等于没干过,把手伸出来。

乔伍德伸出双手放到平板电脑上,阿寅开始扫描他的十指,然后启动解码器,迅速找到匹配的两枚指纹。乔伍德不由得感叹:我这哥哥还真往死里疼我。

阿寅运指如飞在电脑上操作,口中骂道:高市奇这逆贼果然狡猾,每天都得重新输入四次密码和指纹。十分钟过去,二十分钟过去,阿寅额上渐渐布满了汗水。巨德皇帝走下宝座,来到阿寅身边。阿寅紧张得浑身颤抖,仍然在努力与电脑搏斗。

终于,阿寅停住了双手,一头栽倒在地毯上,昏死过去。乔伍德连忙将他抱在怀里,掐他的人中。他身子一动,口中喷出一股呕吐物,眼皮动了动,却没睁开。

戴粉红眼罩的男孩捧着另一只平板电脑给巨德皇帝看:回皇上,只收回了十二笔,钱虽不少,但离总数差得太远。伯斯蒂闻言不由得双肩塌陷,悄悄向行宫大门退了两步。巨德皇帝反倒镇定下来,回到宝座上,轻声道:传御医。

阿寅猛然睁开眼道:谢皇上,奴才拼死也要保护皇上万全。他挣扎着起身,吃力地爬了几步,再次与电脑展开搏斗。

巨德皇帝命男孩给阿寅送来一杯水,阿寅双手不停,同时叩首谢恩。

又过了将近一个小时,阿寅泪流满面,叩首道:奴才无能,没办法立刻把钱全部弄回来。伯斯蒂回到近前问:为什么不能?阿寅:奴才使用的是蓝月星球开发的贸易流抓取系统,这是目前银河系最高级的离岸货币交易软件,但高市奇植入的流氓病毒太狡猾,每十分钟只能在银河系数十万亿笔的贸易流中抓回几笔。

巨德皇帝问戴粉红眼罩的男孩:是真的吗?男孩:回皇上,"蓝月人"的系统在地球上只有这一套,是庇护三世保守最严密的机密之一,那老家伙说"有钱才有命"。巨德皇帝问阿寅:只有你一个人会使用这套软件?阿寅:庇护三世命奴才只身前往蓝月星球,购买并学习使用这套系统;如果皇上降旨,奴才立刻把它贡献出来。

巨德皇帝将目光转向伯斯蒂。伯斯蒂问阿寅:这套系统能复制吗?戴粉红眼罩的男孩不屑:"蓝月系统"复制即毁。伯斯蒂:多长时间能学会使用这套系统?阿寅:只需要学会蓝月星球的十二种方言和十二种银河系通用语言,然后就能学习操作这套系统了。

巨德皇帝问戴粉红眼罩的男孩:你多长时间能学会?男孩跪倒哭泣:七年前,奴才和阿寅等六个同伴一起学习"蓝月系统",奴才最笨,刚学半年就被赶了出来。巨德皇帝:其他人学会了吗?男孩:其他人最后都被处死,只留下阿寅一人。

巨德皇帝又问阿寅:你学了多少时间,能教会其他人吗?阿寅谦逊道:奴才在地球学习了一年语言和战斗技能,又到蓝月星球学习了一年操作系统。巨德皇帝:别跟寡人显摆你的雕虫小技。阿寅:当年让奴才学习战斗技能,是皇上您老人家的栽培和爱护。巨德皇帝:寡人原是想让你就近除掉暴君,这才让你接受严格军事训练。

阿寅叩首:奴才愚钝,未能早早领会圣意。巨德皇帝:别扯没用的!除了蓝月系统,其他操作系统不行吗?阿寅:奴才都已经试过了,高市奇的病毒能对抗地球上的所有操作系统。

巨德皇帝突然笑了:没想到,高市奇还留有这么一手。阿寅:奴才拼死也会把这笔钱弄回来。巨德皇帝:多长时间?阿寅:刚开始很慢,但奴才会想改进办法。巨德皇帝怒道:多长时间钱才能回来?

戴粉红眼罩的男孩:总共三百三十二万九千七百六十三笔,如果平均每分钟抓取一笔,需要六年零四个月。

巨德皇帝的脸色黑得吓人,沉默了好一阵子,问戴粉红眼罩的男孩:皇族的财产都没收了?

男孩颤抖:回皇上,皇族过日子的习惯您知道,贪污、受贿加借贷,他们的资产全都抵押给星际离岸银行和外星系高利贷主,借钱供他们挥霍。他们的资产奴才已经统计过了,到今天为止,几乎每家每户都是一屁股两肋的债。

巨德皇帝问伯斯蒂:看来只能增加货币供应量了,你传央行行长觐见。

伯斯蒂愁眉苦脸:回皇上的话,地球帝国在银河系的各大债权国已经连续五年向我国发出整顿帝国财政的指令,去年又发出最后通牒,如果我们主动引发恶性通货膨胀,战争是难免的。

听到这话,巨德皇帝发出一阵可怕的狂笑,在场所有人都如同被寒风吹过,不由得缩肩低头。巨德皇帝对乔伍德和阿寅道:为了活命,你们找了个很好的理由。阿寅:奴才不敢。巨德皇帝向他们挥挥手:伯斯蒂,带着他们下去干活!给你们三天的时间,三天之内,必须得把钱全部弄回来,否则,哼!

乔伍德瞄了一眼腕上的信息仪,他距"依法死亡"还有八天三小时。

18

地球历宽容元年元月3日,晴转阴,霾。

第二天早上,皇家精神病研究院拘留室,乔伍德被门外杂乱的声音惊醒。他放开怀中的马莉金,坐起身来,发现巴斯基和阿寅还在昏睡。

罗黛莎独自坐在一边垂泪,见他醒来,哀叹道:我要回地下城。乔伍德毫不客气:你这傻娘儿们,非要跟巴斯基来西京,以为会有好日子过,现在后悔没用了。他透过房门上的小窗口向外望去,发现有数百名皇族被押上大客车。今天这些人将由饥饿的平民组成的特别法庭审判,不知其中会有多少人被斩首,或者像昨天一样,被全部斩首。他回头望了一眼室内,巴斯基还没有醒来。

阿寅捧着一杯水给他送来,乔伍德:你还不赶紧去给巨德皇帝弄钱?阿寅:电脑自己会干,小人有更要紧的事。乔伍德:什么事?阿寅低眉顺眼道:等事情有了眉目,小人再向您禀报。

昨天晚上,伯斯蒂带着乔伍德和阿寅辞别巨德皇帝,与马莉金、罗黛莎和黄胖子三人会合。乔伍德问:巴斯基呢?罗黛莎哭:他被带走了。伯斯蒂:是皇差,很快就回来。然后伯斯蒂跟黄胖子低声交代了几句,便摇摇摆摆去了。黄胖子将他们原车送回皇家精神病研究院拘留室,这个房间里的皇族都已被斩首,他们几个人待在里边显得很空旷。有卫兵送饭进来,烂乎乎的,颜色难看气味难闻,但乔伍德饿了,没觉得太难吃。

饭罢,阿寅:使者大人,请借一步说话。乔伍德累了,说:你只有三天可活,还是抓紧时间弄钱给皇上吧。阿寅:您也只剩下八天,比小人晚死不了多久。乔伍德惊疑,阿寅举起手中的平板电脑:小人替先皇掌管机密,地球上的事情没有不知道的。

乔伍德对他有了兴趣:那你一定能让我的"蝎子"停止倒计时了?阿寅轻笑:这件事由"要塞"自动管理,您的生命记录仪已经成为您身上的一个器官,除非毁了"要塞",否则它绝不会停止倒计时。乔伍德:怎么毁掉"要塞"?阿寅:请借一步说话。

他们来到房间的另一端,阿寅单膝着地向乔伍德行礼:多谢使者大人的救命之恩,小人必有厚报。乔伍德拉他起来:指纹的事,是你在皇帝面前演戏吧?此前他一直在怀疑,高市奇临死前暗示给他密码的内容,只能算是"人之将死,其言也善",但他绝不会相信高市奇肯将他的指纹预先设置在这个用来保命的核心机密之中,因为这完全违反了地下城自私自利的行为准则。

阿寅双膝跪倒叩首:从今往后,大人就是小人的主人,不敢跟您撒谎,那两枚解码指纹其实是奴才自己的,至于每天必须输入四次才能激活,也是骗皇上的假话。乔伍德:你为什么这么做?阿寅:主人福大命大,小人拼死也不能让篡位之君发现主人再无利用价值。乔伍德惊叹：原来你也救了我一命。阿寅垂眼平静道：这是奴才的本分，也是为了增加小人活命的几率，让他们以为，杀掉我们主仆中的一个，地下城贪官的钱就弄不回来了。

乔伍德：原来如此，谢谢你。阿寅：小人不敢当，但小人还有一个小小的请求，请您将脖子上的那件饰物借给小人一用。乔伍德摘下他从地下城贱民身上得来的饰物，交给阿寅：你用它干什么？阿寅狡猾地一笑：也许真有大用处。

这时马莉金在门边叫道：有人来啦。房门打开，卫兵推进一张病床，上边趴着一人，脖子上贴着块透明胶布，下边有明显的伤口。马莉金惊叫：是巴斯基。乔伍德上前，发现巴斯基已经昏迷。他伸手抚摸巴斯基脖子上的胶布，惊恐地问马莉金：这是不是……？马莉金：他也被种上"蝎子"啦。罗黛莎抱住巴斯基大哭。黄胖子出现在门口：没什么大不了的，这是钱神的旨意，"钱神的使者"传达，皇上已经下旨，从明天开始，地球人也得种植"蝎子"。说罢他关门离去。

乔伍德扒住门上的小窗口大叫：全球两百亿军民都种"蝎子"吗？黄胖子：打开视频看看就知道了。

阿寅殷勤地跑去打开墙上的屏幕，画面中是高坐在宝座上的巨德皇帝和侍立在一旁的乔伍德。巨德皇帝的表情充满了慈爱：地球帝国的军民们，亲爱的子民，寡人一生致力于改善百姓生活，对众子民一百多年来遭受庇护家族的压迫和剥削深感痛心，钱神在上，地球人终于有福了，信奉钱神的人有福了，他老人家派来了使者，协助寡人造福地球。

乔伍德在视频中叉手施礼，表情庄重。巨德皇帝接着说：

今天,我们终于推翻了庇护家族的暴政,让地球二百亿军民迎来了崭新的契机,富足、美好的生活就在眼前;为了实现这一美好愿景,寡人现在宣布,废除庇护家族邪恶的旧律法,《新身份法》《新婚姻法》《新生育法》《新兵役法》和《终养法》从今天开始实施,祝万民康乐,地球帝国永存。

接下来播出的节目是《钱神的使者讲解〈终养法〉》。乔伍德出现在一座花木扶疏的园林中,天空湛蓝,艳阳高照,远处的雪山闪闪发亮,他坐在一张堆满各种美丽食物的桌边,开始讲解"生命记录仪"的种种好处。

乔伍德问阿寅:地球上有这么美丽的地方吗?阿寅:这是喜马拉雅山脚下的皇家园林。马莉金:桌子上是什么?阿寅:是水果,南美列岛的樱桃和香蕉、北美大岛的苹果、非洲列岛的刺角瓜、欧亚大岛的无花果、哈密瓜和天津鸭梨。马莉金:好吃吗?阿寅:好吃,就是太稀少了,普通贵族有钱也吃不到。

马莉金问乔伍德:你每样都吃了吗,味道怎么样?乔伍德指着屏幕:那人是假的,我一直在你身边。马莉金:说得也是,什么时候也能吃上几个?阿寅:请主人放心,您命中注定吃尽天下美食。乔伍德不屑:拿主人寻开心,该当何罪?阿寅:小人绝无戏言。乔伍德摇头:吃什么先不管,我还是想想怎么才能死得舒服点吧。

房门再次打开,黄胖子传旨,皇上召见阿寅。阿寅低声对乔伍德道:主人万勿灰心,更不能寻死,等小人回来,必有好消息。然后他捧着平板电脑,庄重得如同出征的战士,跟黄胖子走了。

乔伍德回到巴斯基身边,看到罗黛莎哭得眼睛都肿了。乔伍德对她道:你从地下城来,又不是没种过"蝎子",十二小时之后他就醒了。马莉金问乔伍德:阿寅那孩子怎么突然跟你这么亲近?乔伍德摇摇头,他也无法理解这位先皇的副总管太监为什么这样对他;但根据地下城的生存原则,他认为阿寅亲近他就与他跟巴斯基联手一样,必定将私人目的排在第一位。他回到屏幕前,暗道:管他哪!等他回来,就算这小屁孩儿跟我说谎,我也能从中听出几分意思来。

然而,看到屏幕上由他扮演的"假使者"向不明真相的地球人宣讲《终养法》,解释巨德皇帝给四等三级以下军民种植"蝎子"的好处,乔伍德不由自主流下眼泪。他感觉,就算他再自私,再疼爱马莉金,再留恋生命,都应该立即自杀。那可是两百亿军民哪!从此入了《终养法》的牢笼,像地羊一般活着。马莉金凑到他身边,替他拭去脸上的泪水,拉住他的手:这不是你的错,是他们在骗人,别怪自己。

乔伍德:如果我死了,他们就不能以我的名义骗人了。马莉金:别傻了,他们骗人时用的只是你的影像和声音,哪里用得着你本人;阿寅都跟我说了,我们至少还能活三天。乔伍德愤懑:我熬不住啦,现在就让我死吧。马莉金:你别着急,慢慢想,也许会有办法。说着话,马莉金将屏幕调到另一个频道,拉着乔伍德退到墙边坐下来。罗黛莎也凑到他们身边:巴斯基还是不醒。

屏幕上正在播出法律节目,一群尊贵的法律界人士和政府官员正在主持人的引导下,讲解刚刚颁布的《新身份法》《新婚姻法》《新生育法》《新兵役法》和《终养法》。关于《新身份法》，地球人"九等二十七级"的身份等级不变，世袭制作为基本国策，被再次强化。有重大变化的是《婚姻法》和《生育法》。马莉金惊喜:法定结婚年龄降到了男二十岁，女十七岁，只禁止跨等级通婚，而且每对夫妻可生一胎，第二胎才摇号。

乔伍德此刻心如死灰，对这些毫无兴趣，他认为自己是地球上最邪恶的罪人，让两百亿军民从此变成了"地羊"。混账王八蛋！他不由得骂了一句。马莉金拉住他的胳膊:你听听，《终养法》先在四等三级以下军民身上施行，皇上封你几等来着。乔伍德怒:七等。我已经有"蝎子"了，难道再给我种一只？

屏幕上一位律师道:《终养法》的颁布令全球军民欢欣鼓舞，本人无条件支持，这是振兴地球大业的良法、善法，是巨德皇帝的仁慈和厚爱，只是，对"依法终养"的年龄我还有些不理解，男四十五岁，女四十岁。其实，四等三级以下的人口占地球总人口的81%，多数低等级地球人因为营养不良，早在四十岁之前就已经失去劳动能力，白白耗费地球资源，尤其是耗费我们通过"地羊贸易"从外星系换取的食物;同时，他们的排泄物对地球环境也是一个沉重的负担。据环保部门最新统计，低等级人类的"屁"对地球臭氧层的破坏正在逐年加剧。

屏幕上一位身着华丽长袍的官员道:地球四大岛与地下城的情况不同，目前的《终养法》只是初级阶段，我相信，不出两年，根据对人口变化统计数据的研究，《终养法》当中的相关条款应该会根据实际需要有所修订。我们的目标是，让低等级地球人也能在"依法终养"之后成为值钱的商品,而不是仅仅加工成低附加值的外星系种植业有机肥料,在这一点上,"钱神的使者"说得最好,他说"低等级地球人应该因死后仍然能对地球帝国有所贡献而叩谢皇恩浩荡"。

乔伍德忍不住大叫:放屁!

主持人:我有一个疑问,对那些现在已经超龄的低等级地球人,依照《终养法》怎么处理?律师和官员郑重道:分批送往肥料厂。主持人:超龄的低等级地球人大约有多少?官员在信息仪上检索资料,说:低等级阶层是严重的"失劳者"社会,四十五岁以上的男人和四十岁以上的妇女大约占总人口的13%,他们绝大多数已经失去劳动能力,让他们"依法终养"是积极的仁德之举,会大大降低社会成本,节约各项资源,提高地球帝国在银河系的市场竞争力,有百利而无一害。

主持人:钱神在上,地球得救了。

乔伍德羞怒:是我帮助恶魔杀死了庇护三世,把地球变成一座大畜栏,还是把我直接送肥料厂吧。

主持人:我想请教一下帝国舰队的副总司令,卡尼星和蜣螂星已经正式对地球宣战,听说他们的舰队到达了太阳系外缘,请问军方有何良策?军服华丽、年纪老迈的副总司令:卡尼星和蜣螂星的舰队从本星系"跳跃"到太阳系外缘很容易,但他们要想到达地球,就只能启动推进器"驾驶"进来,最快也需要五天的时间;地球帝国有强大的太空舰队和先进的武器装备,更重要的是我们有对巨德皇帝的无限忠诚,必定能将来犯之敌歼灭在小行星带以外。

主持人装模作样地轻抚胸口:这我就放心了,那么请问外交助理大人,从外交方面有什么解决办法?外交助理:巨德皇帝圣德无边,也许会施恩外邦,同意重启"地羊贸易"谈判,特别是对卡尼星提出的关于"鲜活地羊"的贸易要求,我们应该慎重考虑,认真对待。

主持人:终于要出口"鲜活地羊"了,地球的贸易逆差应该会有所好转吧?外交助理:那是一定的,这个问题可以请财政助理大人回答。财政助理很年轻,颏下蓄着尖角胡须:本人在蓝月星球留学的时候,深得"蓝月经济学派"的精髓,那就是"终止社会福利,驱逐无用之人"。我们伟大的《终养法》比"蓝月经济学"更高明,他们不得不浪费社会资源将失去劳动能力的人驱逐出境,而我们的《终养法》则是变废为宝,在这一点上,本人的思想与"钱神的使者"传达的钱神的旨意完全一致。另外透露一个小秘密,在制订《终养法》时,本人也为皇帝陛下贡献了一些小小的建议。

乔伍德实在难以忍受视频中这些上等人扬扬自得的胡扯,起身关掉屏幕。马莉金:你听见了吗?《新婚姻法》规定,二十岁就能结婚。乔伍德看了一眼信息仪:我还剩下七天二十二小时就死了。马莉金:死就死呗!结婚哪,想想外星传奇剧《辛巴德一家人》,辛巴德家长子结婚,新娘穿婚纱捧鲜花,新郎穿礼服戴礼帽。乔伍德:那都是瞎编的。马莉金:结婚哪,还不明白。

罗黛莎也凑了过来:就是,结婚哪,你不想吗?乔伍德:我还是先死吧。马莉金缠在乔伍德身上:临死之前结婚,多浪漫哪!咱们结婚吧,求你了!我给你生孩子,姓你的姓。乔伍德:你刚才没听到吗,《新婚姻法》规定,低等级的地球人每人只许结一次婚,你今天跟我结婚,但七天后我"依法死亡",你就变寡妇啦。

马莉金立刻面色如铁:死都不怕,更何况当寡妇?老娘这辈子一定要跟你结婚,只跟你这浑蛋一个人,否则白来一世。

阿寅被卫兵从门外推进来,立刻瘫倒在地上。马莉金和罗黛莎冲上去将他扶到床上,阿寅怀抱平板电脑,挣扎着对乔伍德道:主人放心,一切顺利。言罢他便昏了过去。乔伍德解开阿寅的衣服查看,发现他的胸部、手腕和脚踝处都有严重的灼伤,不由得怒骂:这是哪个浑蛋干的,给这孩子用电刑。罗黛莎从身上摸出一支药膏,给阿寅涂抹在伤处,口中道:不怕,地下城粗鲁的浑蛋多,这药我常用,很好使,一会儿就不疼啦。马莉金也从身上摸出一支抗生素,给阿寅注射在手臂上:这里的空气太脏,免得感染。

乔伍德望了一眼仍在昏睡的巴斯基,又望了一眼昏迷的阿寅,他退回到墙边,双手抱膝坐下,将额头埋在膝盖上。他感觉太痛苦,太绝望了。五天前,当他的警车在香榭丽舍大街浅草按摩院门外爆炸时,他如果没有起贪心,没打算将巴斯基卖掉换钱,而是像四百年来地下城的几十亿上百亿"精品地羊"一样,老老实实地等候"依法死亡",他心爱的女人就不会陷入如此困境,地球帝国也不会改朝换代,更不会让地球两百亿军民也变成"地羊"。他不由得号啕大哭,浑身颤抖。他一个人自私自利干点坏事也就罢了,可他如今害苦了整个地球。

马莉金将他搀扶到床上,紧挨着他躺下,一句话也没说,只是将他紧紧抱在怀里。这时,从他心底浮起一个念头,或者说是一个狂妄的想法。如果他想解除给地球两百亿军民带来的苦难,或许只有一个办法,那就是摧毁"要塞",杀死"蝎子",还地球人以自由。只不过,他这样做的前提是,自己必须得活下来,活到自然死亡。

19

整个上午,没有卫兵送早餐来。十点多钟,巴斯基醒了,罗黛莎扑上去抱住他:我们能结婚了,《新婚姻法》太好啦!巨德皇帝万岁。阿寅在一边撇嘴:你们两个最没用处,居然还想结婚!与我家主人比起来,你们只能算蝼蚁偷生。

乔伍德怒:那就更得让他们结婚。

巴斯基用手摸着脖子:梅杜斯死了,西京应该没有人会取出"蝎子"。罗黛莎抓住巴斯基的手腕,看了一眼他的信息仪:你还有二十多年可活,我也还能活二十年,太好了,咱俩结婚吧。马莉金恼怒地盯着乔伍德,他无奈道:你想结婚就结呗。

马莉金慢慢走到近前,温柔地抱住他:我的男人,我愿意为你杀掉任何人。乔伍德对巴斯基道:现在联系伯斯蒂,告诉他,我们要结婚啦,让他准备婚礼。阿寅忍不住哈哈大笑。乔伍德打了他脑袋一下:地下城十亿人都不能结婚,我现在到了上边,就得满足我的女人的愿望,她想结婚,我们就结婚。

伯斯蒂在音频中答应得很痛快,审判结束之后,立刻奏请皇上,为他们举行盛大的婚礼。黄胖子推门进来:各位新人,请移步胜利广场吧,审判会马上开始。马莉金:还没吃饭哪。黄胖子笑:皇上仁厚,哪能饿着你们!所有审判员都吃高级便当。

所谓高级便当,就是一枚包着咸萝卜条的高粱米饭团。乔伍德一行人坐在残破的看台上吃便当,阿寅被留在拘留室内,继续为巨德皇帝从银河系贸易流中弄钱回来。马莉金:真难吃。罗黛莎:太难吃了。巴斯基:这里比不上地下城,在西京,这是高级食品。

胜利广场上,低等级平民开始了盛大游行,汽车载着巨德皇帝和"钱神使者"的巨幅画像,鼓乐喧天,彩旗如林,汉英两种文字的横幅绵延数公里,这是人们在欢庆地球帝国颁布各项新法律。平民审判团很快做出判决,六百名皇族无一幸免。游行队伍停留在广场上观看行刑,每斩首一批皇族,人群便爆发出震耳欲聋的欢呼声,高叫"以地球的名义,正义得到伸张"。

全都疯了!乔伍德瞟了一眼站在身边的伯斯蒂,大声说道:他们全都疯啦!伯斯蒂脸上依旧是高贵有教养的浅笑:巨德皇帝深知民心所向,只需善加引导即可。乔伍德:这些人既然这么听话,何必还种"蝎子"?伯斯蒂:他们活着本身就是受罪,如果死后能变成值钱的外贸商品,皇上一定会为他们配给像样的食物,多长点肉。乔伍德:是像样的饲料吧?伯斯蒂不屑:都一样。

这时,乔伍德的耳机中传来提示音,阿寅要与他通话。他向马莉金使了个眼色,马莉金心领神会,冲上来胶布似的缠住伯斯蒂,满口胡言乱语:大兄弟,啥时让俺们拜堂成亲,是坐花轿,还是坐花车,穿婚纱还是凤冠霞帔?咋的了,皇上老头儿怎么跟你交代的?

乔伍德离开马莉金和伯斯蒂几步,假装俯身观看广场上的热闹,接通阿寅的音频。阿寅:我的主人,您千万别开口,也别有任何反应,只听小人说,听到了就敲一下信息仪。小人刚才调取监听录音,听到皇上给伯斯蒂大人的圣谕,是亲口圣谕,等上午的审判会结束,您和巴斯基,还有两个女人都将被处死,直接送往肥料厂。您的双手、双脚将被斩下冷藏,以备不时之需。

乔伍德看到伯斯蒂推开马莉金,正在与什么人通话,发现乔伍德在望着他,便满面笑意地挥了挥手,然后转过身去。乔伍德用手指敲击两次信息仪,阿寅接着道:您千万不要惊慌,皇上这是在除掉篡位的同谋,我正在想办法,为了您,小人甘愿粉身碎骨,只求您答应小人一件事,求您了!他敲击信息仪两下,阿寅:钱神在上,等过几天您登基加冕,荣任地球帝国的皇帝以后,请您一定答应奴才这个卑微的请求。乔伍德猜不出阿寅想要干什么,但此时伯斯蒂已经亲热地凑到他的身边,他只好又敲击两次信息仪。

阿寅激动道:北极星高贵血统的传人,救世主降临,银河系的继承人,政教合一的地球之主,光明、伟大、仁慈、荣耀的神授皇帝陛下,万岁万岁万万岁。请您在成为地球帝国政教合一的皇帝之后,封奴才为"九千岁"。

乔伍德听到这里,不由得冲口而出:胡说八道!

伯斯蒂惊异地望着他,乔伍德假装关掉音频,对伯斯蒂笑了笑:是阿寅,说是想去采集地下城那三百三十六名贪官的血样,说什么这些贪官把基因图谱当成密码植入存款里还是什么的。伯斯蒂:真的吗?乔伍德摇头:那个小坏蛋,"一个屁俩谎",不能信。伯斯蒂:监斩的活儿干完了,跟我一起去向皇上复命吧。说着话,他一招手,黄胖子带着一小队卫士大踏步向他们走来。

乔伍德向广场上望去,刽子手们正在将尸体装车,鼓乐队再次奏响雄壮的乐曲,游行队伍开始缓缓移动。就在这个时候,广场上的影像巨幕突然亮了起来,一个声音在广场上回荡:地球的子民们。所有人都安静下来,伯斯蒂惊异地望着他,乔伍德轻蔑地撇了撇嘴角:你又在伪造我的视频。

影像巨幕被分成几十段,播放的是同一个视频。黑白画面品质极差,是乔伍德交给阿寅的那件金色饰物中的视频。只见他带领众人从两道水墙间走出,来到高地,衣服弊旧,须发杂乱。他转身面向观众,二目如电,声音似滚滚巨雷:我就是你们的救世主,我会降下雷电,驱除邪恶,我也将抛洒我的血肉,拯救你们,拯救地球;你们要警惕篡位者,警惕谎言,警惕"'蝎子即命运";贵族是敲骨吸髓的压迫者,是良善平民的敌人;打烂"九等二十七级"世袭制度,杀死贵族,地球之上,人人平等。

接下来,这段视频在不断滚动播放。乔伍德看到,广场上低等级平民的游行队伍在骚动,许多人举起左臂,正在用信息仪录下这段视频。

伯斯蒂惊恐得汗流如注:使者大人?乔伍德也不知所措:伯斯蒂大人。黄胖子:二位大人请吧,皇帝陛下在行宫召见。马莉金:是给我们举行婚礼吗?罗黛莎:我要穿白色婚纱。巴斯基面色如铁,在向乔伍德使眼色。

阿寅在音频中悄声道:我的主人,时间紧迫,视频做得粗糙,先将就着用,您帮我看一看广场上的反应。他敲了两下信息仪,伸手止住上来催促他们的黄胖子,借着与伯斯蒂对话,问道:伯斯蒂大人,下边是怎么回事?伯斯蒂一脸无辜和恐惧:我哪知道?

乔伍德怒道:游行的人群正在散去,彩旗丢得满地都是,皇帝陛下和我的画像被人们踩在脚下,怎么回事?伯斯蒂疯狂地摇着双手:我不知道。

阿寅在耳机中问:人群往哪个方向去了,皇家卫队来了吗?

乔伍德对伯斯蒂大叫:我的子民们都乱了,四散奔逃,军队在哪儿,怎么没有人维持秩序?伯斯蒂眼看就要哭出声来。

阿寅大喜:太好了,有效果啦。

乔伍德一把揪住伯斯蒂,实际上是问阿寅:你怎么干的,怎么知道会变成这样?伯斯蒂两腿发软,身子往下坠。

阿寅兴高采烈:大数据呀,数据挖掘工具呀,"法国大革命"啊,"历史的经验不能忘记"啊!我的主人,奴才是您的好帮手,可别忘记奴才的天大功劳,到时候封奴才为"九千岁",奴才得接着干活了,暂停通话。

这时,印有黄色标志的武装飞船赶来,向广场上四散奔逃的民众猛烈射击,胜利广场上再次横尸无数。

巨德皇帝的行宫,窗子上的彩色玻璃已经全部修复,服饰华美的大臣与将军们正在急匆匆赶来。巨德皇帝坐在金红两色的宝座上,收看大屏幕上全球各大岛的情况汇报,乔伍德、阿寅和伯斯蒂跪在阶下。很显然,阿寅伪造的视频影像在全球引起极大震动,非洲列岛率先发动叛乱,为首的军阀通电银河系,宣布独立。而在南美列岛和北美大岛,地方军阀的军队已经与皇家派驻的中央军开战,中央军遭到围攻,损失惨重。地球帝国的太空舰队四分五裂,捉对厮杀,被击毁的战舰猛烈爆炸,光亮如同恒星。

巨德皇帝转头望着阶下三人:你们干的好事啊!

乔伍德:太平洋高贵血统的传人,钱神之子,银河系唯一的救世主,伟大、英明、睿智、光荣、神武、正确的皇帝陛下,在下一直被关在精神病院,什么也没干。

巨德皇帝轻笑:你活着,就是对寡人的反叛。

乔伍德挺直身子:如果我死了,您能放弃《终养法》吗?能让我的女人,我的盟兄弟回到地下城吗?如果您金口玉言答应了,在下立时死在您面前。

巨德皇帝连看也懒得看他一眼,问伯斯蒂:你有什么话说?他又转向殿中成群的大臣和将军:你们又有什么办法?

文臣们齐声道:收买各路军阀,分而治之,臣愿携款前往。

巨德皇帝望向阿寅,阿寅叩首:钱已弄回5%,全部转入陛下的私人账户。

巨德皇帝又望向武将,众武将:号令天下,悬赏叛贼首级,立功者裂土封疆。请皇上发下军饷,臣等愿率军出战。

巨德皇帝:说来说去,唯一管用的只有"钱"。伯斯蒂?

伯斯蒂跪爬几步,手扶御阶边缘,以头触阶,低声道:地球帝国发行的所有债券在银河证券交易所被各国大量卖空,三个小时内暴跌73%;刚刚过去的一小时,银河系有三千多个国家宣布暂停对地球的贸易汇兑业务,并向银河系货币清算中心申请折价兑付所持有的全部地球对外贸易汇票……

阿寅突然高声大叫:启奏万岁。巨德皇帝怒:讲。阿寅:奴才想借救世主大人的手指一用。巨德皇帝的眼中瞬时放出光来。乔伍德伸手给阿寅,阿寅将他的双手按在平板电脑上扫描,并意味深长地捏了两下他的指根。巨德皇帝急切地问:怎么样?阿寅像是喜极而泣,举起平板电脑:恭喜皇上,贺喜皇上,请神目御览。

巨德皇帝走下金红两色的平台,俯身察看平板电脑。阿寅涕泗横流:托皇上洪福,奴才这次弄回来一大笔钱。巨德皇帝:有多少?阿寅:总共五十多万笔,大约占总数的15%,正在转入陛下的私人账户。巨德皇帝伸手摸了摸阿寅的头:好样的,你还有两天时间。

阿寅叩首,斩钉截铁道:奴才愿为皇上粉身碎骨。

巨德皇帝回到宝座,正襟肃容道:前往非洲列岛说服叛臣,哪位爱卿愿意前往?

殿内众臣拥上前来,挤作一团:臣愿往……臣愿携款前往……

巨德皇帝:寡人让你们带去的是效忠君主之心。众臣又退潮般缩了回去,只剩伯斯蒂一人依旧跪在阶前。巨德皇帝:伯斯蒂大人。伯斯蒂叩首:皇帝陛下。巨德皇帝:你愿意前往?伯斯蒂:臣若前去,乱臣贼子必定大开狮口,倾尽国库,也难以满足他们的贪欲。巨德皇帝:爱卿有何安邦定国之策?伯斯蒂:远交近攻。卡尼星和蜣螂星舰队跳跃到太阳系外缘后并没有停留,而是开足马力向地球驶来,现在已经穿越小行星带,刚刚驶过火星轨道。

殿内的文臣武将一片哀号:天哪,钱神哪,救世主啊,第四次"地羊之战"啊……

伯斯蒂猛然起身,厉声道:住口!"历史的经验不能忘记",地球两百亿军民是卡尼星和蛴螂星的唇齿之邦,没有我们,他们得饿死,馋死!他们的目标只是殖民地球,繁育地羊,保障食品供给,绝不是灭绝贵族。众大臣闻言大大松了一口气。伯斯蒂又向巨德皇帝跪倒:请皇上恕臣擅专之罪,臣与卡尼星的全权特使库巴大人一直保持联系,现在他正等候在殿外。

巨德皇帝点点头:爱卿思虑周全,不愧国之干城,宣吧。戴粉红色眼罩的男孩高叫:宣卡尼星特使库巴觐见。

乔伍德看到,卡尼星那位擅长烹制"九转大肠"的美食政治家带着几名随从,大摇大摆走进殿来。他们的身材比视频上要矮一些,肌肉强壮得像是要爆炸。库巴立而不跪,四个前肢叉手向巨德皇帝施礼,出言声震屋瓦:卡尼星全权特使库巴拜会地球帝国大皇帝。

巨德皇帝:免礼,赐坐。戴粉红色眼罩的男孩捧着个杌子送上来,库巴落座,他的随从环立于后。巨德皇帝:贵国皇帝可好?库巴:承大皇帝动问,吾皇忧国忧民,胃纳不开,思食贵国"地羊刺身"。

乔伍德悄声问阿寅:吃什么?阿寅:吃你的生肉,蘸佐料。乔伍德闻言一阵寒战,不由自主摸了摸自己的髀肉。

巨德皇帝:贵使所为何来?

库巴:照看我国的畜栏,谈判新的地羊贸易协定。

巨德皇帝并没有因为库巴的无礼而发怒,只是脸色变得发白,举手轻轻一挥,殿内聚集的文臣武将立刻退到殿外,然后他道：寡人与贵国的秘密协定不是刚刚签订吗，向贵国出口鲜活地羊？库巴摇晃着脑袋：那是前天，今天地球暴发内乱，已经无法保证实施该贸易协定，需要重新谈判。

伯斯蒂轻声对库巴道：您要有分寸，差不多就行啦。库巴没有理会他，接着道：我卡尼星大皇帝陛下已向帝国舰队发来敕书，命令我军占领地球，殖民地球，所以，请您今天就宣布退位，由我国大皇帝敕封的地球总督，也就是由本人，在下，本总督掌管地球的一切事务。伯斯蒂：你欺人太甚啦！

乔伍德感觉阿寅在轻轻踢他的脚，侧目一望，发现阿寅示意他去看面前的平板电脑。电脑显示的是地球全图，但电脑上的文字他不认得。阿寅用手指轻触电脑，文字变成了汉语，在地球背景上一排排向上移动：非洲列岛自卫军向救世主大人宣誓效忠……帝国舰队新任总司令向救世主大人宣誓效忠……南美列岛第九集团军向救世主大人宣誓效忠……南美列岛第二十三集团军向救世主大人宣誓效忠……北美大岛民兵联军向救世主大人宣誓效忠……欧亚大岛游击总队司令官捷列金向救世主大人宣誓效忠……

乔伍德不解，用目光询问，阿寅轻声：钱，奴才花贪官的钱买通的。乔伍德恨恨：你想害我呀！

巨德皇帝责备库巴：贵国需索太过贪婪。库巴仰面怪笑：这才只是刚刚开始，其他的要求慢慢来，一样一样处理，"心急吃不了粉蒸肉"嘛。

这时，戴粉红色眼罩的男孩在阶下叩头，捧着平板电脑送到巨德皇帝面前。巨德皇帝看了一阵，示意男孩送给伯斯蒂看，然后对库巴道：寡人先处理一点小事。库巴客气道：您致公,我自便。说着话,他从衣袋里摸出一只酱红色的人脚掌来,揪下大脚趾丢入口中,细细咀嚼。

巨德皇帝将目光转向乔伍德:使者大人。乔伍德叩首:皇帝陛下。巨德皇帝:你听说了吗?乔伍德:听说什么?巨德皇帝满脸鄙夷:全球四大岛都有叛军推举你荣任地球帝国政教合一的新皇帝。乔伍德装傻充愣,叩首扬声:太平洋高贵血统的传人,钱神之子,银河系唯一的救世主,伟大、英明、睿智、光荣、神武、正确的皇帝陛下,万岁万岁万万岁。巨德皇帝语调轻柔:寡人说的是,你被推举为下一任皇帝,而且政教合一。

乔伍德当即从地上蹦起来,大叫:这是谁要害我,钱神在上,是您老人家让我当的这浑蛋"钱神的使者",现在谁爱当谁当,我不当就是了。他抬左腕看了看信息仪:依照《终养法》规定,我还有七天十三小时零七分钟就得在指定时间、指定地点依法死亡,就算您老人家有通天彻地之能、天高地厚之恩,也挡不住我死啊!

巨德皇帝仰面大笑:但是,那些拥戴你的蠢人并不知道这些,所以……乔伍德:所以?巨德皇帝:所以,只要你立刻死去,叛军也就没有了反叛寡人的理由。

乔伍德气急败坏:他们反抗的理由不是我,而是浑蛋《终养法》,是"'蝎子'即命运"。

巨德皇帝摇了摇头,宝座后边转出黑白二力士,雄赳赳大步上前,揪住乔伍德的双臂向后拉,同时抬脚踏在他的腰上,二人一起用力。突然,正在啃食脚掌骨的库巴大叫一声:住手!转眼间,黑白二力士被库巴的随从撞得弹射出去,乔伍德被提到库巴面前。

库巴伸出肩上的前肢,沿着乔伍德的脊背往下摸:嗯,里脊肉不错。他同时伸出腰间的前肢捏乔伍德的臀部:后臀尖肥美多汁。他又掀开乔伍德的衣襟,将耳朵贴上去,用手指敲:哈,成熟得刚刚好。然后他露齿冲巨德皇帝一笑:大皇帝陛下,我恰好带着酱油和山葵酱,您把他赏给我,晚餐吃新鲜的。巨德皇帝的脸色很难看,伯斯蒂上前叉手,对库巴道:特使大人,这只地羊现在必须得死,晚餐时在下给您供应更好的。

库巴大笑:你当我傻啊,我要的就是这只地羊,是不是备受地球人拥戴的救世主大人?乔伍德腰间剧痛,抹一把额头上的汗水,勉强笑道:《护民官格言》说,"发昏当不了死",随您便吧。

巨德皇帝怒道:你要怎样?库巴:在下,本人,我,卡尼星大皇帝敕封的地球殖民地总督,要这只地羊。巨德皇帝:三百年前,第二次地羊之战,你不会不知道吧?库巴:本总督是历史学博士出身,当然知道。巨德皇帝:那么,你必定知道卡尼星殖民地球的结果是怎样的。库巴摇头感叹:我知道,我知道,我们卡尼星人管理水平不高,当年把地球两百多亿人弄得只剩下几十亿。巨德皇帝和颜悦色:既然知道,为什么还要殖民地球,我们仍然通过双边贸易,满足各自需求不好吗?

库巴:大皇帝陛下,您千万别绕我!我们卡尼星人脑子慢,绕不过地球人,这一点我们有自知之明。过去二百年,我国上下集合精英,开展广泛、深入、细致的研究,反复探讨当年殖民地球失败的原因。巨德皇帝、乔伍德、伯斯蒂、阿寅全都集中注意力,听库巴往下讲。库巴从衣袋里摸出一块红绿格子的大手帕,擦了擦油嘴和油手,这才道:失败的原因终于被找到了,想知道是什么吗?告诉你们也无妨,我们在地球缺少一个代理人,缺少一个地球人信赖的卡尼星的代理人。

伯斯蒂手指乔伍德:你说的是他?

库巴狂笑:我们等的就是这一天,多谢多谢!你们替我们选出了这个人,"救世主降临"已经深入人心。

巨德皇帝离开宝座,走到库巴面前,轻声道:寡人难道不是你们的代理人吗?

库巴:此前,你确实签订了地球与卡尼星之间的秘密协定,所以我们才向你个人提供了银河系最先进的刺杀技术和巨额资金,帮助你推翻了庇护王朝,杀死了他们全家。

巨德皇帝:就是嘛!根据协定,我正在地球实施一整套新法律,《终养法》能保证地羊资源取之不尽,用之不绝,所以,我们还是按照秘密协定执行吧。

库巴站起身来,伸前肢拍了拍巨德皇帝的肩头:可惜的是,你不得人心,地球各大岛不支持你,叛军遍地,地羊越死越多,这是浪费资源,暴殄天物啊,所以,你还是退位让贤吧。

说着话,库巴一摆手,他的随从向巨德皇帝逼过来。巨德皇帝一下子跪倒在库巴面前,抱住他粗壮的后肢:再给我一次机会,助我一臂之力。地球上的一切,我全部奉献给卡尼星大皇帝陛下。

库巴:真的吗?

巨德皇帝:钱神之子言出法随,绝无戏言。

库巴:给你两天时间。

巨德皇帝:感谢特使大恩,只是,还请特使助寡人一臂之力,平定叛军。

库巴指着乔伍德:但这只地羊不能死。

巨德皇帝:寡人绝不亲手杀他。

库巴厌恶地抖后肢弹开巨德皇帝:好吧,我这就回去协调卡尼星和蜣螂星的舰队。

库巴带着随从走了,巨德皇帝从厚厚的地毯上站起身,目光如冰,冷冷地望着伯斯蒂、乔伍德和阿寅。

伯斯蒂跪倒:恭喜陛下,贺喜陛下,舌战蛮夷,大获全胜。太平洋高贵血统的传人,钱神之子,银河系唯一的救世主,伟大、英明、睿智、光荣、神武、正确的皇帝陛下,万岁万岁万万岁。

阿寅一直跪在地上没起来:恭喜陛下,贺喜陛下,舌战蛮夷,大获全胜。太平洋高贵血统的传人,钱神之子,银河系唯一的救世主,伟大、英明、睿智、光荣、神武、正确的皇帝陛下,万岁万岁万万岁。

乔伍德:启奏陛下,我要结婚了,就在今天。

巨德皇帝恨恨地"哼"了一声:给您道喜啦。

20

当天晚上,皇家精神病研究院拘留室,乔伍德等人观看屏幕上播放"钱神使者的婚礼"。看上去,观礼的人群得在十万人以上,远处的喜马拉雅山雪峰闪亮。乔伍德身着花样繁复的礼服,马莉金身着花样繁复的婚纱,两名戴粉红色眼罩的男孩手捧鲜花走在他们前边,巨德皇帝站在金红两色的高台上,亲自为他们主持结婚仪式。

马莉金依偎在乔伍德身边:我的婚纱好美啊,是不是?乔伍德已然绝望:这是巨德皇帝在蒙骗地球人。阿寅:他想让地球人以为,他仍然掌握皇权。巴斯基:他还掌握皇权吗?

阿寅:这还真不好说。那个库巴也不是个好饼,也许他们在合伙骗您,救世主大人。马莉金:骗就骗呗,反正你千真万确是我的男人。乔伍德:你是钱神赏赐给我的礼物。马莉金:假如我们真的结婚该多好啊。乔伍德:我们现在就结婚。马莉金:真的?乔伍德:真的。说着话他站起身道:各位,我和马莉金要结婚了,请各位观礼。

巴斯基和罗黛莎异口同声:我们一起结婚。阿寅冷冷道:你们两个不是同一阶层,不能跨阶层结婚。巴斯基的脸色立刻变得灰暗。乔伍德:都这会儿了,操那闲心有个屁用?能不能活过今天都不知道,结,大家一起结婚。

阿寅立刻满脸堆笑,夸张地跪倒向乔伍德叩首:北极星高贵血统的传人,救世主降临,银河系的继承人,政教合一的地球之主,光明、伟大、仁慈、荣耀的神授皇帝陛下,万岁万岁万万岁。只要您发下圣谕,便可以改变任何律法。

乔伍德明白这是苦中作乐,演戏而已,便挺直身子高声道:巴斯基、罗黛莎听旨。巴斯基和罗黛莎将手紧紧握在一起,跪倒在地。乔伍德模仿巨德皇帝的腔调:寡人金口玉言,赐巴斯基和罗黛莎为地球帝国一等贵族,恩准尔等结为夫妇;任命巴斯基为帝国武装力量副统帅,帝国舰队总司令,钦此。巴斯基和罗黛莎叩首谢恩,泪流满面。

阿寅的小脸急得发红,用手指着自己,向乔伍德一个劲使眼色。乔伍德:你想要什么?阿寅:九千岁呀!乔伍德大笑:阿寅听封。阿寅跪爬几步,叩首。乔伍德:寡人封你为"九千岁",就这些?阿寅:封地,九千岁得有一大块封地。乔伍德开玩笑:把非洲列岛封给你?阿寅:叩谢皇上天恩。

乔伍德问阿寅:下边该什么戏了?阿寅指着马莉金:封皇后。乔伍德心如刀割:我的爱人,近前来。马莉金上前挽住乔伍德的胳膊,半开玩笑半当真:皇上。乔伍德:寡人封你为地球帝国的皇后,也给你一块封地,就赏给你欧亚大岛吧。马莉金抱住乔伍德,哽咽道:我的男人,我们终于要结婚了。乔伍德问阿寅:婚礼呢?阿寅:回皇上,只能委屈一下,就在这儿吧。

两对新人听从阿寅的摆布,站作一排。阿寅站在一边赞礼:一拜钱神,二拜五行,夫妻对拜,礼成。

阿寅:恭喜皇上,贺喜皇后;恭喜副统帅,贺喜副统帅夫人。巴斯基和马莉金:神授皇帝大喜,皇后大喜。马莉金:皇上我的爱,你这个臭警察居然能有今天,我没看走眼,给皇上道喜。

乔伍德也跟着演戏:众爱卿平身,同喜,同喜。九千岁?阿寅:奴才在。乔伍德:今晚吃什么?

这时,拘留室的房门打开,黄胖子笑嘻嘻地进来:给几位新人道喜,有贵客来访。从他身后转出来的是库巴,四个前肢叉手施礼,口中哈哈大笑:道喜,道喜,百年好合,早生贵子!来得匆忙,未备厚礼,些许食物,望乞笑纳。黄胖子将手中的一只圆形金属盒交给阿寅。

乔伍德问黄胖子:皇上派你来杀我们?黄胖子:在下现在是地球总督库巴大人任命的地球殖民地太空舰队副总司令,兼太空舰队陆战队总司令,不再是巨德皇帝的奴才。乔伍德:你变得好快,几天工夫换了三家主人,这不是"三姓家奴"吗!

黄胖子正色:在下自年少至今,始终是卡尼星大皇帝陛下忠心不贰的奴才。

乔伍德有些糊涂了。阿寅:黄胖子应该是地球派往卡尼星的公费留学生,留学期间叛国改宗,成为卡尼星帝国在地球的内奸。

黄胖子不以为然地一笑:《护民官格言》说得好,"有奶便是娘"。

乔伍德严肃地问:这么说,你帮助黑藤良篡夺皇位,早在卡尼星殖民地球的计划之中?

黄胖子:《护民官格言》说,"螳螂捕蝉,黄雀在后",这也算是赶巧,地球的国运衰了,谁也挡不住。

库巴伸前肢挽住乔伍德的手臂,笑道:这些小事不值得计较,还是谈谈我们共同的大计划吧。你将成就地球历史上最伟大的业绩。库巴将乔伍德拉到一张折叠床边,并肩坐下,接着道:我家大皇帝高瞻远瞩,我国谋臣如林,猛将如云,在下在卡尼星……嘿嘿,嘿嘿。乔伍德:嘿嘿什么?库巴:殖民地球成功之后,在下说不定能得到这块小小的封地,得以安享晚年。

乔伍德努力平静心情,判断自己的处境,问:库巴大人。库巴:救世主大人。乔伍德:你打算把我怎么样?库巴大笑:卡尼星人是银河系最伟大的现实主义者,讲求实事求是,以追求最大功效和利益为宗旨;我们伟大的皇帝陛下教导我们说,"苍蝇也是肉"。

乔伍德指着自己的胸口:《护民官格言》也这么说,但是,我会怎样?

库巴:我们伟大的皇帝陛下虚心纳谏。根据在下的奏报,为地球制定了极为仁慈的治理方案,在全地球推行《终养法》只是基本国策,我国将对地球进行土地改造,广泛开展饲料生产,对地羊加大饲料投放量,改善饲料品质,努力提高地羊的肉质水平,增加地羊输出能力,争取在五年之内,将精品地羊出口从原来的每年三亿只,提高到每年十亿只。

乔伍德:我、我的"蝎子",我的命,会怎样?

库巴哈哈大笑:本总督从巨德皇帝手里救下了你的命,还记得吗?记得就好。未来两三天,我们会平定地球叛乱,放心,很容易的,明天我会带你去现场观看。然后嘛,巨德皇帝在地球就没用了,恰好我要将成功殖民地球的捷报送回卡尼星,就将他当成礼物送给我国大皇帝吧。

乔伍德不解:把巨德皇帝送到卡尼星?

库巴耐心解释:快速传送捷报的载体太小,但搭载一罐肉松还是可以的。巨德皇帝太老了,不中吃;不过,老地羊的肉质纤维长,炒制肉松反倒适宜。届时我会亲自动手,将你们巨德皇帝制成肉松,并在卡尼星最热门的美食视频平台直播全过程。

听到此处,乔伍德不想再问自己的命运了。库巴谈兴正浓,用臂肘不住地推撞乔伍德的臂肘:你听我说,我已经替你设计出最美妙的计划,你还有几天来着?

乔伍德瞄了一眼信息仪:还有七天七小时。

库巴兴奋得站起身,面对乔伍德手舞足蹈:太好了!我一边把巨德皇帝炒成肉松,献给伟大的卡尼星皇帝,一边筹备您老人家的登基大典。等您老人家登基之后,我家大皇帝的圣旨也该到了,少不了给我加官晋爵,裂土封疆,哈哈,俺家世代王侯,地球普天同庆。北极星高贵血统的传人,救世主降临,银河系的继承人,政教合一的地球之主,光明、伟大、仁慈、荣耀的神授皇帝陛下。那时,我先辅佐您老人家面南背北,登基坐殿,让您成为地球所有地羊的至上神明,然后,在下,本总督,我,卡尼星排名第一的美食家,绝不会浪费您身上的一点点原材料,"蒸羊羔、蒸熊掌、蒸鹿尾儿、烧花鸭、烧雏鸡、烧仔鹅、卤猪、卤鸭、酱鸡、腊肉、松花小肚儿、晾肉、香肠儿……"

乔伍德不知道库巴说的这些菜名,但知道自己必死无疑,于是客气道:多谢,您想得太周到了,本人荣幸之至。库巴闻言大喜,紧紧拉住乔伍德的双手:救世主大人,您老人家真是本总督的知音,人生得一知己足矣,相见恨晚,相见恨晚哪!

库巴告辞,走到门边还恋恋不舍道:明天,明天一早,我就来接您,请您老人家一同观赏镇压地球叛军的小小战斗。

马莉金焦躁:怎么还不开饭!说着话,她伸手拿起库巴送来的圆形金属盒。乔伍德连忙制止她:别打开。但马莉金已经揭开了盒盖,接着惊叫一声,将圆盒丢在地上。圆盒里是几块烧熟的调味人脑。马莉金和罗黛莎大哭,各自扑向自己的男人。

阿寅将地上的人脑打扫干净,向乔伍德行礼道:皇上、娘娘,今天是您的大喜之日,奴才已经铺好御榻,请您二位入洞房,奴才给您拉上帘子。乔伍德问:巴斯基大人呢?阿寅:副统帅大人睡房间这头,床也铺好了,奴才在中间替您守夜。

乔伍德与巴斯基苦笑着互道晚安,各自安歇了。

午夜,拘留室的房门突然打开,黄胖子冲进来大叫:大事不好!乔伍德等众人连忙起床。黄胖子:巨德皇帝派皇家卫队攻进来了。这时,皇家精神病研究院大门附近传来猛烈的射击声,紧接着,拘留室的墙壁被炸开一个大洞,烟雾和灰尘扑面而来。乔伍德拉紧马莉金,带领众人逃到院子里,这时他看到,黄胖子手下的太空舰队陆战队正在与冲进院门的皇家卫队猛烈对射。一艘皇家卫队的小型飞船自空中向院内发射飞弹,两辆大型客车爆炸起火,躲在车后的陆战队员被炸得飞到乔伍德躲避的廊下。乔伍德对巴斯基大叫:散开,收集武器,在院子东南角集合。罗黛莎拉紧巴斯基不肯放手,却被一阵爆炸冲倒。巴斯基抱起罗黛莎飞奔至东南角,再出现时,他的肩上居然扛着一支飞弹,只一下,空中正在猛烈射击的小型飞船便被击中,起火爆炸,跌落在楼顶上。

乔伍德在陆战队员的尸体上找到军用步枪,但用他的信息仪无法启动,步枪上的扫描仪闪着红色灯光,同时传出合成语音:查无此人,禁止使用。这时他灵机一动,想起在庇护三世被刺那天,他逃离胜利广场时曾扫描过一个死人的视网膜和掌纹、指纹,便从信息仪中调出那人的视网膜图像。

步枪的扫描仪来回扫了两次,合成语音:税务会计雷曼先生,您好,欢迎使用皇家大苹果公司生产的 NB101 型突击步枪。皇家大苹果公司是一家位列银河系五百强的机器公司,专事生产战舰、飞船、大型太空武器和小型步战武器。乔伍德大叫:你这浑蛋,快点启动。合成语音:本公司坚守诚信为本、品质第一的原则,本款产品曾荣获银河系科技进步三等奖,被誉为"地球扫把",是地球雇佣兵的最爱,被他们亲切地称为"我最可靠的小情人",该系列产品共五款,今日折扣价为……

这时,巴斯基扛着罗黛莎,与马莉金一起来找乔伍德,他们身上披挂着各种武器。乔伍德指着步枪对巴斯基大叫:这算怎么回事?巴斯基:主人一死,这武器就会关机,等待新主人启动。他接过步枪:您已经启动了?乔伍德:它一个劲儿说废话。巴斯基在步枪上按了几个按钮,合成语音:税务会计雷曼先生,请输入掌纹。巴斯基惊异地望着乔伍德,乔伍德从信息仪中调出那人的掌纹,让步枪扫描。巴斯基:您盗用他人身份?乔伍德不屑:大街上捡的。步枪终于启动了,乔伍德举枪将一名躲在大客车侧面,偷偷溜进院子的皇家卫队士兵击毙。

黄胖子拎着步枪跑过来:陆战队员死了大半,我正在请求支援，但没人可以信任。乔伍德：什么意思？黄胖子大叫：他们都是地球人。乔伍德冷笑：你这个卖国贼。黄胖子：咱哥俩半斤八两，谁也别笑话谁。乔伍德：那怎么办？黄胖子：伯斯蒂来了，找巴斯基说话。乔伍德：他想干什么？黄胖子：他是祖传的刺客，这次进攻就是由他带队。乔伍德：他有什么要求，出的什么价？黄胖子：让巴斯基问吧，他不肯跟我谈。

院中的射击声渐渐停了下来，太空舰队陆战队员们撤到乔伍德所在的配楼，只剩下十几人。巴斯基引导众人躲到后边房中，用信息仪接通伯斯蒂，然后打开扬声器，让大家一起听。伯斯蒂：巴斯基吗？巴斯基：是我，主人。伯斯蒂：我现在宣布巨德皇帝的圣谕，越级提拔你为四等三级军人，领旨谢恩。巴斯基：吾皇万岁万岁万万岁。伯斯蒂：你现在能看到黄胖子吗？巴斯基：能看到。伯斯蒂：能看到乔伍德和地下城来的那两个女人吗？巴斯基：能看到。伯斯蒂：阿寅还活着吗？巴斯基：活得好好的。

信息仪里沉默了一会儿，伯斯蒂：请听皇上亲口圣谕。阿寅连忙跪倒，但见众人都站着没动，他便又悄悄起身，将食指放在唇边，示意众人噤声。这时，信息仪里传出巨德皇帝的声音：巴斯基听旨。巴斯基：吾皇万岁。巨德皇帝：寡人命你立刻击毙卖国贼黄胖子和地下城来的那两个女人。

马莉金刚要开口，被乔伍德将嘴捂住。黄胖子手中的步枪，似是无意地指向巴斯基。巴斯基以拳击掌，做出叩头的声音：多谢皇上信任。巨德皇帝：杀死他们之后，你将乔伍德和阿寅交出来。巴斯基：小人巴斯基叩谢天恩，将乔伍德和阿寅交给谁？伯斯蒂：皇上有旨，杀死黄胖子之后，你让他们找个地方躲起来,等我过去接他们。巴斯基:多谢主人赏拔之恩。然后他对乔伍德和阿寅示意噤声,故意高声道:钱神的使者大人,请您带阿寅到院子里去,有救兵来接你们。乔伍德明白巴斯基的意思,便道:阿寅,跟我来,看看谁敢动钱神的使者一根毫毛。

伯斯蒂:乔伍德和阿寅走了吗?巴斯基:已经走了。伯斯蒂:你稍等一会儿,皇上还有旨意。巴斯基:小人遵旨。说着话,巴斯基悄悄向众人招手,让他们跟在身后,走到门边。他示意黄胖子,两人将左腕上的信息仪解下,轻轻放在地上,然后指挥众人逃回原来的拘留室。就在这时,他们刚才藏身的那座配楼,同时被五六颗飞弹击中,房屋尽毁,守在里边的十几名陆战队员全部被炸身亡。

乔伍德从墙壁上被击破的大洞向外张望,天空中有几艘武装飞船在混战。他问巴斯基:你怎么知道会有飞弹?巴斯基:我太了解我家主人了,他这个祖传刺客只有书本知识,所有交给他的任务都是我替他去完成,所以,刚才听说他要找我通话,我就知道他打算用飞弹追踪我的信息仪,炸死我。阿寅声带哭音:也要炸死我?黄胖子愤愤:死个太监跟死个臭虫没两样。

阿寅:他们连钱也不要了吗?

乔伍德:他们没打算炸死你,所以才让我们俩离开。

黄胖子:他们下一步应该会扫描我们的信息仪,看我们是不是还活着。乔伍德伸手摘下自己的信息仪,又让阿寅、马莉金和罗黛莎将信息仪摘下放在一起,开枪将它们击碎。然后,他从衣袋里取出"税务会计雷曼先生"的信息仪戴上道:我还剩下六天就死了,用不着信息仪时时提醒我,换个身份也不错。众人也到院子里取了死亡陆战队员的信息仪回来,几个人互相扫描,建立联系。

黄胖子用新信息仪与库巴通话,库巴:你还没死,太好了!救世主活着吗?活着就带过来。黄胖子:报告大人,我们被包围了,没有外援出不去。库巴:已经派飞船去接你们了,记得带上那个小孩。黄胖子:阿寅?

库巴:正确,那只小地羊有大用场。

21

地球历宽容元年元月4日,晴,霾。

西京巨大的航空港,乔伍德与库巴相对叉手施礼。库巴:救世主大人没受伤吧?乔伍德:托总督大人的福,还活着。库巴咧嘴露出吓人的笑容,对巴斯基和马莉金等人表示欢迎,甚至伸出前肢轻轻抚摸阿寅的头顶。

乔伍德远远望见载着他们从地下城来到地面的"咕咾肉号"飞船,便问巴斯基:那艘船怎么还在这儿?巴斯基摇摇头。库巴:巨德皇帝的肉松是本总督献给卡尼星大皇帝的"捷报",而这艘飞船上的鲜活地羊,才是在下对大皇帝的"芹曝之献",三天后发货。言罢他不由自主,得意地大笑起来。

库巴带领众人登上一艘漂亮的飞船:这是本总督的专用飞船,比地球上的老马破车高级得多,不论是绕地球飞行,还是星际航行,在银河系也算是高级货。说话间,飞船已经起飞。库巴下达声音指令,座舱中间升起一只大餐台,上边堆满了食物。库巴:飞行时间不长,各位尽情享用。

乔伍德没敢碰那些模样可疑的菜肴,只给自己倒了杯水,取了只苹果。马莉金和罗黛莎都给自己装了满满一大盘各种食物,大吃大喝。黄胖子和巴斯基吃相斯文,阿寅只是取了一串紫色的水果,边吃边看平板电脑。

库巴来到阿寅身边,伸出上肢搂住阿寅的肩膀问:你替巨德皇帝弄回来多少钱了?阿寅有些害怕:不算多,大约30%。库巴:很好,很好!你现在把剩下的钱全都弄回来,转到我的账上。

阿寅刚要开口,库巴笑道:金钱病毒化,混入星际贸易流,干得不错,但只能难住巨德皇帝,难不住本总督。说着话,他取出一张小小的信息卡,插在阿寅的平板电脑上:卡尼星与蓝月星球算是联盟,我们掌握的技术,比地球人高级多了,高市奇的这点小把戏,不在话下。

阿寅绝望地望着乔伍德,乔伍德只能点点头。阿寅在平板电脑上操作,脸上泪水直流。很快,库巴腕上的信息仪响了一声提示音,他看了一眼,然后瞪大眼睛紧盯着信息仪,嘴巴越张越大,口水在桌面上流了一大摊:这么多啊。他搂住阿寅不住地摇晃:我一定给你最好的报答,把你做成地球历史上最著名的佳肴,哈哈哈哈,发大财啦!

库巴起身离去,乔伍德坐到阿寅身边,《护民官格言》说,"钱是王八蛋,花完再去赚"。阿寅痛苦地摇头:钱是随身携带的权力,失去这笔钱,您就不再是救世主,而奴才我也成不了"九千岁"。乔伍德伸手搂住阿寅的肩头,安慰道:你的年纪还小,后边的日子长着哪。阿寅:您大约忘记了,根据新颁布的《终养法》,奴才现在也是地羊,很快就会被种上"蝎子",四十五岁依法死亡。马莉金也近前来安慰阿寅:可怜见的,这都是命,活一天算一天吧。

乔伍德心中悲愤:为什么要活一天算一天?就算我只剩下五天可活,我仍然不甘心,更何况阿寅。阿寅:救世主大人,您有何良策?乔伍德将手指放在唇边:现在不能说。这时库巴回来了,在舱中调出一张巨大的屏幕,笑道:来来来,请各位上眼,看看我们伟大的卡尼星的一点小手段。

他们的飞船已经临近非洲列岛上空,屏幕上清楚地显示,非洲各主要岛屿上人口稠密的城市正在发生激烈的战争,数千艘武装飞船或是在相互空战,或是正在对地面发动攻击,而城市中的军队也在相互厮杀。

乔伍德悄声问阿寅:你不是说,他们已经对我宣誓效忠了吗?阿寅:奴才付的那点钱,只够军阀们效忠一天的。现在他们在争夺领地,希望能在库巴总督手下谋得新官职。乔伍德摇头:居然连钱也不管用了。阿寅:这种事,钱少了不行。

这时库巴大叫:来啦,来啦,各位看官上眼。只见屏幕上呈现出一座巨大城市的俯视图像,高楼密集,战火纷飞,人群如蚁。突然,这座城市好像整个抖动了一下,空中的武装飞船如同醉酒一般乱冲乱撞,纷纷坠落。然后镜头后退,一眼望不到边际的城市出现,只见从城市远处的边缘开始,好像地面在不断翻动,尘土飞扬,越来越近。

乔伍德看到,原来是大地正在被翻动、搅拌,林立的高楼瞬间翻倒、破碎,变成沙尘,地下的泥土被翻上来,地面上的一切被翻到地下。就这样,整座大岛被这股力量一路翻动下去,最终成为一大片平整的土地,所有的建筑、飞船和人群全都不见了。

阿寅哀叹一声:我那九千岁的封地呀!

马莉金躲藏到乔伍德的怀中,不敢再看屏幕上的情形。乔伍德结结巴巴地问:这到底是怎么回事?库巴扬扬自得:我们卡尼星是银河系最伟大的农业星球,农耕文明冠绝寰宇。

乔伍德:什么意思?库巴:卡尼星大皇帝施仁政,爱黎民,降旨本总督,一定要保护好地球,发展农业生产,帮助地羊实现饲料自给自足。乔伍德:所以?库巴:所以,这次随同帝国舰队前来的,有上百艘大型农垦飞船。

乔伍德再向屏幕望去,发现非洲这座大岛上下起雨来,土地也形成了长至天边的垄沟。库巴:在地球发展农业,最大的难题有三:第一是浪费饲料的劣质地羊太多;第二是城市过多耕地太少,而且土地污染严重;第三,连地羊的饮用水都很困难,更别说浇灌农作物了。乔伍德双目充血:于是你就把这些人和城市全都毁掉了,连同地下城的人。

库巴感慨:多谢夸奖!其实,从某些方面讲,地球也很伟大,你们用了一百多年的时间,终于让银河系中最伟大的科学技术得到普遍应用。如果这项技术能够早发明,早应用,根本就不会发生以往的三次"地羊之战"。

乔伍德问:你说的是什么技术?库巴正色道:要塞、生命记录仪,还有《终养法》。乔伍德:你们不掌握这门技术?库巴:"蝎子"简单,关键是"要塞",如果没有上百年的数据积累,"要塞"只能算是一大堆零件,根本无法进行"地羊管理",更不要说发展"地羊经济"。

乔伍德没再发问,而是回想黑藤良在地下城中对他讲的话,有关"要塞",黑藤良说的也许是实情,毁掉"要塞",便可以解放所有种过"蝎子"的人。只是,他很快就会死去,要在五天之内摧毁"要塞",只能想想而已,根本办不到。他暗道:还是自私些吧,遵从地下城自私自利的原则,想想有什么办法可以拯救自己。

罗黛莎突然问：刚才屏幕上打仗的那些人呢？

库巴：整个非洲列岛经过深度耕作之后，那些地羊全都变成了重要的有机肥料，所有武器装备全都变成了土壤中不可缺少的金属元素，再将海水淡化用于人工降雨，非洲列岛很快就会变成地球的饲料仓库。说着话，他从信息仪中调出资料：这次耕种，播种的饲料作物品种不是很多，主要是小麦、玉米、番薯、甜菜、洋芋，还有菽和粟，虽然不能保证地球上所有地羊都能够吃到精品饲料，但至少可以保证30%的适龄地羊吃饱喝足。至于其他地羊，还是先用巨德皇帝新颁布的法律淘汰老弱吧，然后再决定怎么处理。

乔伍德等所有地球人都哑口无言，因为，方才发生的一切，完全超出了他们的知识范围。乔伍德觉得，非洲列岛发生的这场大惨剧，他负有直接的罪责。假如他几天前没有答应高市奇充当特使的随从；假如他没有自作聪明拍卖特使巴斯基；假如他没有自私自利到极点，有所贪图冒充钱神的使者；假如他没有被黑藤良所蛊惑……现在后悔也没有用了，《护民官格言》说得清楚："有钱难买后悔药"。

他问库巴：让地球人有粮食吃，这就是你们殖民地球的关键吗？您真是心地良善。库巴摇头：您过誉了。殖民地球的关键是法律条文，就是《终养法》，还有实施法律的技术设施，这一点最为关键。乔伍德：是"要塞"？库巴：然也，我们上一次殖民地球之所以失败，就是因为没有你们这些地羊的坏心眼儿，居然能发明"'蝎子'即命运"；现在好了，我们可以让地羊奉你为神明，乖乖地种上"蝎子"，安静地顺从命运，服从

"要塞"的管理。言罢,库巴忍不住得意地大笑起来。

乔伍德抱紧怀中的马莉金,望了望同船的巴斯基、罗黛莎和阿寅,心中暗道:我是个罪人,但是,假如我能打破"'蝎子'即命运",混账王八蛋,说不定我真的会成为地球人的救世主。然而,他深知自己无能为力,于是对库巴笑道:给您道喜,祝您得偿所愿,总督大人。

库巴笑着拱起两对前肢施礼:借您的吉言,同喜,同喜!没有救世主大人,本总督殖民地球绝不会如此顺利。

当晚,黄胖子安排他们住进太空舰队陆战队设在西京航空港的招待所,与陆战队员一起在食堂用餐。有些陆战队员认出了乔伍德,纷纷上前与他合影留念,弄得他有些手足无措。

马莉金和罗黛莎突然齐声惊叫:哇,这儿有能量棒吃!乔伍德这才注意到,食堂中除去许多他不认识的食品之外,还有品种繁多、数量巨大的能量棒供应。巴斯基:陆战队的工作主要是负责押送货运飞船,对抗银河系中活跃的海盗,工作非常重要,也非常危险,所以,庇护三世在登基之初,专门颁布恩旨,特许他们经营"第四产业"。乔伍德:什么是"第四产业"?巴斯基:其实就是走私,逃避各星球主要是地球的关税,所以,陆战队的军官都是肥缺,陆战队员的伙食比皇家卫队好很多。

乔伍德取了一支瓶装水和几块能量棒,细嚼慢咽,其实他是在思索自己绝望的处境,同时也为地球绝望的处境担忧,只是,他无计可施。

巴斯基:哥哥,事到如今,我很后悔。乔伍德:为什么?巴斯基:我去地下城找您时,真的不知道会是这样的结果。乔伍德:什么结果?巴斯基:整个地球全都变成了畜栏。

乔伍德摇头:不是整个地球,新《终养法》只在四等三级以下军民身上施行,你那同父异母的哥哥在皇家精神病研究院不是向你传达过巨德皇帝的圣旨,已经提拔你为"四等三级军人"了么?你如今高升了,不在地羊之列。

巴斯基伸手摸了摸颈后种植"蝎子"的伤疤:那话您信吗?反正我不信。乔伍德:这倒也是,不过,你还年轻,"蝎子"一时半会儿要不了你的命。巴斯基:但会要了罗黛莎的命。我想跟她做长久夫妻,子孙满堂。

乔伍德赞叹:志向远大呀!巴斯基:您不想吗?乔伍德:我想也没用,再过几天,我只能"依法死亡"。

这时黄胖子呼叫乔伍德。他打开信息仪,与巴斯基一起听。黄胖子:救世主大人,给您道喜。乔伍德:黄胖子大人,喜从何来?黄胖子:总督大人已将巨德皇帝捕获,今晚就炒制肉松,然后立刻送往卡尼星。

乔伍德:那得先给巨德皇帝道喜。

黄胖子:总督大人有令,明天下午为您举行登基大典。乔伍德:他也太着急了。黄胖子:不急不行。卡尼星与蜣螂星的联合舰队在小行星带附近刚刚列开战阵,新的战争随时可能爆发。乔伍德:为什么?黄胖子:蜣螂星要求两家分享地球殖民地。乔伍德:所以?黄胖子:所以,总督大人决定提早动手,在地球造成殖民地既成事实,然后再申请星际仲裁法庭进行仲裁,将地球变成卡尼星的"海外省"。乔伍德:然后呢?黄胖子:那些事都不归我管,我这次只负责侍候您一个人。

乔伍德:我是问,登基以后,我会怎样?黄胖子:到那时您老人家就是神哪,北极星高贵血统的传人,救世主降临,银河系的继承人,政教合一的地球之主,光明、伟大、仁慈、荣耀的神授皇帝陛下,万岁万岁万万岁。乔伍德:我是问,我还会"依法死亡"吗?黄胖子:不会,不会,万万不会。

巴斯基高兴道:给哥哥道喜。乔伍德拦住他的话头,问黄胖子:那我什么时候死?

黄胖子:毕竟是救世主大人,先知先觉。明天晚上,总督大人将为您主办一场大型美食节目,向整个银河系现场直播,庆祝卡尼星殖民地球成功;总督大人请您亲自出场,向银河系展示地球历史悠久的美食文化。

乔伍德立刻明白了库巴的用意:明白了,多谢相告。黄胖子:再次给您道喜,我马上把总督大人亲手拟定的节目单发给您过目,总督大人有话,"请您多提宝贵意见"。

马莉金问:黄胖子是什么意思?乔伍德还没开口,信息仪"叮"的一声,黄胖子将节目单传了过来。他从信息仪中调出来,与大家共同观看。节目单是汉英两种文字,并且配有精美图片:

四冷荤:夫妻肺片、玛瑙皮冻、糖醋小肋排、椒麻羊耳丝。

四热炒:爆腰花、回锅肉、醋木樨、烹大肠。

四汤菜:水煮肉片、烧烩脑仁、肚丝烂蒜、酸菜白肉。

四饭菜:东坡肘子、柴把肉、清汤肝泥、烧三件。

四甜菜:酸沙黄喉、酿小肚、拔丝羊眼、它似蜜。

马莉金:看着就好吃,只是量少,怕吃不上。

乔伍德:你先咬我一口,你吃一口,他们就少吃一口。马莉金一时间没能听懂,愣了半晌,突然明白过来,不由得放声大哭。罗黛莎也跟着一起哭,口中不住道:我要回家!我想回地下城!

22

地球历神授元年元月5日,晴,霾。

视频节目向地球和卡尼星同时直播了巨德皇帝被炒制成肉松的盛况,并借此向整个银河系宣布卡尼星殖民地球成功,卡尼星的友好星球和友好人士纷纷发来贺电。

地球上众多高等级贵族、各军兵种高级将领和许多外星使节作为现场嘉宾,盛装出席了库巴的美食节目。库巴充分发挥他的表演才能,场面极为热烈,雷鸣般的掌声和跺脚声、惊叹的尖叫声与戏谑的口哨声此起彼伏,嘉宾们如醉如狂。

当巨德皇帝金红色的肉松完美呈现在众人面前时,现场嘉宾齐声欢呼:"以地球的名义,正义得到伸张。"

乔伍德等人在陆战队招待所很麻木地观看现场直播,没有人想说话。只有巴斯基轻轻惊叹了一声,原来,他的同父异母哥哥伯斯蒂被库巴的助手现场剖割,烹制成"羊杂汤",分赠给嘉宾品尝。那些高级贵族和将领无不大口咀嚼,高声赞叹,且不住地往碗里添加珍贵的芫荽和胡椒粉。

巨德皇帝的肉松被发往卡尼星后,节目主持人播送了今天下午"神授皇帝登基大典"和今天晚上神授皇帝亲自献演的美食节目预告,并且颁布神授皇帝的第一道圣旨:"自今日起,改元为神授元年,赐全球劳动者以食物,先得食者先享受种植生命记录仪的优先权。"

阿寅:恭贺皇上,万岁万岁万万岁。

乔伍德白了他一眼。阿寅:这是奴才的职责所在,恭维话还是要说的。乔伍德故意开玩笑:晚上你跟随我一起去参加库巴的美食节目吧,他让我给节目单提意见,我记得他说过一道菜叫"蒸羊羔",也许你去正合适。

阿寅连忙跪倒叩头:皇上开恩,留着奴才还有用处。乔伍德笑嘻嘻地问:有什么用处?阿寅正色道:您要是当真认命了,想让库巴把您做成那二十道名菜,奴才日后最多也就是给您老人家立个牌位,晨昏三叩首,早晚一炉香;可万一您没变成那二十道名菜,奴才多多少少还能替您效力。

马莉金插言:小孩子可不能说大话哟!

阿寅:奴才现在手里没有钱,可以说是有心无力,但是,不花钱的办法也是办法呀。

乔伍德笑问:你这小脑瓜里莫不是想的跟我一样?

阿寅也笑了:万岁圣明!奴才比您的脑子慢,但总算想到了。

巴斯基:你们想到了什么?乔伍德:咱们现在被关在航空港。马莉金:航空港里有星际飞船。阿寅:飞船上边有货物。乔伍德对巴斯基笑道:还有你这么一个现成的飞船驾驶员。

阿寅:只要飞出太阳系,"要塞"就控制不了你们的"蝎子",奴才找个经营黑市的贸易站,把船上的货物卖掉,您老人家不就有钱了吗?乔伍德:然后咱们移民到殖民星球,娶妻生子买农场。马莉金:生儿子。罗黛莎:做长久夫妻。巴斯基:子孙满堂。

阿寅举起手中的平板电脑:万岁、副统帅请看,这是陆战队招待所的建筑结构图,这是航空港的平面图,这是西京航空港全部货运飞船的航次计划表。

乔伍德正色道:既然要逃往殖民星球,"万岁"、"奴才"之类的戏词就用不着了,我们互相叫名字方便些。阿寅:万岁圣明,恕奴才大胆,奉旨改口了。马莉金:你叫一声听听。阿寅行礼:乔伍德大人,巴斯基大人,还有两位夫人,在下刑余之人,能够追随诸位,三生有幸。马莉金高兴地搂住阿寅不住亲吻。

巴斯基:哥哥,要想快速逃离太阳系,需要一艘大型货运飞船,或是大型战舰,普通飞船很容易被拦截击毁。

阿寅举着平板电脑给他们看:要想登上飞船,首先得逃出招待所。二位大人请看,这是招待所的生物影像图,陆战队员很多,门禁很严。

乔伍德问:从招待所到飞船有多远距离?

阿寅从平板电脑上调出航空港平面图和航次计划表:已经完全做好准备,随时可以出港航行的飞船有十五艘,距离我们较近,可以进行星际跳跃航行的大型飞船有三艘,距离最近的一艘是库巴大人的飞船。

巴斯基:那艘飞船非常先进,但使用的是卡尼星语言声控操作系统,我担心驾驶不了。

阿寅:在下虽然精通卡尼星语言,但不会驾驶飞船;另外两艘是大型货运飞船,距离较近的一艘是"快乐小丑号",去年刚出厂,乘车过去大约十分钟。

巴斯基:我驾驶过这种型号的飞船,最先进的推进技术,

233

速度很快,从起飞到脱离地球最多五分钟,就选这艘吧。

阿寅满面欢喜:船上的货物是出租给蓝月星球的一千五百名雇佣兵和两千名劳工,逃出去之后,在下保证能把他们卖个好价钱,地球的雇佣兵和劳工是银河系最值钱的商品,甚至能直接当钱使。

乔伍德:另外一艘飞船情况怎么样?我们必须得有一个后备方案。

阿寅:这艘飞船叫"咕咾肉号",是艘超期服役的老旧战舰改装的货运飞船,技术落后,飞船的状况也不大好,从招待所开车到飞船锚地,大约二十分钟。

乔伍德有些感伤:我们从地下城上来,搭乘的就是这艘飞船,同行的还有我那结拜哥哥高市奇,他要是还活着该有多好!

阿寅:船上的货物是三百三十六只鲜活地羊和两万吨地羊制品,这种货物在银河系销路窄,卡尼星以外的买主不太多,不容易脱手。

乔伍德长叹一声:阿寅好孩子,你把这两艘飞船的情况弄清楚,和巴斯基再仔细商量,看看怎样驾船逃离地球。

阿寅开心道:得令!

乔伍德:我出去转转,看看怎样才能逃出招待所,登上飞船。

巴斯基:哥哥您小心在意。

乔伍德带着马莉金离开房间,来到陆战队招待所食堂,里边有许多陆战队员正在休息,有的饮酒,有的下棋、打牌。有些陆战队员看到乔伍德,高声欢呼"救世主降临",热情地将他们拉到吧台前,请他们喝酒。

马莉金拿出酒吧招待的交际手段,迅速与众人打成一片。乔伍德问一名成熟稳重的陆战队员:您贵姓?那人道:劳您动问,荣幸之至,您叫我史多福就行。乔伍德:史多福老弟,你当陆战队员很多年了?史多福:整整十年。乔伍德:那你一定是经多见广,发了大财。史多福:航行的次数多,到过的星球多,但我干的这路活儿,是把脑袋拴在腰带上,与海盗拼命,给上司卖命,有今儿没明儿,挣点加班费全喝酒了。发财,呵呵,当官才能发财,我这种四等三级的世袭军人,能进入陆战队,已经算是祖上积德啦。

乔伍德:看来你也挺不容易的,应该改善你们的生活。史多福很受感动,举起酒杯:就是,还是您了解劳苦之人,专程降临帮助我们,谢谢,我敬您,先干为敬。乔伍德:四等三级军人,不用种植生命记录仪吧?史多福:刚刚接到命令,从今天起,所有四等三级现役军人,全都得种上"蝎子",说是为了便于管理,我们是第一批,今天下午种植。

乔伍德:今天就种?史多福:可惜的是,下午不能观看您的登基大典了。乔伍德:你们参加星际航行,要塞控制不了"蝎子"吧?史多福:所有星际飞船都将加装控制"蝎子"的新装置,从航次计划表上起飞时间靠前的飞船开始;等您老人家登基之后,您控制要塞,要塞控制"蝎子","蝎子"控制我们。乔伍德无言以对。

史多福:正好跟您请教,您在视频节目中讲了"蝎子"的种种好处,那东西会不会也有坏处,比如像雇佣兵的高爆腰带?乔伍德无法正面回答,因为"蝎子"的种种真实用途,即使他现在讲给对方听,怕是一时也难以取信于人,于是他问:你近期有航行任务吗?

史多福:后天,"咕咾肉号",直飞卡尼星。乔伍德:你现在能带我去参观一下飞船吗?我挺好奇的。史多福:实在抱歉,我们只有领到任务指令三维码,才能离开招待所,否则,门口站岗的宪兵会把我们当逃兵逮捕。乔伍德:谁给你指令?史多福:当然是指挥官,在楼梯口办公,是个敲骨吸髓的浑蛋。乔伍德想了想:你们不用带武器吗?史多福笑:轻武器与押运人员分离管理,否则,招待所里每天都会因为吵架发生枪战。

乔伍德与马莉金谢过陆战队员,来到指挥官办公室门前。乔伍德问:有什么办法让他给我们一个任务指令三维码?马莉金想了想,取出乔伍德与巴斯基结拜那天罗黛莎赠送给她的一小瓶喷雾"魅惑剂",握在手心里,笑道:等一会儿你可别吃醋。

指挥官是个眼珠浑浊的胖子。这种胖人是乔伍德在食物匮乏的西京第一次得见。马莉金让乔伍德远远站在门口,在自己脖子上喷了些魅惑剂,便独自来到指挥官的办公桌前。指挥官认出了他们,起身敬礼:救世主大人,救世主太太。

乔伍德点点头:免礼。他慢步走上前去,嗅到马莉金身上散发出来的香气,但并没有什么感觉。指挥官:救世主大人有何吩咐?乔伍德:我听说,要离开招待所,必须得有你给的任务指令三维码?指挥官指着桌上的三维码打印机:正是。乔伍德:如果我请你给我打印一枚指令呢?指挥官再次敬礼:属下接到命令,您要离开招待所,必须得由陆战队总司令黄胖子大人亲自下达命令。乔伍德:我只是想出去走走,乘车在航空港转一转,参观一下。

指挥官摸摸胖脸想了一下:我可以卖给您一枚任务指令,几个人?马莉金:一共五个人。指挥官:五个人正好是一个押运小队的编制,算您便宜些,一千块。

马莉金转脸望着乔伍德,但乔伍德自己知道,他们手腕上的信息仪只能用于通讯,无法支付款项。他又仔细想了想,现在他们五个人身上都没有钱,于是他道:寡人今天下午登基。指挥官:属下无福到现场观礼,先在这儿给您道喜了。乔伍德:登基之后,寡人便是神授皇帝,明天,整个地球便是寡人的,所有地球人都是寡人的子民,包括你在内。

指挥官:万岁万岁万万岁,不过,今天晚上库巴总督会把您做成二十道历史名菜,到了明天,您老人家怕是已经变成钱神殿里配享的牌位,没机会照应属下了。马莉金恨恨道:那也未必。指挥官点头:是真的,视频节目已经预报了,所以,请付一千块,否则,属下爱莫能助。

乔伍德来到指挥官近前,悄声道:寡人下午登基,晚上才会变成"酸菜白肉",这中间可是隔着好几个小时哪。指挥官像是明白过来,眼中闪出贪婪的微光。乔伍德:寡人登基之始,自然要诏告天下,发布圣旨。如果寡人在这个时候给太空舰队陆战队任命一个副司令,让他去给黄胖子当副手,你说怎么样?

指挥官终于明白了乔伍德的用意,目光之贪婪如痴如醉,当即跪倒叩首:北极星高贵血统的传人,救世主降临,银河系的继承人,政教合一的地球之主,光明、伟大、仁慈、荣耀的神授皇帝陛下,万岁万岁万万岁。请您降下谕旨,微臣赴汤蹈

237

火,肝脑涂地,粉身碎骨。

乔伍德大笑:寡人不要你死这么多次,寡人只想让你升官发财。当然,寡人今天还是想带领随从,到航空港里游览一番。

指挥官叩头谢恩,从电脑中调出航次计划表和陆战队员排班表道:现在进入航次计划的货船,只剩下"咕咾肉号"的陆战队押运员还没有下达任务指令,您老人家拿上三维码快去快回。乔伍德:君无戏言,一定动作迅速。指挥官打印了一枚三维码,捧住马莉金的手,在她手心里深深一吻,然后才将三维码放在她手中,不舍地松开双手。

马莉金对乔伍德抱怨道:罗黛莎给的魅惑剂一点也不好使。

乔伍德却拍了拍指挥官肩膀:今天晚上,寡人让你公侯万代。

指挥官:谢皇上天高地厚之恩,从明天开始,小臣为您早晚上香,晨昏叩首。

23

回到房间,乔伍德与大家商议逃跑之事。

巴斯基:哥哥了不起,居然能拿到任务指令三维码,虽然不是先进的"快乐小丑号",但"咕咾肉号"也不错,就是起飞准备时间长一些。

乔伍德:大约多长时间?巴斯基扳着手指一项一项计算:我们开车过去二十分钟,登上飞船,启动驾驶系统和推进系统自检,请求塔台允许飞行,关闭舱门,推进系统点火,塔台下达同意起飞指令,滑行至起飞平台,起飞升空,即使顺利,整个过程至少也要一个小时。

乔伍德问阿寅:地球帝国的事你了解得最多,你觉得这个计划怎么样?

阿寅:多谢垂询,巴斯基大人所言极是。在下担心的是,咱们怕是刚启动飞船就会被发现,更不要说塔台同意我们起飞,所以,咱们没有这么多时间。

巴斯基:阿寅说得是。只是,如果我们在飞船锚地强行起飞,对周围造成破坏是自然的,我们也就等于暴露了行踪。在航空港常年值勤的警卫飞船,还有西京卫戍部队的重装飞船,必定会逼我们迫降,返回航空港。

乔伍德:这么说,我们乘船逃跑的机会等于零。

阿寅：那倒也未必，警卫飞船上的飞弹是在地球范围内使用的，杀伤力和破坏力有限，击毁"咕咾肉号"这种大型星际货运飞船并不容易，更何况"咕咾肉号"是旧战舰改造的，防护装甲远非普通货运飞船可比。说着话他举起平板电脑，调出"咕咾肉号"的资料，笑道：这艘飞船上仍然保留了旧战舰使用的防护盾，对付太空海盗的轻武器没问题，对抗卫戍部队的重装飞船的飞弹效果有限，但总比没有强。

巴斯基：阿寅说得没错！只是，这种旧战舰起飞速度慢，只有达到逃逸速度之后，才有可能摆脱重装飞船的攻击。

乔伍德：这么说，最危险的时刻是起飞阶段？

巴斯基和阿寅同声道：正是。

他们几个人陷入沉默之中。马莉金突然道：航空港的警卫飞船有几艘？阿寅看看平板电脑：六艘轻型警卫飞船，两艘巡航值班，轮休的四艘就停在招待所门外，飞行员也在招待所里。在下在食堂见过他们。

马莉金：我在地下城当雇佣枪手的时候，遇到这种情况，多半会声东击西，先将对方的主力调开，然后再出击，或者，我们直接乘坐警卫飞船逃跑呢？

巴斯基：轻型警卫飞船只能乘坐四人，如果我们分乘两艘警卫飞船，却只有我一个驾驶员。

阿寅：您别小瞧人，在下是非常出色的武装飞船驾驶员。
乔伍德：你这种小孩子，怎么可能？阿寅：庇护皇帝平生最担心的一件事，就是宫廷政变，所以，他不论到任何地方，都会在附近隐藏一艘武装飞船，以防万一；在整个地球帝国，在下是他唯一信任的人，所以，在下除了替他老人家管理所有机密之外,还是他逃亡时的飞船驾驶员,皇帝陛下给在下的命令是:一旦发生宫廷政变,我们登上飞船之后,先击毙驾驶员,然后由在下独自驾驶飞船保护圣驾逃离。

巴斯基:为什么要击毙驾驶员?

阿寅:既然发生了政变,就没有人可以信任。您能保证那个驾驶员没有被叛臣收买吗?

罗黛莎惊叹:真的!你这么小,就这么能干。

阿寅:人小责任重,这也是没有办法的事。在下这副总管太监并不好当,每天如履薄冰。

马莉金抚摸阿寅的头顶:可怜的孩子,不知道受了多少苦。

阿寅:在下有过一千小时以上的武装飞船作战训练经验,参加过十几次实弹演习。请放心,我们可以分乘两艘警卫飞船。

乔伍德:好,就这么办。

阿寅:只是,必须得有一艘飞船先起飞,引开值班的两艘警卫飞船。然后,其他人再乘坐第二艘飞船前往"咕咾肉号"的锚地,这样一来,引开敌人的飞船就必须得以一敌二,驾驶员生还的机会不大。

巴斯基看了看紧挽他胳膊的罗黛莎,郑重道:我的飞行经验丰富,先驾驶第一艘飞船,引诱追击的警卫飞船飞向市区,然后想办法摆脱他们。罗黛莎:我跟你一起去。巴斯基:不行,哥哥,罗黛莎就拜托您了!不论我是否能回来,请您保护好她。

罗黛莎大哭:我的爱人,我不让你离开半步。

巴斯基也抱住罗黛莎,流下眼泪。马莉金大哭:太感动了,可惜我不会开那破飞船,否则让我去,也免得你们生离死别。

阿寅:二位大人、二位夫人,先别哭,还有正事。众人收泪,同时望着他。阿寅苦笑道:巴斯基先生驾驶第一艘飞船引开敌人,在下驾驶第二艘飞船带着大家登上"咕咾肉号",然后怎么办,在下不会驾驶大型星际货运飞船,更不要说"咕咾肉号"这种旧战舰。

巴斯基:难道……?

阿寅:没办法,只能由在下来驾驶第一艘飞船,引开警卫飞船。

乔伍德:我可不能让一个小孩子去替我们送死。

阿寅:除此之外,您有其他办法吗?既然没有,就只能这样。在下唯一担心的是,二位大人会过河拆桥,带着自己的老婆驾船逃走,丢下在下不管。

众人刚要开口说话,被乔伍德猛地挥手止住。他蹲下身子,拉住阿寅,并没有开口,只是激动地望着阿寅精明厉害的面容。他在扪心自问:乔伍德啊,你这一生自私自利,直至今日,你做过一件这个孩子要做的事吗?你的冷酷和无情,真的不能完全推托给《护民官格言》与钱神教,是你自己偏爱这种唯利是图的思维方式,活该你活了四十五年,只是一只被养肥了的"地羊"。

阿寅挺激动:您这是打算编谎话骗在下吗?

乔伍德:我和你一起去,咱们哥俩是"一根绳上的蚂蚱——飞不了你也跑不了我"。

阿寅一下子跪倒在地：在下果然没看错人！

乔伍德伸手拉巴斯基一起跪倒：咱们兄弟三人重新结拜，算是"桃园三结义"。

马莉金和罗黛莎被他们感动得大哭失声。

巴斯基：咱们还向钱神起誓？

乔伍德在犹豫：钱神带给我们的只有《终养法》，"'蝎子'即命运"，还有"九转大肠"，那家伙不是什么好东西；再者说，我们只要能逃离地球，他就管不着我们了。

阿寅：那向谁起誓？

马莉金：要是有把枪就好了，你们向它起誓，违誓者不得好死。

罗黛莎取出马莉金赠给她的万能钥匙：要不，你们向它起誓吧。

乔伍德：不错，钥匙可以为我们打开新生活的大门。

三兄弟向万能钥匙行礼如仪，发誓"不求同年同月同日生，但求同年同月同日死"。让阿寅再次改口，叫乔伍德和巴斯基大哥二哥，阿寅嘴甜，叫马莉金和罗黛莎大嫂二嫂。

午餐时间，陆战队员们都集中到了食堂。乔伍德一行人趁着走廊清静，悄悄来到招待所大门口，巴斯基将任务指令三维码交给守门的宪兵。

宪兵向乔伍德敬礼：救世主大人，救世主太太。他将三维码放入挂在墙上的仪器中，仪器发出红光，扫描他们五人，然后发出合成语音：陆战队里没有女性队员，任务指令严重违法，请立即报警。紧接着，走廊中便响起警铃声。

乔伍德一把扭住宪兵的右臂，同时用膝盖猛击宪兵的鼠蹊部位。巴斯基迅速转到宪兵身后,伸臂将他的颈项锁住,对马莉金叫道:搜他身上的钥匙。

乔伍德取下宪兵肩上的步枪,借用宪兵的信息仪启动步枪,逼住从餐厅里拥出的陆战队员。阿寅也拔出宪兵腰间的手枪,与乔伍德并肩站立。乔伍德笑道:各位爱将,寡人是你们的救世主,可别逼寡人发动雷霆之怒,降下天火。

阿寅大叫:谁敢冒犯神授皇帝,诛灭九族。

乔伍德故意对阿寅道:小心手枪,别走火。阿寅:大哥放心,小弟在庇护皇帝身边时,杀人算是日常工作。

马莉金在宪兵身上没有找到钥匙,便对罗黛莎大叫:我给你的礼物呢?罗黛莎将万能钥匙交给她,马莉金尝试打开大门。

陆战队指挥官分开众人,来到近前:救世主大人,神授皇帝陛下,您老人家私自打印三维码,就算逃出招待所,也无处可走,还是放下枪,认命吧。

乔伍德问马莉金:门打开了吗?马莉金狂吼一声:别吵!

指挥官:皇帝陛下,您老人家听小臣一声劝,请回到房间里去,小臣现在取消警报,咱们各行其便,只当没有这回事。

乔伍德犹豫了一下。巴斯基大叫一声:反正都是死,不如冒上一回险!

马莉金惊叫一声:我的男人,门锁打开了!

阿寅:二哥,您带着大哥先走。乔伍德:你个小屁孩儿,你先走,我殿后!

阿寅:大哥,您活着我还有办法可想,您要是死了,我们日后都是卡尼星人的盘中餐。说着话,阿寅先是"砰"的一枪,将宪兵打死。

乔伍德:你干什么要杀人？阿寅:不杀掉他,他会打开大门,放陆战队员追击我们。

指挥官:警铃响了,航空港的警戒飞船已经飞过来。阿寅又是一枪,击毙了指挥官,然后对陆战队员们高声叫道:各位弟兄,他们俩死了,你们既打不开大门,也没有武器,所以,我们逃走后,你们如实向上禀报,绝不会受牵连。

史多福笑道:小老弟想得周全。阿寅:过奖了。

众陆战队员回转餐厅,乔伍德等人反锁招待所大门。乔伍德将步枪掷给巴斯基,让他带领马莉金和罗黛莎奔向警卫飞船。

乔伍德跟随阿寅奔向另一艘,马莉金冲他大叫:臭警察,你可不能先死。乔伍德答道:你也给我好好活着。

阿寅的驾驶技术熟练,不到两分钟,警卫飞船笔直向空中升起,很快达到巡航高度。乔伍德坐在副驾驶座位上,感觉一阵头晕。阿寅:大哥,您握住面前的两只手柄,打开保险,左手按钮是能量束,右手按钮是飞弹。乔伍德依言而行。阿寅:您前方这个屏幕上有两个的圆环,红色的是飞弹的目标,绿色的是能量束的目标,对方在圆环之内,就可以射击。乔伍德:明白。

阿寅将飞船内的通话器改为播音方式,里边传来怒气冲冲的声音:你们这些小偷,赶紧降落,否则老子开火了。阿寅在屏幕上按了几下,那个怒气冲冲的声音消失了,传来的是巴斯基的声音:阿寅,听到吗？阿寅:听到了,你们暂时先别动,警卫飞船很快就会赶到。

乔伍德问:咱们怎么办?阿寅:一会儿是一对二的空战,您得先试试武器,现在您先按左手按钮,好,再按右手按钮,正确。乔伍德在屏幕上看到,地面上一座建筑物被摧毁,他问:我们击中了什么地方?阿寅:陆战队招待所。乔伍德:我们已经逃出来了,干什么还杀人?阿寅:招待所里的飞船驾驶员很快就会破门而出,驾驶警卫飞船追赶我们,您想让我以一敌四吗?您小心啦。

乔伍德只感觉一阵恶心,飞船猛地向上跃起,然后掉头。阿寅:大哥,对面警卫飞船来啦,我要冲过去。乔伍德:逃跑不行吗?阿寅:逃跑只能挨打,您听我口令。

乔伍德感觉警卫飞船撕心裂肺地一阵狂吼,船身抖动得厉害。他从屏幕中看到,对面两艘警卫飞船迎面而来,越来越近。阿寅:左手按三下。乔伍德按了三下,只觉眼前一晃,他们便从两艘警卫飞船的中间穿了过去。他问:击中了吗?阿寅笑:怎么可能?吓唬他们一下,争取点时间,我们先躲进贫民区的高楼群。

乔伍德不懂阿寅的战术,也不知道他想怎么干,但此时,望着这个男孩冷酷的小脸,他信任他。

阿寅:二哥听得见吗,你们赶紧走。通话器中传来巴斯基的声音:老兄弟你要小心在意!

乔伍德看到,高耸入云,一望无边的西京贫民区就在眼前。阿寅又替他打开另一个屏幕:这是向后看的屏幕,您盯着点那两只呆鸟。乔伍德:三弟,你不害怕吗?阿寅:这点儿风险,比在庇护皇帝身边轻松多了。

他们的飞船已经飞到贫民区上空,后边的两艘警卫飞船紧追不舍,但并没有向他们射击。乔伍德问:他们不敢射击,是怕误伤百姓吗？阿寅:哪是怕误伤百姓,他们是在等待命令,怕误伤了您老人家。乔伍德笑:还有这种好事？阿寅:没有您老人家,库巴总督今天晚上没有原料做菜。

乔伍德:不会吧？

阿寅:怎么不会,他已经把今天晚上的节目单奏报给卡尼星大皇帝,要是把您杀了,或是让您逃了,他犯下的就是欺君大罪,不但当不成总督,还得满门抄斩。乔伍德:你怎么知道的？阿寅敲了敲头上的耳机:我一直在监听他们的通话。

这时,通话器中传来巴斯基的声音:我们已经登上"咕咾肉号",正在启动系统。阿寅:不经过塔台,原地起飞需要多长时间？巴斯基停了停道:最少也得十五分钟,但原地起飞,锚地的其他飞船可就都毁了。阿寅:您别想那些没用的,起飞之后发航线图给我,我好设计会合方案。巴斯基:我会半开货舱门,会合时你们直接飞入货舱。阿寅:谢谢二哥。

突然,乔伍德发现屏幕上出现了两个红点,同时发出嘟嘟的警告声。阿寅:不好,他们接到命令,瞄准开火。说话间,阿寅猛推操纵手柄,飞船翻身向地面冲去,两道能量束从他们的机身边掠过。他们的飞船向下急冲,眼看着地面上的建筑物越来越大,阿寅将操纵手柄一下子拉入怀中。乔伍德感觉像是猛地跌坐在地上,连忙用手堵住即将冲喉而出的呕吐物。

阿寅在屏幕上调整了一下,他们的眼前一亮,整个驾驶舱上部变得透明,外边是城市的实景,此刻他们正在高楼中间高速飞行,同时不断摇摆、翻转船身,躲避追兵发射的能量束和飞弹,而这些射空的飞弹和能量束则将一座座高楼击中起火。

乔伍德:他们这是要杀死我们。

阿寅:不会,他们是要击伤飞船,捉活的。

乔伍德:我们怎么办?阿寅:这样一味逃跑,早晚会被击中。乔伍德:真的?阿寅:坐稳,这下子您可真要吐了。言罢,阿寅驾驶飞船绕着一个又一个街区,不规则地绕圈飞行,乔伍德终于将全部早餐吐在脚下。

通话器中传来巴斯基的声音:我们准备起飞啦。马莉金:我的爱人,你还活着吗?巴斯基:雷达显示,卫戍部队的重装飞船已经出动。罗黛莎:你们要当心哪!

阿寅:二哥您直接升空,要快,我想办法脱身!马莉金:臭警察,你说句话!

乔伍德:二弟,听得见吗?巴斯基:大哥您说。

乔伍德:"咕咾肉号"上边有三百三十六只鲜活地羊,都是被高市奇骗上船的贪官,你能放他们下船吗?巴斯基:为什么?乔伍德:我们未必逃得出去,就别连累这三百多条人命了。

阿寅:不能放人!这些地羊是我们逃亡的经费。乔伍德:虽然《护民官格言》说"命不如钱",但我现在不信了,放人吧。巴斯基:大哥,我们正在起飞,卫戍部队的重装飞船也已经升空了,没时间放人。

说话间,乔伍德感觉飞船一震,舱内响起合成语音报警声:您的飞船尾部受损,请降落修理。阿寅:先别争论贪官的死活,我这一分神就中弹啦。他推动手柄,让飞船下降到接近地面的高度,飞船推进器强大的气流,将街道上的车辆、行人吹得乱飞。追踪他们的两艘警卫飞船居高临下,暴雨般向他们射击,合成语音一连串地报告飞船受损的情况。乔伍德没有再说话,而是双手紧握手柄,将一切交给阿寅。他相信阿寅的判断。不论结果如何,阿寅已经证实了,他是一个比许多人都要坚强、冷静的战士。

阿寅:大哥准备射击。乔伍德:得令。阿寅猛拉手柄,飞船陡然而立,船头向上,速度骤减。不想,因为飞船距离地面太近,船尾碰到了一辆公交车,飞船由直立变成向前翻滚,眼看着就要坠毁。

阿寅狂吼:我不信神,谁也别想让我早死!乔伍德的头在舱壁上撞了几下,同时也被阿寅的豪气所激励。飞船终于平稳下来,船腹在街道上划出长长一道火光,然后一震,腾空而起。追击他们的两艘警卫飞船速度太快,已经飞到了他们前边。阿寅:大哥,右手准备。乔伍德:准备完毕。阿寅:四枚飞弹,发射。乔伍德右手按了四下按钮,四枚飞弹向前方的两艘警卫飞船追去。那两艘飞船试图转过高楼躲避,一艘被飞弹击中,另一艘撞在高楼上坠毁。

乔伍德大叫:好样的,三弟!

阿寅:谢谢大哥。二哥能听到吗?发给我航线图,我去与你们会合。巴斯基:已经发出,你也把航线图发给我,好确定会合地点。马莉金:我的爱人,感谢钱神,你们还活着。

阿寅驾驶飞船在高楼中间向上爬升。阿寅:我们不能飞太高,只能钻楼群,免得再被发现。然而,当他们来到下一个十字路口,打算转过街角时,却不得不停下飞船。

乔伍德看到,在他们面前,两列高楼之间,出现了六艘模样凶恶的重装飞船,整齐排列成战斗队形。在他们身后,同样是六艘重装飞船,船身上都涂有卫戍部队的黄色标志。

阿寅:这下难办了。卫戍部队的重装飞船,配备的都是重武器,咱们这种轻型飞船没办法对抗。乔伍德:你还年轻,不能跟我一起死,让我下船,你自己逃吧。

阿寅笑了:难道您想跳下去吗?黄胖子要跟您通话。乔伍德:《护民官格言》说,"狗嘴里吐不出象牙",但还是听听他要说什么。

阿寅调整通话器,里边传来黄胖子的笑声:救世主大人,神授皇帝陛下,万岁万岁万万岁。乔伍德:有屁快放。这时,他面前的屏幕上已经布满了被敌方飞船瞄准的红点,警报声乱成一片。

黄胖子:总督大人有令,请您直接前往皇宫,登基大典已经为您准备好了,这些飞船是来护送您老人家的。

乔伍德:如果我不去呢?

黄胖子笑:您还是认命吧。

乔伍德:我独自前往,你放其他人走。

黄胖子:别天真了,就算放他们走,他们又能去哪?"普天之下,莫非王土"。

乔伍德:那我就从飞船上直接跳下去。

黄胖子:您老人家这么惜命,临死没几天,还折腾出这么多花样,惹出这么多事端,我不相信您会自杀。

乔伍德:要不,咱们试试看?

黄胖子:不用试,第一次见面我就看透了你的骨头。

乔伍德无话可说了。九天来,他从地下城折腾到西京,费尽心力,机关算尽,如今全都落空了。更重要的是,他当真不想自杀,因为他舍不得死。他抬手抹了抹脸上的羞愧,转头望着阿寅。

阿寅:黄胖子大人。

黄胖子:你这个小坏蛋。

阿寅:救世主大人舍不得死,但是我舍得呀!

黄胖子:什么?

阿寅:您忘了,我是个太监,没有亲人,日后也没有儿女。今天卡尼星殖民地球成功,明天救世主大人变成钱神殿里的牌位,没有了皇帝,我们太监这一行怕是都得失业,从此归入九等奴籍,活着还有什么意思?

黄胖子怒:小浑蛋,你可别胡来!

阿寅:不敢胡来,只是实话实说,现在是您先开火,还是我先开火?

黄胖子:小坏蛋,算你厉害!只要你把救世主大人交出来,你算是我小舅子行吗?从今往后,我儿子叫你大舅,我的薪水分给你一半,养你一辈子。

阿寅在屏幕上仔细察看巴斯基发来的航线图,一脸坏笑:我没有姐姐,哪冒出来你这么个姐夫?你要是有闺女,让我当便宜姑爷还差不多。

黄胖子:你这小坏蛋嘴上无德!这样吧,我给你长一辈儿,每天供着你行了吧?

阿寅:那您就等我先撞死,然后再享用您的供品。说着他向乔伍德示意,让乔伍德说话。乔伍德:我不懂你们这种亲戚关系,这些话对我来说如同放屁。

阿寅用手向自己的喉咙做出扼杀的姿势:哎呀,救世主大人,别杀我,杀了我等于自杀。叫喊中,他驾驶飞船,摇摇晃晃向上飞去,险些撞到两边的楼房。

乔伍德明白了阿寅的用意,也跟着大叫:咱们一起死吧。他胡乱射出两枚飞弹,然后用双手在通话器上乱拍,制造出一阵嘈杂声。黄胖子大叫:你们千万别乱来!

阿寅伸手切断了与黄胖子的通话,驾驶飞船笔直地向上飞去,越飞越高,距离地面越来越远。卫戍部队的重装飞船在后边紧追不放,但并没有向他们射击。

乔伍德:我们逃得掉吗?

阿寅:逃不掉也得试试,这是唯一的办法。乔伍德:什么办法?阿寅:等大哥您创造奇迹。乔伍德:啊?阿寅笑:您不是救世主吗,创造奇迹是你的职业。

乔伍德从屏幕上看到,后边的重装飞船好像距离他们越来越远。阿寅:别太高兴,像这样笔直升空,重装飞船得用几秒钟转换推进模式,但在我们到达会合点之前,他们肯定能追上我们。乔伍德:然后会怎么样?阿寅:想办法活捉咱哥俩呗。

乔伍德望着阿寅冷静的表情,感叹道:三弟你能处变不惊,比大哥强。

阿寅:我三岁入宫,同期的幼儿太监三百二十一人,最后活下来的不过十几个,而我却能够独得庇护皇帝的信任,十五岁就当上他的副总管,没有两把刷子能行吗?

这时乔伍德发现,后边的重装飞船正在逼近,而他们的飞船却因为受损不断报警。阿寅:大哥,我要把推进器开到极限,是死是活,就在这一搏了。

乔伍德:三弟,哥哥把命交给你啦。

阿寅厉害的小脸上难得现出一片温情:大哥,能跟您结拜,荣幸之至。

后边的重装飞船已经迫近,开始向他们射击,他们的飞船抖动得厉害,仿佛随时都可能分解、坠毁。飞船的合成语音报警:推进器严重受损,请返航,请立刻返航。紧接着,飞船不再向上飞,而是悬浮在空中。

阿寅调整飞船成水平姿态,阳光射入驾驶舱,分外耀眼。阿寅:大哥,对不住。乔伍德伸手抚摸阿寅的头顶:三弟,有你这样一个好兄弟,哥哥此生无憾。

卫戍部队的重装飞船悬停在他们上方,其中两艘飞船靠上来,伸出捕捉臂,从两侧慢慢向他们靠近。

乔伍德:能联系上你二哥吗?跟他们道个别。

通话器中传来巴斯基焦急的声音:阿寅,你们还在预定航线上吗?阿寅:二哥,我们还在预定航线上,但赶不到会合点了。

乔伍德:二弟,你们自己走吧,帮我照顾好马莉金。

马莉金大哭:你这狠心贼,就是不知道疼人!你自己先死很好玩吗?

乔伍德:我的爱人,好好活着,快走吧!

阿寅也大叫:二哥快走,再晚来不及啦!

突然,阳光不见了,天空中散落下几百个小白点,慢慢向他们飘落下来。乔伍德:这是什么?阿寅:是救生舱,有大型飞船失事了。

紧接着,遮住阳光的那一大片阴影向他们头顶上压下来,是一艘巨型飞船,船腹上用汉英两种文字写着两行大字"咕咾肉号 SOUR PORK BATTLESHIP"。乔伍德看到,悬停在他们上方的重装飞船纷纷闪避,以免与"咕咾肉号"相撞,但前来捕捉他们的两艘重装飞船仍然不肯罢手,捕捉臂已经近在咫尺。

阿寅:是二哥救咱们来了!大哥,左手准备射击。说话间,阿寅操纵飞船水平旋转,乔伍德不断按下左手按钮,眼见得捕捉他们的两艘重装飞船身上不断迸出碎片,急忙闪避而去。

巴斯基:阿寅,货舱门半开,你能飞进来吗?阿寅:推进器还有一点动力。

就在阿寅将飞船慢慢飞进"咕咾肉号"货舱时,那十二艘重装飞船也围了上来,向"咕咾肉号"发射了数十枚飞弹,将"咕咾肉号"的防护盾炸成一阵又一阵的碎片雨,向地球飘落下去。

24

阿寅将警卫飞船在"咕咾肉号"巨大的货舱里停稳,急忙下船将飞船锁紧,启动货舱内的维修机器人,修理受损严重的警卫飞船。然后,他们二人同乘一辆两轮机动车,穿过"咕咾肉号"内部迷宫般的通道,来到控制室。

马莉金一见乔伍德,冲上来便打了他一个耳光,接着抱住他放声痛哭。乔伍德感觉心脏剧痛,他这一生从来也没有爱过任何人,一次也没有爱过,他只是遵循地下城的基本生存原则,"爱自己"。然而,如今不同了,他感觉他的心变得前所未有的软嫩与敏感,不由得生出一阵又一阵肝肠之痛。这个可怜的女人,能活着见到她,真是太好了,太值得珍惜了。此刻他感觉马莉金比财富还要贵重,比他颈上的"蝎子"还要致命。

阿寅冲向控制台:谢谢二哥接应我们。

巴斯基:我发现卫成部队的重装飞船直接飞向市区,猜想你们无法赶到会合点。

阿寅:二哥圣明,只是太冒险了。

巴斯基:咱们是"桃园三结义",最多不过是死在一起,说不上冒险。现在"咕咾肉号"的防护盾已经千疮百孔,你帮忙控制防护盾和武器,我一个人忙不过来。

罗黛莎将一小块能量棒塞在阿寅口中：吃点东西吧，我从招待所带来的。

阿寅一边嚼着能量棒，一边在一张大屏幕上查看"咕咾肉号"的武器系统和飞行动态，同时问：二哥，刚才你把那三百多只鲜活地羊都放了？

巴斯基：大哥说得对，那是三百多条人命，不能害人。

阿寅：他们在黑市贸易站能卖一大笔钱，怪可惜的。现在飞船的状况不妙，十二台推进器被击毁了五个。

巴斯基：所以，我们飞不出太阳系了。

乔伍德听清了他们的对话，推开马莉金，来到控制台前问：飞船损毁很严重吗？巴斯基：我们需要找个地方隐蔽起来，看看能不能修复推进器，只要有八台推进器，我们就可以慢慢飞出太阳系，然后再跳到其他星系。

阿寅：报告船长，又一台推进器被击中。

巴斯基：我现在加速转向。乔伍德：到哪去？巴斯基：回地球，争取在南美列岛降落。

阿寅一边操纵"咕咾肉号"上的武器，奋力拦击围攻他们的重装飞船，一边道：船上这几门小炮儿支撑不了多久，南美列岛正在军阀混战，咱们贸然降落，怕也是死路一条。

巴斯基：还有一个去处，距离不远，但是，我们的飞船太大，飞不进去。

乔伍德：什么地方？

巴斯基：要塞。

乔伍德：反正都是死，《护民官格言》说，"死马当活马医"呗。

阿寅:我赞成!二哥你驾船前往要塞,我来翻翻庇护皇帝的旧账本,看看有没有办法。

巴斯基驾驶"咕咾肉号"转向,加速飞行。卫戍部队的十二艘重装飞船紧紧缠住他们,不断射击,"咕咾肉号"的控制室内报警声不断。

阿寅从怀中取出平板电脑,一手操控"咕咾肉号"的武器系统,一手在平板电脑上操作。他问马莉金:大嫂,有水吗?马莉金摘下自己的水壶递给他问:三弟,你真的有办法?阿寅用"咕咾肉号"上的小炮塔击伤了一艘重装飞船,平静道:只要巨德皇帝足够贪心,可能还有一点机会。

乔伍德望着巴斯基驾驶飞船躲避重装飞船的攻击,望着阿寅同时操作两部电脑,望着马莉金和罗黛莎相互安慰,他能够真切感受到大家求生的欲望,然而,唯独他自己,却从内心深处泛起一股消沉的情绪。他语气沉重道:二弟,人生一世四十五年,我什么正经事都没做。巴斯基:大哥,地球两百亿军民全都仰仗大哥您哪。乔伍德摇头:你别安慰我。

巴斯基:您已经推翻了庇护皇帝的统治,对地球有再造之功。

乔伍德苦笑:结果却让地球变成了卡尼星的殖民地,两百亿军民变成了地羊。

巴斯基指着屏幕上的提示符号:黄胖子要和您通话。乔伍德摇摇头:临死之前,我唯一的遗憾是没能给我的女人带来一个好结果。马莉金:跟你死在一块儿,是我最好的结果。

阿寅突然笑道:也许不用死了。众人惊奇地望着他,他举起平板电脑道:庇护皇帝有十九个最机密的专用密码,当初让我帮助他掌管十七个。庇护皇帝死得突然,巨德皇帝登基时间短,在位的三天里,他太着急弄钱,只更改了皇家账户密码,没来得及更改要塞的密码。

乔伍德:什么意思?

阿寅:前两天在电刑之下,我确实把十七个密码都交出去了。巨德皇帝也许没有真正的亲信,他自己又不大会操作,所以,到他被库巴炒制成肉松时,与钱无关的密码他都没来得及更改。

乔伍德:你是说,你掌握控制要塞和"蝎子"的密码?

阿寅:控制要塞和"蝎子"的密码只有庇护皇帝一人掌握,那是地球最根本的权力。

马莉金:你掌握什么?

阿寅:巨德皇帝没来得及修改要塞的维修密码。罗黛莎:真的?阿寅:一百二十八位密码,修改起来确实不容易。

巴斯基:这个密码对我们有什么用处?

阿寅:要塞严禁人类进入,但在建造它时,工程师和工人却是常年驻扎在里边,为此专门设计了两个进出口,一个是日常维修进出口,不大,现在供小型无人驾驶飞船进出,为要塞运送维护材料;另一个是一百六十多年前建造要塞时使用的大型货运飞船进出口,已经至少有一百年没使用过了,但从要塞的维修记录上看,这个进出口大门常年有维修机器人维护,应该还能开启。

罗黛莎:钱神哪,这艘飞船也能装进去,这个要塞得有多么大!

阿寅:像西京航空港那么大,我们飞到要塞近前时,我会想办法打开要塞货运飞船进出口的大门,让我们把飞船藏到要塞内部。黄胖子就算是有天大的胆子,也不敢下令向要塞射击。

这是个振奋人心的好消息,众人齐声欢呼。这时,又一台推进器中弹,"咕咾肉号"只剩下五台推进器。

巴斯基重新设定航线,对阿寅道:你现在登陆要塞的电脑,看看能否打开大门。

阿寅:现在登陆,地球的要塞维护中心就会察觉,派飞船拦截我们;等我们飞到近前,再登陆要塞安全些。

巴斯基:三弟想得周到,我现在开始加速。阿寅:用五台推进器飞行很吃力,千万别烧化了。巴斯基:有一个办法减轻负载。马莉金:什么办法?巴斯基:卸货。

乔伍德吓了一跳:你是说,把船上的货物卸下去?巴斯基:鲜活地羊都已经乘救生舱返回地球,降落后会被唤醒,现在船上装运的,是两万吨地羊制品。乔伍德:他们可是地下城的人哪!

巴斯基:大哥,您今天怎么这样软弱,没有决断,前几天您是多么机智、多么果敢!

乔伍德:我那是机智果敢吗?那是自私自利,是为了保命。

阿寅:大哥,二哥说得没错,不把货卸掉,这艘飞船加速时,推进器负载过高,多半会起火爆炸。

乔伍德心中清楚,他们说得没错,但是,他现在心如刀割,羞愧与自责让他正在失去求生的欲望。

阿寅从大屏幕上调出货舱图像：大哥您看一眼，货物早在地下城就完成了冷冻和包装，他们现在只是肉类制品，连尸体都算不上。

乔伍德只感觉心如刀割，浑身冒虚汗。他找个角落坐下：你们想干什么就干吧，不要再问我，只当我死了。马莉金冲过来抱住他，而他也不再压抑自己，开始放声大哭。

两万吨货物自动卸载，大量的冷藏集装箱在"咕咾肉号"后边拖出长长的一大片，如同几千颗卫星悬浮于太空中。在他们身后紧追不舍的重装飞船急忙闪避这些飘浮物，四散开来。"咕咾肉号"剩下的五台推进器发出一阵又一阵吼叫，整个控制室都感觉到剧烈的震动。巴斯基双手在屏幕上飞舞，继续给推进器下达加速指令。他道：这是最后的机会啦！大哥、大嫂、三弟，亲爱的罗黛莎，我爱你们，哪怕是死在一起！

阿寅：二哥千万别泄气，胜负未明，生死未分，岂可自乱心智，我今年才十七岁，还不想死哪。

巴斯基对阿寅郑重道：三弟，我也不想你死在这艘船上。他用手指着一扇舱门：你带着大嫂和罗黛莎，乘着卸货的机会，搭乘船长救生艇，混在集装箱群里先行撤离吧。阿寅：我们走了，谁给你打开要塞的大门？巴斯基：后边的重装飞船很快就会追上来，推进器再中一枚飞弹，这艘飞船就毁了，飞不到要塞了。

阿寅：二哥，您要振奋精神！大哥伤心是因为自责，以为真的是他害了整个地球，但您没有什么可自责的，得给自己鼓鼓劲，努力搭救我们大家。现在，请您联系黄胖子，我去唤醒大哥,让他拖住黄胖子,给您争取点时间。

　　巴斯基:真没想到,三弟你比我们这些成年人都要坚强。

　　阿寅苦笑:我虽然年纪小,但我见过的惨剧和死人比你们多,心早已经变成了石头,是你们又把它焐热的。

25

乔伍德坐在地上,将马莉金搂在怀中。他想到了死亡,不是"'蝎子'即命运"的"依法死亡",也不是被库巴屠宰分割,烹制成二十道名菜的死亡,而是他自己能够感知得到,甚至是看得见摸得着的,真正的死亡。

假如,他想,假如你当真死去,会变成神吗?别胡思乱想,你这个救世主是假的,这一点你自己最清楚,所以,你死后连一片膨化剂也变不成,怎么可能变成神?你与这个世界最重要的联系,只有眼前这两个结拜兄弟,还有怀中这个可怜的女人。假如你的死亡能够解救他们,就已经很了不起了。解救地球两百多亿地羊的事就算了吧,人要有自知之明,不必再骗自己,你仍然是地下城那个月薪一百多元的臭警察。

阿寅凑到近前:大哥,感觉好些吗?

乔伍德站起身:三弟,把我交出去吧,他们要的是我。

阿寅:大哥您别糊涂,先醒醒,还没到那一步。现在飞船只剩下五台推进器,需要您跟黄胖子聊会儿天,给二哥争取点时间,让我们飞到要塞之前避免再受攻击。

乔伍德:我跟他聊什么?阿寅笑:您跟庇护皇帝和巨德皇帝怎么聊的,就跟他怎么聊。您胡说八道的本事,小弟佩服得五体投地。乔伍德被他逗笑了,但心中仍然苦痛:自从来到西京,我就是个废物,一直拖累你们。

阿寅:大哥您千万别这么说,要不是您在船上,他们绝不会跟我们废话,早就派大型战舰过来,几下子就能把这艘飞船炸成碎片了。

巴斯基向他们招手:黄胖子来了。

乔伍德来到控制台跟前,阿寅悄声对他道:大哥,我在屏幕上给您提供信息,您参考着用。马莉金搂着阿寅不住摇晃:你要给他当提词器啊,真贴心。

乔伍德的心情稍稍平复了一些,不管怎样,现在他们已经走投无路,所以,他在临死之前,必须得为两位结拜兄弟和两个女人找寻一条生路。他用双手拍击面颊,让自己精神一些,又伸臂弯腰活动一下身体,然后对巴斯基道:我准备好了,开始吧。

黄胖子出现在大屏幕上,春风满面的样子,笑嘻嘻拱手施礼:救世主大人,神授皇帝陛下,万岁万岁万万岁。

乔伍德语含讥讽:原来是地球殖民地太空舰队副总司令长官,黄胖子黄大人。

黄胖子:不敢当,微臣在此恭迎圣上起驾还朝。

乔伍德:我的飞船后边有十二艘重装飞船,正一个劲儿地朝我开炮,不方便回去。

阿寅在屏幕下方打出字幕:"咕咾肉号"是一艘旧战舰,有自毁装置。

黄胖子:重装飞船是微臣派来接驾的,您若肯驾返皇宫,他们便是您的卫队。

乔伍德:要不要回去,一会儿再谈,我先给你变个小魔术。

黄胖子:您还是饶了微臣,请早传圣旨,立刻起驾回宫。

乔伍德:不着急,很快就变完。他走到阿寅身边,要过来阿寅从陆战队宪兵那里得来的手枪,又回到屏幕前,对黄胖子笑道:这玩意你也会使,就在这艘船上,你一枪打爆了黑藤良的脑袋。他启动手枪,然后举枪对着自己的脑袋。

黄胖子大叫:皇上,莫要轻生。

只听"砰"的一声,乔伍德的身体向左侧猛地跌出去,在地板上摔出巨大的声响。

众人高声惊叫。黄胖子:您快住手,我让他们停火。

乔伍德慢慢从地上爬起来,用手抚平蓬乱的头发:头发都烧焦了,黄胖子大人,你刚才说什么?

黄胖子:我现在就下令停火。然后,他当着乔伍德的面,连声下达停火命令。

巴斯基对乔伍德道:攻击我们的重装飞船都已经停火,排成作战队形跟在我们船后。

黄胖子:陛下,微臣已经奉旨停火,在您起驾回宫之时,为解旅途烦闷,微臣也给您变个小戏法,以娱圣心。

乔伍德望向巴斯基。巴斯基伸出十指,然后翻转一只手掌。阿寅在屏幕下方打出字幕:到达要塞还需飞行十五分钟。乔伍德转向黄胖子:寡人甚是好奇,请吧。

大屏幕上出现了一个小屏幕,里边的画面是个挺大的房间,有些像医院,一个剃了光头的小伙子出现在画面里。黄胖子:这是原皇家舰队中心医院第三分院,画面中出现的这个小伙子,就是微臣的小小道具,微臣要给您老人家表演一次大变活人。

乔伍德:大变活人演过了,在地下城。

黄胖子:上次是黑藤良导演,史川德表演,而这次是微臣自导自演,请您上眼。

画面中的那个小伙子被医生引导到一个金属台上站好,头部和身体被各种金属紧固件牢牢固定住。乔伍德:脱逃术太老套了,没什么意思。黄胖子:陛下圣明,但这次不是表演脱逃。

接下来发生的事情,让乔伍德等人大出意料。那个小伙子被固定住之后,出现在画面中的,居然是3D打印机,从脚下开始,环绕着那个小伙子开始打印,每打印到有金属紧固件的地方,紧固件便会自动打开,打印过后,紧固件又将该处固定住。

阿寅在屏幕下方打出字幕:这是地球最先进的生物打印技术,打印材料与被打印的生物目标DNA相同,但也可以不同。

最后阶段的头部打印比较复杂,先打印的是头发,然后才是面容。等到修饰完成之后,那个小伙子变得与乔伍德一模一样。黄胖子笑道:皇帝陛下,圣上,救世主大人,请恕微臣擅专之罪,为您老人家制造了一个"替身",恭请圣目御览。

乔伍德:真的挺像我,手艺不错。

黄胖子:多谢陛下夸奖,此乃微臣分所当为。现在,卡尼星大皇帝陛下的特使,卡尼星帝国第一顺位继承人皇太子殿下,已经抵达西京皇宫,专程前来参加陛下的登基大典。总督库巴大人此刻正在向皇太子殿下汇报殖民地球的详细情况。

乔伍德:你是打算让他冒充我,去参加登基大典?

黄胖子:不敢,微臣诚惶诚恐,只想为卡尼星大皇帝和陛下您尽忠,为地球做点有益的小事。打印这个替身,无非是用他引开正在作乱的各路狂徒,保护陛下的安全。

乔伍德:如果我来不及参加登基大典呢?

黄胖子:登基大典17点举行,您现在让巴斯基重新规划航线,两个小时之内肯定能赶到。

乔伍德:晚上的视频节目直播还要举行吗?我收到过库巴总督亲拟的一份节目单。

黄胖子:启奏陛下,刚刚得到喜讯,好叫陛下欢喜,卡尼星大皇帝今天晚上有可能亲自观看库巴总督主持的美食直播节目。

乔伍德扭头望了一眼巴斯基。巴斯基用手做了个"七"的手势,阿寅在屏幕下打出字目:距离要塞还有七分钟航程。

乔伍德问黄胖子:卡尼星皇太子到地球来,有什么要紧事吗?

黄胖子:皇太子殿下屈尊,贵足踏贱地,这是卡尼星给地球的最高礼遇,是您老人家的无上荣光,微臣在这里先给您道喜。

乔伍德:他来干什么?

黄胖子:皇太子殿下是卡尼星第一饕餮,品位无双,一直想品尝鲜活的"地羊刺身"。这次殖民地球成功,皇太子殿下无限欢喜,专程为此而来。库巴总督大人为了讨好皇太子殿下,特地调整了晚上的节目单,将四冷荤中的"椒麻羊耳丝"换成"刺身大拼盘"。

乔伍德冷笑:真让你们费心了。

黄胖子:那么,现在就请陛下起驾吧。

乔伍德:你别做梦了,我绝不回去,你让那个替身去吧。

黄胖子:请陛下暂息雷霆之怒,容微臣细细奏来。微臣一直担心陛下身边混有佞臣,做出有辱圣德之事,所以,微臣根据"咕咾肉号"的航线图分析,发现佞臣必定是阿寅那个小坏蛋,他正在误导您老人家,以为把船藏在要塞附近,微臣的部下就不敢发动攻击了。

阿寅在屏幕下方打出字幕:距离要塞还有四分钟航程,前方出现障碍物。

黄胖子接着道:为此,微臣早已派出了两艘登陆舰,满载陆战队员,在您的航线上恭候圣驾。乔伍德:你派出了什么东西?黄胖子:太空作战使用的登陆舰,可以运载陆战队员登上您乘坐的货运飞船。

乔伍德问巴斯基:是真的吗?巴斯基点点头。乔伍德问阿寅:还有办法吗?

黄胖子:没有办法了,请陛下降旨,减速停船,我会命令陆战队登船迎驾,请您老人家改乘登陆舰回京。

这时,阿寅在屏幕下方打出字幕:我在想办法,但可能没有办法了。乔伍德望向巴斯基,他郑重地点点头。乔伍德又望向马莉金和罗黛莎,她们露出苦笑。

乔伍德还在犹豫,他知道自己肯定是要死的,怎么死已经无关紧要,关键是他不能让两个结拜弟弟和两个女人跟着他一起死。

阿寅在屏幕下方打出字幕:乘救生艇逃不掉,货舱里的警卫飞船还在修理中。

乔伍德对黄胖子道：我一个人乘救生艇下船，然后，你放他们安全离开。

黄胖子大喜：微臣谨遵圣谕。

乔伍德对黄胖子道：爱卿公忠体国，勤勉可嘉，寡人现在就上救生船，你我君臣很快就能见面了。

黄胖子：万岁万岁万万岁。

乔伍德望向巴斯基。巴斯基将屏幕转换为前方的太空实景，只见黑沉沉的太空中，巨大得难以形容的要塞，犹如一座大山耸立在不远处。更近一些的地方，是两艘登陆舰，恰好拦在他们的航线上。

乔伍德用右拳猛击左掌，大吼一声：撞上去吧！然后他扑向两个女人，将她们护在怀中，蹲伏在角落里。

巴斯基将"咕咾肉号"转换为手动驾驶模式，催动仅存的五台推进器，撞向那两艘登陆舰。"咕咾肉号"比登陆舰大十几倍，但两次猛烈的撞击也让乔伍德等人跌倒在控制室的地板上，然后，"咕咾肉号"滑出航线，横着船身向要塞的下方漂移过去。

阿寅的额头受伤，血流满面，但他奋力爬回控制台，不住报告"咕咾肉号"的情况：船艏严重受损……所有炮塔无法操作……计算机启动备用系统……后方武装飞船再次向我船发射飞弹……他一边报告情况，一边在平板电脑上输入要塞的一百二十八位维修密码。

巴斯基稳稳站在手动操作台前，冷静地操控"咕咾肉号"的飞行姿态。乔伍德问：怎么样？巴斯基：还剩下三台推进器，大型货运飞船进出口在要塞下方，我们直接升上去很吃力,还得防止登陆舰跟在我们身后,一起进入要塞。

这时,阿寅接通了要塞的监视系统,将影像传到大屏幕上。可以看到,两艘登陆舰都已经咬住"咕咾肉号",一艘附着在船艏处,另一艘附着在左下方船腹。巴斯基:糟糕!他们已经开始切割"咕咾肉号"的外壳,很快就会攻进来。

阿寅在另一块屏幕上展示要塞货船进出口的设计图:大哥二哥,这个进出口太大了,比我们的船大三倍,如果我们飞进去,那两艘登陆舰也就跟着一起进去了,说不定那十二艘重装飞船也会跟进来。

"咕咾肉号"现在刚好来到要塞货船进出口下方,两艘登陆舰牢牢附着在它身上,切割船身的火花四溅,而另外十二艘重装飞船则在周围布开包围的阵势,监视"咕咾肉号"的行动。

乔伍德对巴斯基和阿寅道:二弟三弟,你们刚才说,这艘船是旧战舰,有自毁装置?巴斯基:是的。乔伍德犹豫了一下:如果现在启动自毁装置,咱们能及时逃出去吗?巴斯基:我检测过船长救生艇,最远可以飞到土星,只是,它的速度不快,怕是很难逃过重装飞船的追击。

乔伍德问马莉金:我的爱人,我还剩下多少时间?马莉金:什么时间?乔伍德:我还有几天"依法死亡"?马莉金:你想那些没边的事情干什么?我们已经来到要塞了,一会儿我进去放上一把火,把这座黑大楼烧成个空壳,看他还指挥"蝎子"害人不!

巴斯基:大哥,您是想用"咕咾肉号"的自毁装置炸掉要塞吗?恐怕不行,要塞太大了,而且是多重结构,自毁装置只够炸毁货船,不会对要塞造成很大破坏。

阿寅:登陆舰已经烧穿了货船外壳,很快就会打开通道,派陆战队员攻进来。

巴斯基:进出口的大门能打开吗?阿寅:已经做好准备。巴斯基:你将大门打开三分之一,能行吗?阿寅:没问题。巴斯基:还得打开所有照明灯。阿寅:好啦,已经全部设定完毕,画面传到屏幕上了。

乔伍德在两个大屏幕上看到,要塞的监视系统拼接出"咕咾肉号"的完整画面,这艘货船的外壳伤痕累累,咬在船艏上的登陆舰已经不再闪动火花。巴斯基手动调整"咕咾肉号"的姿态,货船行动迟缓,慢慢将船身竖起,试图将船艏指向要塞的货船进出口。

进出口厚重的大门缓缓打开到三分之一处,巴斯基借着调整"咕咾肉号",将咬住船艏的登陆舰向要塞的外壁挤压过去。因为"咕咾肉号"沉重船身的挤压,登陆舰破碎、解体、飘入太空。在蓝色地球的背景前,这些舰身碎片和散落出来的陆战队员的尸体,显得那样的怪异和不真实。

巴斯基终于将"咕咾肉号"调整到直立向上的飞行姿态,他催动仅有的三台推进器,向要塞内爬升,并在爬升过程中,将咬在左下方船腹的登陆舰剐蹭在要塞的大门上。乔伍德等人为此高声欢呼,罗黛莎抱住巴斯基不住地亲吻。巴斯基对阿寅大叫:关大门。阿寅:船尾还没进来。巴斯基:重装飞船冲上来啦。

果然,屏幕上显示出,那十二艘环绕监视的重装飞船,正在加速向要塞货运飞船进出口冲来,必定是想要跟在"咕咾肉号"身后,一起进入要塞。阿寅将平板电脑放在控制台上,十指飞舞,快速操作。乔伍德看到,要塞大门正在缓缓关闭,"咕咾肉号"在即将被大门夹住的一瞬,勉强飞进要塞。外边冲上来的十二艘重装飞船,见大门关闭,急忙转弯避免碰撞,贴着要塞的外壁飞去。

巴斯基再次将"咕咾肉号"调整到水平姿态,吃力地升入要塞深处,在尽头处的一个货运平台停下来。

阿寅长出了一口大气:我的亲娘啊,太险啦!

巴斯基大叫:三弟,干得漂亮!大哥,我们成功啦!

众人拥抱在一处,哭作一团。

26

几个人都知道,他们其实是被困在了要塞内部,只是暂时安全;然而,即使是暂时的安全,也足够给他们带来狂喜。因为,他们毕竟从地球殖民地太空舰队副总司令兼太空舰队陆战队总司令黄胖子手中逃了出来。

巴斯基在控制台前忙于检查"咕咾肉号"的受损情况。阿寅:二哥,您帮忙打开飞船的货舱门。巴斯基:要塞内部情况不明,你还是别出去。阿寅:我调要塞的维修机器人进来,帮助我们修船。马莉金:你这孩子真是聪明。罗黛莎:让我亲一个。

乔伍德问阿寅:你知道要塞的"大脑"在哪吗?

阿寅:要塞的核心在什么地方,地球上没有人知道。庇护三世也不知道。

乔伍德:怎么会,你不是说他有密码吗?

阿寅:庇护三世弑君篡位,用炭火烤了他父亲庇护二世十几个小时,只得到了要塞的控制密码和维修密码。其实庇护二世当年也是弑君篡位,听说他率兵围攻皇宫,将他的父亲庇护一世当场击毙,他是从他父亲的贴身太监那里得到的这两个密码。

乔伍德:还有人了解要塞的情况吗?

阿寅:据传说,建造要塞的工程技术人员和工人们,都在完工后被庇护一世处死了。

巴斯基插话:没有资料保存下来吗?

阿寅:有关要塞的核心技术资料,都在庇护二世围攻皇宫的时候,被庇护一世彻底毁掉了,只留传下来这两个密码。

巴斯基:没有人掌握要塞的情况,怎么修护它?

阿寅:它自我维护,需要什么材料,它会发送清单给皇上,然后皇上命我安排运输,所以我才知道,要塞里有一千多台维修机器人,还有大量的机器设备。

巴斯基一喜:能把我们的飞船修好?

阿寅:当然能!要塞里库存的材料甚至能够建造一艘全新的"咕咾肉号"。

众人欢呼:太好啦!

乔伍德问阿寅:把"咕咾肉号"完全修复,大约多长时间?

阿寅查看平板电脑:要塞的维护计算机刚刚评估完毕,完全修复"咕咾肉号"大约二十五天,如果只修复主要系统,特别是修复全部推进器,基本达到星际航行要求,只需要十天的时间。

乔伍德没有说话。阿寅:大哥您放心,"咕咾肉号"为护航的陆战队员储备了充足的食物和饮用水,咱们有吃有喝,甚至可以在这里住上半年。

巴斯基赞同:是这样的,三弟说得没错。

乔伍德拍拍阿寅的肩膀道:三弟,你太了不起了!这可真是个好消息,事不宜迟,现在就开始干吧。

巴斯基和阿寅开始着手制订修复"咕咾肉号"的计划,马莉金和罗黛莎从储藏室内搬来食物和饮用水,大家边吃边干。阿寅从要塞内部调来三百多台维修机器人,"咕咾肉号"内外一派热火朝天的工作景象。

现在的工作乔伍德插不上手,他找个角落坐下来想心事。马莉金给他送来一瓶水,乔伍德:真想喝杯酒啊。马莉金:"人心不足蛇吞象",我仔细找过了,冷藏室里只有饮用水,没有酒。乔伍德:过来陪我一会儿。马莉金笑:大家都在忙,我怎么敢偷懒?您自己歇着吧,救世主大人。

我现在只能歇着了,乔伍德心中感叹。他看了一眼腕上的信息仪,西京的信息仪没有生命记录功能,上边显示的时间是"神授元年元月5日16点45分"。他记得,二十八年前他与高市奇一起种植"蝎子"的时候也是下午,大约17点前后,也就是说,现在距离他"依法死亡"还有整整五天的时间。

他又在想,不知道黄胖子此刻在干什么?那个家伙难缠得很,不会就此罢手,让他安心躲在要塞里。不过,黄胖子这会儿应该还有更大的麻烦,就是神授皇帝的登基大典。卡尼星皇太子的驾临,让他们无法玩弄伪造视频、欺骗观众的把戏了。因为,皇太子不单要看到乔伍德本人,今天晚上还要亲自品尝用乔伍德烹制的美味佳肴。

他热切地盼望黄胖子打印的那个替身能够蒙混过关,只要替身能够代替他登基,并且代替他被烹制成二十道历史名菜,也许,他活着反倒成了黄胖子欺君的罪证,说不定,那个家伙会偷偷放他逃往外星系,而不必一定将他捉拿归案。

接下来,在他头脑中涌起的,是止不住的回忆思潮。就在四天前,元月1日,他参与刺杀了庇护三世。三天前,元月2

日,巨德皇帝颁布《终养法》,80%的地球人从此成为地羊。两天前,元月3日,库巴向他公开了他们的真实目的,殖民地球,将整个地球变成卡尼星的畜栏。昨天,元月4日午后,库巴指挥卡尼星农垦飞船杀死了非洲列岛上的几十亿地球人和全部动植物,摧毁了那里所有的建筑物,将整个列岛变为耕地,用来种植"饲料"。元月4日晚上,库巴直播了将巨德皇帝炒制成肉松的美食节目,向整个银河系宣告殖民地球成功。今天是元月5日,原本应该是库巴扶持他这个傀儡在十几分钟后登基成为神授皇帝,再等几个小时后,则会将他这个刚刚即位的傀儡皇帝烹制成二十道美味佳肴。

他记得,黄胖子此前说过,卡尼星皇太子喜欢吃"地羊刺身"。他从信息仪中调出那二十道菜谱:

四冷荤:夫妻肺片、玛瑙皮冻、糖醋小肋排、椒麻羊耳丝。

四热炒:爆腰花、回锅肉、醋木樨、烹大肠。

四汤菜:水煮肉片、烧烩脑仁、肚丝烂蒜、酸菜白肉。

四饭菜:东坡肘子、柴把肉、清汤肝泥、烧三件。

四甜菜:酸沙黄喉、酿小肚、拔丝羊眼、它似蜜。

他将"椒麻羊耳丝"改成"刺身大拼盘"。这些菜肴他一道也没吃过,怕是整个余生都不会有机会品尝。为此他感觉有些好笑,只是,让别人替你去充当烹饪原料,有什么值得庆幸的?于是,他脸上的笑意变得发苦。

反思真的有好处,让他可以得出清楚明确的结论。乔伍

德感觉自己终于冷静下来,于是,他将每一个字都讲得清清楚楚,郑重对自己道:

"你是整个地球的罪人。"

巴斯基正在向他走来:您说什么?乔伍德:没什么。巴斯基:跟您商量点事情,您还有几天时间?乔伍德知道他想问什么:你现在的工作,是全力修好飞船,别想那些没用的。巴斯基将阿寅也叫过来道:情况并不乐观,我们兄弟三个得开个小会。阿寅显然了解情况,并没有插言。

乔伍德:二弟,我现在一点儿也不怕坏消息。

巴斯基与阿寅对视一眼,起身用他那张金属密码卡打开控制台下的保险箱,从里边取出一只平板电脑,又从保险箱的暗槽中取出两枚沉重的钥匙放进衣袋。在平板电脑启动的时候,他道:大哥您距离"依法死亡"还有五天左右,我距离"依法死亡"的时间看起来很长,但终究是以地羊的身份度过一生。

乔伍德:我已经想清楚了,你们四个要活下去。阿寅,你不是说要塞有两个进出口吗?把我从另外那个进出口放出去,让他们带我回地球。

阿寅:大哥,这个办法没用,我和二哥商量过了,能想到的办法都想过了,您先听二哥说明情况好吗?

乔伍德点点头。巴斯基对阿寅道:还是让大哥先了解一下外边的情况吧。

阿寅举起他的平板电脑,调出画面:我不想让二位嫂嫂担心,所以,您还是在这个小屏幕上看吧。

乔伍德看到,要塞的货运飞船进出口外边,除了重装飞船和一艘外壳破损的登陆舰外,又来了两艘登陆舰,在它们后边,是一艘像"咕咾肉号"那么大的飞船,船舷上用汉英大字写着"炖野兔号 STEWED HARE FREIGHTER",从它的船舱里正列队飞出一群维修机器人模样的小型飞船,向要塞飞来。

阿寅:"炖野兔号"是土卫六上的采矿飞船,刚刚在地球结束维修,被黄胖子派过来协助陆战队进攻。乔伍德问:它肚子里飞出来的是什么?阿寅:是采矿机器人,黄胖子应该是想让他们切割要塞的进出口大门。阿寅换了个画面,果然,那些采矿机器人已经开始动手,进出口大门上火花四溅。

乔伍德:他们大约多长时间能攻进来?

阿寅:货船进出口的大门很厚,很结实,但是,这些采矿机器人非常厉害,大门也许能坚持两个小时,最多两小时。

乔伍德:我发现,外边的重装飞船只剩下了八艘,原来不是有十二艘吗?

阿寅调动画面:这就是要塞的维修进出口,黄胖子派了四艘重装飞船把守,应该是防止我们驾驶货舱里警卫飞船,从这里逃跑。

乔伍德:他们不会从那个进出口攻进来吧?

阿寅:地球的要塞维护中心原本有那个进出口的密码,但我刚进要塞就把它修改了,他们打不开;再者说,他们就算是从那边攻进来,也不认识路,驾着飞船在要塞里乱闯,万一出了事故,损坏了要塞,那可是灭门的大罪。

乔伍德:现在的情况是,黄胖子的陆战队最迟两个小时就会攻进来,我们无处可逃,是这样吗?

巴斯基:也不全是,警卫飞船很快就要修好了,但是,那艘小飞船上只能乘坐四个人。

乔伍德:我早说过,你们四个人要好好活下去,当然是你们上船啦。

阿寅:不是的大哥,我们就算是乘警卫飞船冲出去,也逃不过重装飞船的攻击,没有活路的。

马莉金和罗黛莎向这边凑过来:你们说什么悄悄话呢?

乔伍德:二弟三弟,既然是商量生死之事,大家人人有份,让她们也参加吧。

巴斯基和阿寅齐声:好,听大哥的。

乔伍德用真诚的目光在每个人的脸上看了一遍,最后对巴斯基和阿寅严肃道:我是你们的结拜大哥,在这生死关头,你们不能跟我绕圈子。如果没有想到解决办法,或者是连冒险一试的办法也没找到,你们不会正经八百地和我开会研究,所以,有什么话,你们对大家都说了吧。

巴斯基看了看阿寅,阿寅:二哥,还是您说吧。巴斯基对情况的讲述简明清楚:"咕咔肉号"是一艘老式战舰,十二台推进器刚刚更换了全新核燃料棒,根据阿寅从皇家舰队档案馆调来的资料看,将"咕咔肉号"的自毁装置改造成起爆装置,用来引爆这十二根核燃料棒并不难,困难之处在于,自毁装置需要手动开启。

乔伍德:我现在只关心一件事,引爆了核燃料棒,真的能毁掉要塞吗?

巴斯基:要塞太大了,不过,这次爆炸的能量也会非常大,即使不能将要塞炸碎,但核爆炸产生的电磁波可以毁掉要塞的大半电子元件,产生的高热量可以毁掉要塞的大半生物元件,所以,不论要塞的核心藏在什么地方,都会失去控制"蝎子"的能力,这样一来,您也就不必在指定时间"依法死亡"了。

马莉金高兴道:亲爱的,我们终于可以结婚生子买农场了。

乔伍德柔声对马莉金道:我的爱人,我必须留下来,启动炸弹。

巴斯基引导众人来到控制室中间,取出钥匙,打开一片活动地板,露出下边的自毁装置起爆器。他道:地球所有战舰的自毁装置大同小异,为了避免被掌握更高级电脑技术的外星敌人利用,战舰的自毁装置全部采用原始的机械计时器和机械起爆装置,必须由人来手动操作。

罗黛莎:看得人眼花缭乱,很难弄吗?

巴斯基:大哥,你从来也没接触过这类东西,怕是很难记住操作步骤,如果失败,我们大家谁也逃不出去。

乔伍德:二弟三弟,我将地球两百亿人变成了地羊,现在出现这个机会让我纠正错误,这是命中注定,免得让我变成千古罪人。

巴斯基还要劝说,阿寅止住了他的话头:二哥,操作步骤没有多复杂,你现在就教大哥,我们的时间不多了。巴斯基怒道:你想让大哥就这么死吗?炸毁了要塞,他更有活下去的理由。

阿寅笑道:我倒是可以留下,反正我死就死了,没什么牵挂,但你们肯定不会同意,所以我也就没必要假意争取。做事情要实事求是,大哥觉得自己有罪,害了地球两百亿人,你却非得让他逃跑,由你替他死在这里,没有这个道理!

巴斯基:怎么没道理?

阿寅感叹:大哥就算是逃出去,后半辈子也只剩下愧疚,与其生不如死,还不如让他死得像个英雄。

众人都想讲话,马莉金伸手止住众人。她道:三弟说得有道理,你们别在这浪费时间了,抓紧干活要紧,但有一样,你们一定得保证你们大哥死得像古代传奇剧中的伟大英雄,我留下来陪着他,绝不能让大英雄孤独死去。

乔伍德笑出泪来:亲爱的,你是我的知己。

马莉金也在流泪:我跟着你沾光,青史留名。

27

阿寅指挥要塞内的维修机器人抢修警卫飞船,已经接近完工。巴斯基则指挥"咕咾肉号"自带的二十四台维修机器人,全力改造自毁装置。马莉金和罗黛莎负责在大屏幕上监视采矿机器人对货船进出口大门的切割。

乔伍德将巴斯基传授给他的起爆五步骤写在手臂上,独自蹲在自毁装置起爆器前,一遍又一遍地复习。在无利可图的情况下,舍弃自身,救护他人,这种行为完全偏离了他以往接受的教育和生活经验,却居然让他从心底生出一股甜蜜。在他的经验中,"依法死亡"是件悲伤的事,出意外横死是件可悲之事,而为了他人自觉自愿去死,如果在以往,他必定会认为是疯了,心智失常。

他自问:此时此刻,我的心智正常吗,不会也失常了吧?他望了一眼忙碌的同伴,又望了一眼忙碌的维修机器人,自答:《护民官格言》说,"拔一毫以利天下而不为,此谓之智;舍生取义,推己及人,此谓之愚。"《护民官格言》还说,"仁者爱钱,智者好利,争钱夺利,其乐无极。"另外还有……他用力摇了摇头,甩掉头脑中潮水般涌现的《护民官格言》,这种自幼背诵如流的地下城人生准则,对于此时的他毫无指导意义,反倒是每一条都是充分的反对理由。

281

马莉金突然大叫一声:不好!乔伍德抬头望去,通过要塞内部的监视器可以看到,在货船进出口的一扇大门上,已经出现了几十处被切割穿透的火花,形成了一个"门"形图案。他们调出要塞外部的监视器,可以清楚地看到,采矿机器人在大门上焊接了两只巨大的门环,并且从"炖野兔号"上拉出两条粗大的缆绳,试图挂在要塞大门的门环上。

阿寅:糟糕,我们的时间不多了,警卫飞船已经完全修复,二哥你那边怎么样了?

巴斯基:还差一点儿,三弟,你把要塞的维修机器人全都调到货船进出口的通道里,把他们设定为拆船模式。

阿寅答应一声,立刻动手。乔伍德看到,三百台维修机器人有序进入货船进出口通道,攀伏在通道内壁的凹槽里。

大屏幕上一股强光照射进来,货船进出口的一扇大门被"炖野兔号"拉掉了。最先飞进来的是一艘重装飞船,停在门口处,应该是在扫描通道内部的情况。过了一会儿,这艘重装飞船开始沿着通道慢慢向上爬升,突然,从通道内壁上跃出十几台维修机器人,攀住重装飞船,机械臂挥舞着各种工具,立刻开始拆船。那艘重装飞船的推进器怒吼一声,喷出火来,掉头逃出要塞。

控制室内一片欢腾,阿寅蹦蹦跳跳地与每个人击掌相庆。从大屏幕上可以看到,那艘逃出去的重装飞船,船身上挂着十几台忙碌的维修机器人,一路抛撒零件远去了。其他的飞船像是被这奇异的景象吓住了,全都停在原地,没有动作。

巴斯基大叫:三弟,干得好!大哥,大嫂,三弟为我们争取了时间,请你们跟我来一下。

乔伍德和马莉金跟随巴斯基进入船长救生艇。巴斯基：大哥，大嫂，你们启动了"咕咾肉号"的自毁装置之后，它只有三分钟的倒计时，是供船员撤离的时间，只不过，这次是十二根核燃料棒的爆炸，比货船自毁的爆炸力量要大上两千倍，又是从要塞内部往外逃，生存的机会几乎等于零。

马莉金：等于零也是机会，不试试怎么知道！你大哥从一个臭警察变成救世主，又变成神授皇帝，这种机会比零还小。

乔伍德和巴斯基都被马莉金的乐观情绪感染了，不由得笑出声来。乔伍德：你跟二弟学学怎么驾驶这玩意儿吧。马莉金：你一起学，万一我出点什么事，只能由你来驾驶。乔伍德：你能出什么事？马莉金：万一我怀孕了，吐得像喷壶一样怎么办，你必须学。

船长救生艇并不难操作，驾驶技术和他在地下城里驾驶电动汽车差别有限，乔伍德很快就学会了，但他一点儿也不认为这会有用。那十二根核燃料棒必须一起爆炸，才能彻底摧毁要塞。如果爆炸时他还能乘救生艇逃出去，便说明爆炸的力量不够大，没能摧毁要塞，五天后他的"蝎子"就会收到要塞的指令，让他"依法死亡"。

船货进出口通道内的战斗又开始了，阿寅操作平板电脑，使用维修机器人与攻进来的重装飞船展开了一场缠斗。重装飞船不敢在要塞内部开火射击，但是，每一艘重装飞船逃离之时，都会带走一二十只维修机器人，通道内壁上的机器人越来越少。

乔伍德：那些飞船驾驶员不怕死吗？阿寅：他们必定是接到了黄胖子的死命令，不进攻便是违抗军令。临阵脱逃者，本人处死,全家降级为奴隶。巴斯基:重装飞船的驾驶舱本身也是救生舱,重返大气层后,他们可以弃船逃生。

阿寅:不好,守在维修进出口的四艘重装飞船,有三艘被调到这边来,我只剩下不到一百台机器人啦。

乔伍德:太好了!你们撤离的出口只剩下一艘重装飞船,逃生的机会很大。

巴斯基:三弟坚持住,自毁装置还有八分钟改造完成,再加上自我检测三分钟,我最多需要十五分钟。

乔伍德问:三弟,你不是说,要塞里有上千台维修机器人吗,都调出来呀。

阿寅:大哥,我只能调动这三百台,我没有要塞的控制密码,其他机器人我指挥不了。

就在这时,有一块未曾打开的大屏幕上亮光一闪,刚开始时画面抖动,很快便稳定住了。库巴笑容可掬地出现在屏幕上:哈哈哈哈,北极星高贵血统的传人,救世主降临,银河系的继承人,政教合一的地球之主,光明、伟大、仁慈、荣耀的神授皇帝陛下,万岁万岁万万岁。

乔伍德看了看巴斯基和阿寅。阿寅:这是蓝月星球的黑客技术,我们挡不住的。乔伍德只能对库巴道:总督大人,别来无恙。

库巴:救世主大人,我给您看样东西。乔伍德:变戏法就不看了。库巴:是大变活人。他从旁边拉过一个人来,是黄胖子。

黄胖子大叫:救世主大人救命。

库巴:这个家伙隐瞒您出巡要塞的事实,擅自行动,调动舰队冒犯了您。您大人有大量,请您不计前嫌,原谅本总督失察之过。说话间,他张开巨口,向黄胖子的脖子上一咬,将黄胖子的脖子咬断,然后将口中的人头啐了出去。

马莉金和罗黛莎惊叫着捂住眼睛躲开了。乔伍德努力控制自己,以免呕吐出来。

库巴一脸厌恶的表情:我还是喜欢加热烹调的美味,刺身太腥了。

乔伍德向旁边的大屏幕上看了一眼,货船进出口通道内的战斗仍然激烈,但是很明显,参与抵抗的维修机器人已经很少了,它们正在与一艘登陆舰苦战。

库巴取了一瓶酒在漱口,其声也如雷,然后他道:"以地球的名义,正义得到伸张"。报告救世主大人一个好消息,处决了这个叛逆之臣,您就平安了。

乔伍德:我绝不回去。

库巴:本总督绝无强迫之意,此次拜望,只是想向您表达我最诚恳的敬意,顺便跟您汇报,卡尼星皇太子殿下对您的登基大典非常满意,他老人家已经明确表示,回国之后,将为我申请封爵。

乔伍德:恭喜恭喜,我这儿正忙,不陪您聊天了,再见。

库巴:且慢,有好事。为了感谢您对卡尼星殖民地球的帮助,我已经向地球殖民地太空舰队和卡尼星远征舰队下达放行"咕咾肉号"的命令,从现在开始,您自由了。不论是回地球定居,还是离开太阳系,您乘坐"咕咾肉号"想到任何地方去都可以。

阿寅凑上来,悄悄在乔伍德耳边道:卡尼星有蓝月星球最先进的生物鉴定技术，晚上做菜时，那个替身没办法冒充您，他想骗您回去。

库巴仿佛知道乔伍德在想些什么，他道：皇太子殿下公务繁忙，今天下午收到大皇帝陛下的圣谕，命他即刻返回卡尼星，所以，本总督只好取消今天晚上的美食直播节目。

乔伍德：这么说，您用不着拿我去做"肚丝烂蒜、东坡肘子"了？

库巴：现在地羊原料很丰富，不会再麻烦您了。

乔伍德：皇太子殿下不是想吃我的刺身吗？

库巴：看来您还是不肯相信我的善良之意，我是当真要放您离开，去其他殖民星球"结婚生子买农场"，过您梦想的小日子。咱们还是让事实说话吧，在下为皇太子殿下送行的新闻正在播出，请您过目。屏幕出现的是一座宫殿的内景，与庇护三世的行宫装饰风格相近，唯一不同的是，墙上的画像是卡尼星大皇帝。只见一个矮小瘦弱的卡尼星人与一个地球人并排站立，地球人正在发表演说。画面转成近景，那个地球人正是乔伍德的替身。

替身满面笑容道：卡尼星与地球乃主仆之邦，共存共荣，"天下没有不是的主人"，对于卡尼星大皇帝陛下的美意，地球人应该满怀感恩之心。在这里，我代表全体地球人向太子殿下奉上微薄之物，算是为太子殿下的归国之旅准备的"路菜"。

有黑白二力士推上来一辆小推车，车上锁着一人。乔伍德不由得骂了一句，罗黛莎发出一阵悲啼。原来，他们送给皇太子当"路菜"的，是西京地下城浅草按摩院的妈妈桑。

库巴再次出现:向救世主大人汇报,皇太子殿下一走,本总督便是地球殖民地的独裁者,再不会有人胆敢质疑您的替身是真是假。地球人迷信,有您的替身冒充"救世主",推行《终养法》会省很多力气。

乔伍德有些糊涂,他看看朋友们,大家也都满脸迷惑。

库巴:本总督冒昧打扰,只想把我对您的真诚心意说说清楚,免得您心存疑虑,无法自由享受新生活。那么,咱们就此别过,祝您老人家生活富足,子孙满堂,多福多寿。言罢,库巴拱了拱手,便消失了,那个大屏幕也随即变黑。

乔伍德与众人大眼瞪小眼:这就告别了?

阿寅扑向控制台,调动要塞的监视器。要塞内外所有的重装飞船、登陆舰和"炖野兔号",全都不见了,留下的只有战斗中被拆下来的大量飞船零件,散乱地飘浮在太空中。

众人大眼瞪小眼,不敢相信眼前的情景。

乔伍德:我不了解卡尼星人,不相信库巴就这么轻易放我们离开。

阿寅:我替庇护三世掌管机密大约五年,与卡尼星人长期打交道,他们做事简单、粗暴、直接,但是,小心无大错,卡尼星人虽然头脑简单,但并不代表他们不会耍花招。

阿寅让巴斯基对"咕咾肉号"的控制系统进行一次全面自检,以免库巴利用蓝月星球的电脑技术渗透进来,他自己则利用平板电脑搜索地球上的相关信息。

乔伍德打开一个大屏幕,查看地球上播报的新闻。西京的视频节目在宣传《终养法》,儿童合唱团在高唱:《终养法》好,《终养法》妙,《终养法》的内容要知道;《终养法》好,《终养法》妙,《终养法》让人人都吃饱。南美列岛的视频节目很乱杂,有殖民地政府军镇压叛军的消息,有饥民哄抢食品的消息,还有贵族的奢华婚礼,以及足球比赛的新闻。北美大岛的视频节目很单调,只是反复播放巨德皇帝制作的那个"救世主解说《终养法》"的专题片。而非洲列岛的视频节目,则是全球采访人们对非洲农业化的反应,只有一个问题"你认为非洲农业化好吗",所有被采访对象全都表示赞成,兴致勃勃地谈论即将能够吃到的美食,面包、米饭、拉面、萨其马……没有人谈及非洲瞬间死去的几十亿人。

过了许久,巴斯基:大哥,船上没有发现被黑客侵入的迹象,现在"咕咾肉号"有五台推进器可以使用,如果我们将维修材料运到船上,一边飞行一边维修,到达太阳系边缘最快五天,慢一点七天,这段时间至少能再修好三台推进器,到时我们正好可以"跳跃"。

乔伍德:这样一来,在我"依法死亡"的时候,我们已经远离要塞了?

阿寅:是的,要塞对"蝎子"的控制范围,最远只能到达土卫六的矿场。

乔伍德秉承他一贯的怀疑态度:我不敢相信,不会有这么好的事!二弟,请你一边修船,一边深入研究,看看还有什么我们没想到的危险。

阿寅:大哥,库巴现在正忙于镇压地球各大岛的叛乱,同时,他还得处理与蜣螂星的外交冲突,好像已经把我们放弃了。

乔伍德:你怎么会知道,他不会命令别人代替黄胖子,在什么地方伏击我们吗？

阿寅笑道：我现在仍然能够进入地球的各个主要电脑系统，而且我精通卡尼星语言，没有什么事情可以瞒得过我。库巴现在最担心的不是您，也不是地球，而是蜣螂星的舰队，他们两家联合进攻地球，卡尼星拿到了全部好处，蜣螂星一无所得，所以，那些昆虫愤怒了，提出非常无礼的利益分配条件，要求库巴将地球出口蜣螂星的孵化用精品养料，全部免费供应。

乔伍德还是无法相信：库巴不会就这样放我们逃走。

阿寅：卡尼星、蜣螂星和地球殖民地的舰队，已经全部进入一级战备状态，随时可能开战，我们真的安全了。

马莉金安抚乔伍德：我的爱人，这些事情我们都不懂，别再担忧了，还是想点好事。我们离开地球之后，找一个好地方住下来，像外星传奇剧那样。我在家里养鸡，养鸭，养奶牛，生一大群孩子，你在外边钓鱼，打猎，种庄稼。

罗黛莎也说：我也想过这种日子，想吃什么就吃什么，和相爱的人在一起，每天有说不完的情话。

阿寅：我们的船上虽然没有货，但我们可以把"咕咾肉号"卖掉，卖得再便宜也够我们三家用的。到时候我开一家贸易公司，把你们的农产品卖掉，等挣钱多了，我们还可以成立一家投资基金，买卖银河系各国发行的国债，用不了几年，大家都是大富翁。

乔伍德：我们将来会住在什么地方？

阿寅兴奋起来：可去的地方太多了，最好找一个各种族杂居、能够和平共处的地方。

乔伍德：还有这种好地方，很远吗？

阿寅:这得问二哥,我没有驾驶飞船星际航行的经验,二哥独自航行的机会很多,他是著名刺客。

大家的目光转向巴斯基,却发现他一脸愁容。

巴斯基:我发现了一个问题,不论我怎样规划"咕咾肉号"的飞行航线,都有一个潜在的危险。大家凝神静听。他道:我们只有飞到太阳系外缘,才能"起跳",跳跃到我们想去的星系,这就意味着,只要我们飞离地球,我们的航线就不再是秘密。

阿寅:糟糕,我不是军人,没想到这件事。

巴斯基:在我们到达起跳点途中,如果库巴想要抓捕,或者杀死我们,只要提前十几个小时,他就可以命令太空舰队的任何一艘战舰从太阳系外缘起跳,跳到我们的起跳点,在那里伏击我们,到时候,我们一点儿逃跑的机会也没有。

乔伍德和阿寅齐声问:我们不能提前起跳吗?

巴斯基:不能。因为引力的作用,没有到达太阳系的引力之外就提前起跳,任何飞船和战舰都会消失在宇宙中,没有例外。

马莉金瞪大好奇的双眼:消失的飞船到哪去了?

巴斯基叹了口气:银河系的科学水平有限,目前还不能破解这个秘密。

大家沉默了好一阵,乔伍德拍拍手掌,激励大家:好啦,大家放松一下,在那个什么起跳点被伏击,只是我们的猜测而已,咱们先修船、吃饭、睡觉,有什么事,明天再说。

于是,阿寅将剩下的三十几台维修机器人从货运进出口通道里调回来,与"咕咾肉号"自带的二十四台维修机器人一起抢修飞船。马莉金和罗黛莎负责安排大家的饮食和卧具。

乔伍德找个角落躺下来,他相信,只有充足的睡眠,才能保证他的判断力和想象力,明天,必定会有解决办法。

"地球历神授元年,元月6日,6点30分,西京市天气,晴,霾,风力一二级,最高气温零上6摄氏度。"

乔伍德被信息仪接收到的天气预报吵醒了,他伸了个懒腰,记起自己还有四天半"依法死亡",但已经无所谓了。

马莉金给他送来水和干粮,他打开大屏幕看新闻。巴斯基满脸倦容:报告大家一个好消息,又修复了一台推进器。罗黛莎:你一夜没睡?巴斯基:起飞之后,我有时间睡觉。

乔伍德:飞船能起飞了?巴斯基:我昨晚检查过飞船的外壳,防护盾几乎全部毁掉了,外壳也有多处受损,不过,小心一点驾驶,应该没问题。乔伍德:辛苦你了,先睡一会儿吧。

马莉金叫道:快来看。

大屏幕上正在播放西京市民踊跃种植"蝎子"的新闻,第一批种植"蝎子"的全都是十六七岁的少年男女,画面中人头攒动,成千上万,每个人奖励一公斤"杂和面"压缩饼干。年轻人手捧压缩饼干大口咀嚼,脸上现出满足的笑容。

乔伍德:什么是"杂和面"饼干?

阿寅:就是用玉米制品、小麦制品、大米制品、豆类制品等等,加上甜味素和盐,烤熟压缩而成,是非常好的充饥食物。地球四等三级以下,每年皇上的生日,也就是"万寿节",每人供应四分之一公斤。

乔伍德:真的好吃吗?马莉金从陆战队员的食品堆里挑

出一块,递给乔伍德:昨天我尝了尝,没敢让你们吃。乔伍德打开包装,咬了一口,觉得硌牙,嚼了一阵,感觉不适,只好喝了口水,强咽下去。

巴斯基笑道:你们地下城的人被娇惯坏了,这么好的东西都咽不下去。

乔伍德不高兴:好吃你吃啊!

巴斯基郑重道:大哥,好东西不能浪费,我舍不得多吃。

阿寅给他们打圆场:二哥别不高兴。大哥,这东西里边没有粮食,算不上好吃,但也不能说它难吃,低等级人真的吃不到。

乔伍德感觉有些难过:你刚才还说它是粮食制品。

阿寅笑:粮食制品不假,主要是玉米皮、米糠、麸子和豆饼。乔伍德:什么东西?阿寅:说了您也不明白,地下城中没有这方面的知识,您是吃能量棒长大的。

乔伍德怒道:什么能量棒,是精品饲料,我们不过是精品地羊。但他立刻便清醒过来,惭愧道:对不住,二弟、三弟,为兄失态了。

巴斯基和阿寅摇头:大哥不必介怀,没什么。

这时,正在播放新闻的大屏幕上一闪,画面变成了库巴,他咧着大嘴笑道:救世主大人,各位朋友,真担心赶不上给你们送行,都准备好了吗?还有什么需要,我派人给您送去?

乔伍德:总督大人,您太客气了,我们正在收看西京的新闻,您在地球的工作推进得很快,了不起啊。

库巴笑得更欢了:托福,托福,借您的吉言,地球殖民地的工作确实正在稳步推进。欧亚大岛和北美大岛地下城的工厂已经全力开工,三班倒生产"生命记录仪",也就是"蝎子",还有和它配套的信息仪,一百二十多亿适龄地球人,我争取在年内完成种植。哎呀,形势逼人哪!为了向卡尼星大皇帝表忠心,地球上下各等级居民人人奋勇,个个当先,在下忝居总督之位,不能不率先垂范。

乔伍德拱手:那么,多谢您来送行,咱们就此别过?

库巴也拱手施礼:我听说,黄胖子昨天向您老人家发动进攻,把"咕咾肉号"击伤了,要不,我把我的私人飞船派给您,那艘飞船您坐过,是银河系最先进的飞船,可以送您到任何星球。

乔伍德:您太客气了,"咕咾肉号"受伤不重,勉强还能飞,就不给您添麻烦了。

库巴:那么,恭敬不如从命,等您在外边安顿好了,千万捎个信给我,在您方便的时候,我过去串门儿。

乔伍德笑容满面:欢迎之至。

库巴:我让手下给阿寅小朋友的账上汇了点钱过去,您别嫌少,一份心意,穷家富路嘛。

阿寅:钱刚收到,一万元银河系通兑债券,谢谢您这么慷慨。

乔伍德笑:那我就爱财了,多谢,多谢。

库巴满面笑容:不客气,多保重,一路平安,再见,再见。

库巴从大屏幕上消失,恢复了新闻视频。

巴斯基:库巴这家伙是什么意思?罗黛莎:说得真好听,给钱也大方。马莉金:一嘴的甜言蜜语,就怕是一肚子坏心眼儿。

乔伍德：他就是一肚子坏心眼儿。

听到乔伍德这话，所有人都没有反驳，也没有惊恐，而是各自低头想心事。

乔伍德对巴斯基和阿寅道：一味担心没有用，还是先干点正经事吧。他引导众人来到"咕咾肉号"自毁装置起爆器前，问巴斯基和阿寅：我想再问一遍，库巴能不能用他的先进电脑技术控制这个炸弹。

巴斯基：这是个全机械装置，而且有独立电源，与"咕咾肉号"的电脑系统没有联系，任何人从外界都操控不了。

阿寅：二哥说得对，库巴不可能在我们飞行过程中引爆自毁装置。

乔伍德想了想道：如此看来，库巴也许真的要放我们逃走，不会拦截我们。

马莉金和罗黛莎齐声问：真的，为什么？

乔伍德：库巴现在最担心的是什么，他随随便便就弄死非洲列岛几十亿人，我们五个人的死活，对他无关紧要。

巴斯基：大哥说得有道理。库巴担心的不是我们，而是要塞。

乔伍德：正是如此，库巴认为，只有我们离开，要塞才会安全。

阿寅：库巴自己也说过，地球建造要塞花了六十多年，运行一百多年，没有要塞积累了一百多年的数据，根本没办法管理"地羊"。

乔伍德：所以，库巴又是送行，又是送路费，目的只有一个，就是让我们赶紧离开要塞。

阿寅:是的,"第二次地羊之战"后,卡尼星殖民地球,因为管理不善,地球只剩下了七十亿人,让他们不得不放弃殖民。

乔伍德:没有要塞,就不会有"蝎子",也不会有《终养法》。

众人望着乔伍德,很明显,大家认为他说得对,但是,大家也都有顾虑。罗黛莎感叹:昨天说得多好,去殖民星球,"娶妻生子买农场",过小日子,我现在根本不想回地球去。

马莉金:我也不想回地球,我也想过好日子,但是,我的爱人,我听你的,你怎么决定,我怎么干。

巴斯基表情很痛苦:大哥。他说不下去了,转身抱住罗黛莎。

阿寅:"人不为己,天诛地灭",不过,回到地球,唉,总比早夭强些。

播音员突然提高了声音,大屏幕上插播重要新闻。播音员的声音非常紧张:各位观众,现在插播重要新闻,西京市发生暴乱,暴徒到处抢劫杀人,请居民待在家中,千万不要外出。再重复一遍,西京市发生暴乱,暴徒到处抢劫杀人,请居民待在家中,千万不要外出。视频画面上出现的是西京航空站,成千上万的人,一团团,一股股,一片片,由一个中心点向四外扩散开来。陆战队员们与这些人发生枪战,但很快就被强大的火力消灭掉,他们的武器和汽车全都被暴民抢走。航空港的警卫飞船和卫戍部队的重装飞船在空中盘旋,向人群疯狂射击,人群中有不少人使用肩扛式飞弹迎击飞船,已有数艘飞船被飞弹击中。

播音员:面对欧亚大岛和北美大岛地下城居民因为食物和饮用水短缺发动的暴乱,地球殖民地政府沉着应对,成竹在胸。总督库巴大人颁布戒严令,宣布全球进入一级战备,所有执法部队和军队总动员,全力镇压地下城居民的暴乱,在必要的时候,为了维护地球两百亿军民的生命财产,殖民地政府将启动庇护二世的"丙字一号法令"。

乔伍德问阿寅:什么法令?

阿寅:庇护二世的"丙字一号法令",第三次地羊之战那年,地球经济崩溃,食物断绝,饥民遍地,实在无力供应地下城的居民,于是,全球四大岛十几个地下城的居民发动暴乱,冲上地面,攻击并占领了多座城市,很快,有许多低等级的地球人也加入了他们的队伍,攻占城市和岛屿,杀死贵族,抢夺食物。

马莉金大叫:你们看!乔伍德从大屏幕上看到,白夜酒吧的伊凡,带领着全副武装的制药厂工人,乘坐几十辆敞篷双层公交车,沿着西京市狭窄的街道浩浩荡荡地驶来。

阿寅:这些傻瓜不知道厉害,庇护二世的"丙字一号法令",就是通过要塞向"蝎子"下达指令,根据"生命记录仪"的编号,分号段提早启动"依法死亡"程序,一次可以杀死上亿人。那段历史不允许保留相关资料,我听宫中老太监们说,那次总共杀死了十几亿地下城居民,这才平定了暴乱。

乔伍德问阿寅:库巴也要这么干吗?

阿寅:昨天在非洲列岛,他吃顿饭的工夫就杀死了几十亿地球人,这次如果说他有所顾虑,必定是因为地下城的"精品地羊"乃卡尼星昂贵的奢侈品,杀死太浪费了。

大家被阿寅的话惊住了,面面相觑。阿寅却笑道:这条消息至少证明了一件事,库巴没能得到要塞的控制密码,暂时无法启动庇护二世的"丙字一号法令",否则,他根本用不着进行全球总动员。

乔伍德疑虑:这是不是说,地球人有机会自己解救自己,用不着我们帮忙了?

阿寅摇头:未必,控制要塞的一百二十八位密码,用卡尼星人掌握的先进蓝月技术去破解,不会太难,最多几天时间吧。

乔伍德忧心如焚:库巴来地球这么长时间,会不会已经破解了要塞的控制密码?

阿寅:至少他现在还没破解,否则,你们四个人早就死了。

马莉金对阿寅道:我们死了,不是还有你吗?你来引爆。

阿寅轻蔑道:大嫂,地球两百亿军民是不是变成地羊,我一点儿都不关心,我只是想跟你们在一起,所以才留下来。

听了阿寅的讲述,乔伍德感觉对目前的境况有了清楚的认识,他拍手将大家召集到一起道:好啦,地球的情况大家都知道了,我们的处境大家也很清楚,我们必须得做出一个决定。

巴斯基和阿寅:同意。

马莉金和罗黛莎:同意。

乔伍德:我们当然可以驾驶"咕咔肉号"飞往外星殖民地,就算是库巴原打算伏击我们,现在他也肯定顾不上了,不过,我们还有一条道路需要选择,就是像原计划那样,你们四个人乘警卫飞船回地球,我引爆"咕咔肉号",炸掉要塞。

马莉金:放屁!老娘说得清清楚楚,让他们仨先走,我跟你留下。

巴斯基惭愧:大哥,我就不再争执了,您为两百亿地球人舍身成仁,我负责照顾他们三人逃离。只是,现在地球大乱,我们需要找一个安全的落脚点。

罗黛莎挽住他的胳膊:亲爱的,你到哪儿,我跟到哪儿。

阿寅:大哥,炸要塞的事就拜托您了,不过,即使只有一丝半毫的机会,也请您不要放弃,一定要尝试一下,争取能活下来,与我们大家再见面。

乔伍德在巴斯基、罗黛莎和阿寅脸上慢慢地看了一遍,心情很激动。他道:二弟、弟妹、三弟,为兄在地下城浑浑噩噩活了四十五年,做梦也想不到,能够有你们这样的好弟兄,我这一辈子,没白活,知足了。

巴斯基、罗黛莎和阿寅三人放声大哭,一起向乔伍德和马莉金跪倒行礼。乔伍德和马莉金与大家抱在一处,痛痛快快大哭一场。

于是,阿寅开始搜索地球上的落脚点,乔伍德和马莉金帮着他们做撤离准备,尽量多带食物。阿寅突然大叫一声:钱神在上,我们有福了,找到一处好地方。他将画面放到大屏幕上,那是一座植物茂盛的小岛,位于非洲列岛西边,面积很小,只有它东边那座岛屿的百分之一大小。

巴斯基问:这是什么地方?

阿寅:这是庇护三世在非洲列岛的行宫,名叫"留尼旺",可能是因为太小了,而且都是高山,没有被库巴平整成耕地。

乔伍德问:这里安全吗?

阿寅将找到的资料发到大屏幕上:从昨天下午开始,行宫的官员、警卫部队,还有岛上的地方官员、贵族和警察全都乘飞船逃跑了。现在岛上只有两千多低等级居民,还有行宫里的一千多名仆人、侍女和园丁,应该很安全。

巴斯基和罗黛莎感叹:真是太好啦。

阿寅:二哥,我们出发吧,岛上果树成林,正是成熟季节。

乔伍德和马莉金与他们三人一一拥抱告别,五个人再次确认信息仪之间联络通畅。巴斯基:大哥,我已经将救生艇的降落地点设定在留尼旺行宫,起爆之后,请您立刻联系我们,大家在留尼旺重聚。

马莉金:二弟、三弟、弟妹,多保重,我会想你们的。

乔伍德用双手扶住马莉金的肩膀,对巴斯基:你们放心,我和你大嫂一定争取活下去。说话间,他突然挥动左臂,一个凶猛的左勾拳侧击马莉金的下颌。马莉金撤步屈膝,晃动上身,躲过这一拳。乔伍德的右勾拳紧跟着就到了,马莉金俯身避开来拳,钻入乔伍德怀中,同时挥右拳猛击他的胃部,接着转身拉住他的右臂,使出一招"背负投",将乔伍德摔出去两米多远。

乔伍德躺在地板上痛苦地大叫:你这个傻娘儿们。

马莉金得意道:臭警察,老娘早就在提防你这一招。

乔伍德流泪:求你啦,跟他们走吧。

马莉金斩钉截铁:你想一个人死,别做梦啦。

巴斯基、罗黛莎和阿寅乘两轮机动车出发,带着大包小包的食物。乔伍德让他们带上步枪和手枪,叮嘱道:千万别耽搁,登上警卫飞船,开足马力,全速撤离。三人已无话可说,唯有挥泪而已。

马莉金故作开心道：在行宫里找到好吃的，给我留一点。

阿寅：留尼旺出产香草冰激凌，乃世间无上美味，是庇护三世的最爱，大哥大嫂一定要来尝尝。

三位朋友驾车离去，乔伍德温柔地拥抱马莉金。他知道自己还有逃离的机会，只要用信息仪发出一声召唤，巴斯基他们立刻就会回来，然后他们五个人一起驾驶"咕咾肉号"飞向外太空，去寻找那种他四十五年生命中都不敢梦想的最为美好的生活。"娶妻生子买农场"，多么诱人的口号，说起来朗朗上口，想想就让人活得有希望。

乔伍德轻抚依偎在他胸前的马莉金，笑道："早死早托生"，咱们开始吧，启动炸弹挺麻烦的。

马莉金：找个好星球投生，来世还跟你做夫妻。

乔伍德取出巴斯基交给他的两把钥匙，插在"咕咾肉号"自毁装置上对应的钥匙孔中，笑道：起爆炸弹需要两个人同时转动两把钥匙，我原打算一个人干，一只钥匙用手指，另一只钥匙用脚趾。

马莉金甜蜜道：你这狠心贼。

乔伍德打破电源开关的保护外罩，给自毁装置接通独立电源。电源按钮下边有一排五个启动手柄，每个手柄前有一红一绿两盏小小的指示灯，标有12345的数字顺序，现在同时亮起的是五盏红色指示灯。

巴斯基曾千叮咛万嘱咐，每亮起一盏绿色指示灯，他才能将对应的手柄向下拉到底，并向左横推挂在锁定凹槽中。如果绿灯没亮他就提前拉动手柄，起爆器的自我保护装置就会切断电源,到那时,只能将所有手柄复位,重新启动电源,再按照起爆程序从头开始。等到五个手柄全部到位并锁定,必须得同时转动两把钥匙,然后,起爆装置便开始倒计时。计时器是三位数机械装置,共计一百八十秒,一旦开始倒计时,起爆就无法终止了,打碎计时器也没用。

当时巴斯基拉住乔伍德的手道:大哥,我已经把救生艇上启动器的防护外罩取下来,只要计数器开时转动,您就立刻冲进救生艇,猛击启动器的红色按钮,然后戴上防撞头盔,系好安全带。乔伍德答应得很干脆:一定。巴斯基:大哥,死生有命,就算是必死,也要试着走活路。

马莉金此时已经往救生艇里装了好几箱食物和饮用水,过来问:到了留尼旺,不知道东西够不够吃,要不我再去推一车食物带上?

信息仪里传来阿寅的声音:大哥,我们起飞了,您一定要来找我们。从大屏幕上可以看到,阿寅驾驶警卫飞船冲出要塞的货船进出口,向地球飞去。

乔伍德:二弟,三弟,你们放心去吧。他切断与阿寅的通话,问马莉金:你身上带着刀吗?马莉金:只有一把指甲刀。乔伍德:你去那边,打开墙上的急救箱,看看里边有没有手术刀。马莉金不高兴:你怎么想一出是一出。乔伍德大叫:快去!

1号手柄的绿色指示灯亮了,乔伍德拉下手柄并锁住。2号手柄仍然是红灯。

马莉金取了急救箱过来,打开给他看。里边只有激光手术刀,他鼓捣一阵,不会使用。于是他从急救箱中取出一把剪刀,交给马莉金道:你干雇佣枪手不少年了,应该见过血,不怕帮我做个小手术,取出我后脑上的"蝎子"吧?

马莉金:你又抽哪门子风?

乔伍德:不是抽风,而是情况危急。没有要塞的控制密码,库巴就不能启用庇护二世的"丙字一号法令",杀死地下城的暴乱者,他现在一定正在全力破解密码。

马莉金:你瞎担心什么,阿寅不是说,破解密码得好几天吗?

乔伍德:两天前,库巴抓捕巨德皇帝之后,他就能够进入要塞在地球的控制和供应中心,从那个时候开始破解,现在也许已经攻破了要塞电脑的防火墙。

马莉金:怎么可能,我不信,要不咱们问问阿寅?

乔伍德:阿寅想的跟我一样,否则他不会走得这么匆忙。

马莉金也开始担心起来:不会吧?

突然,从他们背后传来库巴的声音:怎么不会?

2号手柄的绿色指示灯亮了,乔伍德不动声色地将手柄拉下锁住,这才转过身来,面对大屏幕上的库巴。

库巴遗憾地摇头:救世主大人,我一直在这里看着您,连续几个小时。您真让我失望,本总督已经仁至义尽了,您为什么要执迷不悟?

乔伍德:因为精品饲料吃多了,愚笨,一根筋。总督大人现在来见我,还有什么话说?

库巴的表情有些悲凉:不知道该说什么好,如果我劝您现在离开要塞,您肯听吗?

乔伍德:我花了四十五年的时间,终于想明白这点小事,不打算放弃。他用手拍了拍身后的马莉金,脱掉上衣,示意她开始给他动手术。马莉金用剪刀在他的脑后刺下去,血流了下来,但剪刀并不锋利,加上马莉金心疼手颤,切不下去。

3号手柄的绿色指示灯亮了,乔伍德将手柄拉下锁住,然后伸手到颈后,摸到自己颈椎上三横一竖的疤痕道:你在下边横着剪一刀,然后沿着疤痕竖着剪开皮肤,别怕,你就当我是死人。

马莉金一边流泪,一边动手剪切乔伍德的皮肉。乔伍德:别慌,一边剪一边用水冲,免得手滑拿不住剪刀。

库巴大叫:住手,你以为这样管用吗?

乔伍德:当然管用。也许你不知道,在西京地下城有一位伟大的医生,发明了"蝎子"移植术,他的名字叫梅杜斯,地下城的居民应该给他立碑,像钱神一样供起来。

库巴:你现在就上救生艇吧,我给你钱,马上汇钱给你,一百万元怎么样?

乔伍德:我已经不爱钱了。

库巴:那是钱太少,给你一个亿,银河系通兑债券,你自己去买个小行星,自封皇帝建个小国家。

乔伍德没再回答,现在钱诱惑不了他。

库巴突然大叫:怎么样啦,行了吗?乔伍德抬眼望去,看到库巴正在向画外怒吼。画外传来一个声音:刚刚得到要塞的一百二十八位控制密码,但还有一套三十六位复验密码。库巴:你这个蠢货,四十多个小时的运算,就干成这点事。画外音:蓝月技术再先进,也只能做到这一步,当初您不该让他们直接刺杀庇护三世,没问密码就把人杀了,现在我们只能慢慢破解。

库巴愤怒地向乔伍德望了一眼,然后问画外:没有复验密码,能给"蝎子"下命令吗?

画外音:现在只能对单个"生命记录仪"下达命令,还不能执行"丙字一号法令"。

库巴:太好了,别人不用管,你先给救世主大人下命令,立刻杀死他。

4号手柄的绿色指示灯亮了,乔伍德将手柄拉下锁住,然后对库巴道:总督大人,别忙活了,你忙来忙去只能是一场空。库巴语调悲惨:如果要塞被毁,殖民地球失败,我会被卡尼星大皇帝满门抄斩的,我绝不放弃。

马莉金在乔伍德耳后道:"蝎子"露出来了,我怕硬取下来,会要了你的命。

乔伍德:别怕,我只要再活几分钟就行。

马莉金:我手上都是血,太滑,捏不住"蝎子"。

乔伍德:你把它的脑袋剪下来。

马莉金:哪头是它的脑袋呀?

库巴大吼:找出他来了吗?画外音:找到了,但他的名下有四个"生命记录仪"。库巴:什么?画外音:有四个乔伍德,完全一样的人,种了四只"蝎子"。

乔伍德闻言哈哈大笑:库巴总督,你是聪明反被聪明误,黑藤良准备了四个救世主。

库巴焦躁道:快,杀死他们,不能让他炸毁要塞。画外音:请示总督大人,一至四号乔伍德,先杀哪个。库巴:全部杀掉。画外音:一次只能杀一个。库巴:从一号开杀。

乔伍德问马莉金:剪下来了吗?

马莉金语带哭腔:"蝎子"太硬,剪不动。

乔伍德:你让开。他伸手到颈后的伤口中,想要抓住"蝎子",将它扯下来。但是沾了血的手指太滑,根本捏不住。他对马莉金大叫:拿水来!

5号手柄的绿色指示灯怎么还不亮,乔伍德开始担忧,万一改造后的自毁装置失灵怎么办?如果出了故障,他以往的所有努力便前功尽弃,他四十五年毫无价值的人生就会真的只值几盘"九转大肠"和"醋木樨"了。他在生命的最后几天刚刚领悟到的这一点点意义,这一点点想要帮助他人的觉悟,就会变成一场空。

画外音:报告总督大人,一号乔伍德已经杀死啦。库巴望着仍然活着的乔伍德,大叫:二号!

这时,乔伍德突然回想起他在终养所的所见,"蝎子"能够从死人颈后爬出来,进入自行床上的小孔中。于是他轻声对马莉金道:亲爱的,稳住心神,"蝎子"有六条小细腿,剪断它们。马莉金:全都是血,看不清楚。乔伍德:用水冲。

画外音:二号乔伍德也杀死了。

库巴:四号。画外音:不是三号?库巴:混账,四号!

马莉金惊喜:找到啦,这家伙已经开始活动。

库巴狂喜:哈哈,找对啦!您老人家是四号。

马莉金:剪断了一只脚。

乔伍德:它一共六只脚。

马莉金:别着急,现在剪第二只脚。

突然,乔伍德感到大脑一阵剧烈的刺痛,身子不由得向前倾,额头顶在地上。

马莉金:你别动。

画外音:报告总督大人,要塞已经下达指令,杀死乔伍德四号。

望着伏在地上,浑身抽搐的乔伍德,库巴大笑起来,手舞足蹈,口中念念有词:救世主大人,别再挣扎了,您已经死啦。放心,我不会糟蹋东西,马上派飞船过去,趁着您的肉还新鲜,我要做"红丸子、白丸子、南煎丸子、四喜丸子、三鲜丸子、佘丸子、羊眼丸子、肝泥丸子、脆皮丸子、醋熘丸子、樱桃肉、马牙肉、米粉肉、一品肉、栗子肉、坛子肉、红焖肉、黄焖肉、酱豆腐肉……"

乔伍德深知自己要死了,这次的剧痛远比"玫瑰"的死亡来得深刻,他感觉眼前金灯乱转,嘴唇麻木,双腿渐渐失去知觉。

画外音:报告总督大人,三十六位复验密码成功破解出来了。

库巴两对前肢合十祷告:大皇帝陛下,微臣不负所托,为卡尼星的百姓赢得了美食。然后他下达命令:本总督宣布,地球殖民地总督一号令,杀死西京地下城 BC 系列全部十二个号段的地羊。

画外音:太多了吧?

库巴:浑蛋,执行命令!

正在这个时候,5 号手柄的绿色指示灯终于亮了。乔伍德想拉下手柄,但手上没有足够的力气,手柄拉到一半便拉不动了。他想叫马莉金帮忙,但口中发不出声音。

库巴笑道:救世主大人,钱神在召唤您,放弃吧,您的手上没有力气了。

乔伍德紧紧握住5号手柄不敢松手,担心如果放手,起爆器的自我保护装置会切断电源。

信息仪中传来阿寅的呼叫:大哥,大嫂,我们已经飞到安全距离之外。罗黛莎:我爱你们。巴斯基:大哥您千万别死!

就在这个时候,马莉金伸手过来,一把将手柄拉下锁紧。

乔伍德头痛欲裂,双眼上翻,已经看不清东西了。他只能将身子斜倚在地上,用右手摸索着,摸到起爆钥匙,同时用瘫软的左手伸出食指,指向另一把钥匙。

马莉金放开乔伍德,扑到另一把钥匙跟前,将钥匙握在手中,叫道:我的男人,你还有力气吗?

乔伍德口齿模糊:不知道。

马莉金:臭警察,你要坚持住!

乔伍德虚弱:傻娘儿们,快点!

马莉金:一,二,三,开始。

乔伍德脑子里闪过一句名言。《护民官格言》说:"钱神社会的最高道德,就是损人利己"。他麻木的嘴角上闪出一丝笑意:这句话真应景。

于是,他扭动了钥匙。

随着自毁装置的启动,"咕咔肉号"货船内立刻响起警报声,黄色的警报灯光一闪一闪,将控制室照得忽明忽暗。合成语音反复播报:"咕咔肉号"开始自毁,倒计时三分钟,请所有船员迅速撤离。

乔伍德仍能听到库巴绝望的叫喊声,他很想嘲讽库巴几句,但是舌头僵硬,发不出声音。他感觉到,马莉金抓住他的两只脚,在地板上吃力地拖着他,奔向救生艇。

救生艇的地板是柔软的防撞垫,乔伍德躺在上边感觉很舒服。他们从"咕咾肉号"船身上脱离,向要塞的货船进出口飞去,被"炖野兔号"切割掉的那扇大门,现在是一个长方形大洞,亮着炫目的白光。

乔伍德心道:在结束我这无意义的人生之前,真想喝杯酒啊。

马莉金紧紧抱着他:我的男人,我的爱,我的孩子他爹,我的一切……

库巴的影像出现在救生艇内的屏幕上,怒吼道:我不会放弃的!

要塞被炸碎了,碎得像是一块又一块"九转大肠",悬浮在环绕地球的太空轨道上,很壮观。

后　记

　　这个虚构故事的写作缘由，来自于对未来世界的忧患意识。人们期待未来世界会无限美好，与此同时，根据历史的经验和对人性不完善的判断，人们对未来又不得不抱有警惕与担忧。在这个思想基础之上，幻想小说就有义务和责任去探讨未来社会形态与人类生活状况的种种可能性。《地球省》讲的就是未来社会生活的一种可能性，而且是那种我们特别要警惕和避免的可能性。

　　人们对未来的所有警觉，一向建立于现实生活的现象与发展前景之上。自从人类社会走出中世纪，进入理性时代，特别是当技术的进步和人类行为研究的进步对社会生活产生实质性作用之后，我们确实享受过农业增产和工业便利所带来的种种便利，也享受过思想自由和个性发展的快乐，同时，因为我们误用技术进步，以及无法调和思想分歧，也曾经遭遇过两次世界大战那样的沉重灾难。坦率地讲，战后七十年，世界上几乎所有主要国家都经历过各自历史上最好的时期，至少在物质上如此。然而，时至今日，我们即使不是历史学家、经济学家或者其他专业人士，只要打开电视，或是随便翻看一下互联网新闻，我们往往会有些异样的感觉，好像这个世界不再是几十年前的那个世界，而是那个世界的僵化与倒退。各种非理性和违背常识的事件正在发生，非传统的人物正在成为榜样，以财富为标准的评价体系正在与以道德为标准的评价体系相互渗透，试图构建一种似是而非的，或者说是一种"创新"的评价体系。简言之，我们的评价标准正在世界范围内趋同，而这个标准就是"钱"。

当世界上所有的事物全都起源于钱，联系于钱，发展于钱，成就于钱，毁灭于钱，那钱就成了这个世界的唯一价值，而人则退居其次了。

我的这种判断必定有许多人反对，然而，争论远远好过趋同。人类进步的根源就在于意见相左，人们为了证明己方正确必须各自努力，人们在争论中相互砥砺，也相互妥协、相互学习。由此，哲学、科学、艺术等人类社会的基本支柱才会得到营养，得以进步。

人类社会原本不可能趋同，由于种族、宗教、语言，甚至饮食习惯等等各种原因，人们很难有意愿趋同。然而，互联网用资讯将整个世界紧密地联系在一起。资本借助互联网的快捷将世界捆绑在一起。于是，人类在技术的支持之下"进化"了，这种进化的结果，是有可能达成人类历史上前所未有的价值标准的统一，而这种共同认识就是那个无差别的价值——"钱"。所以我们才会看到，今天的钱已经联系并左右了社会生活的所有方面，甚至国际政治。

关于钱的话题其实是个古老命题，世界各个文化体系的先贤们都曾对此有过近似的论断，结论就是"钱是肮脏的"。今天以及未来的技术进步将把这"肮脏的钱"置于何处？这正是需要我们关心的事情。五千年来人性的本质没有发生变化,善也好,恶也好,人性的本质插上了科学技术的翅膀之后,只能会被放大,再放大。不幸的是,钱近似于人性的本质,属于第二永恒的东西;而更加不幸的是,每当科学技术出现进步的时候,往往是先给钱插上翅膀。

由于文化传统对钱的定义,今天人们还无法毫无顾忌、赤裸裸地对待"钱",这也正是我们在国际化言语当中看到越来越多的虚伪的原因。万一有一天,人们以钱为宗教,以贪婪为荣耀,这个世界会变成什么样子?这样的世界,就是小说《地球省》所描绘并打破的世界。

"人之初,性本善"。祝读者朋友们阅读愉快。